발
원

2

김선우

장편소설

발원

發願

2

요석 그리고 원효

민음사

차례

선덕여왕과
혜공의 죽음

향상, 즉 법장이 떨치고 나가니 호랑이는 혀를 말아들이네.
구룡, 즉 원효가 섬광을 뿜으니 금수들이 눈길을 피하네.

香象奮迅, 虎狼卷舌.
丘龍雷電, 禽獸廻眼.

— 낭유(郞遊, 1264~?), 『화엄향수원기(華嚴香水源記)』

.
.
.
.
.

"스님, 이제 저는…… 죽습니까?"

이를 딱딱 부딪치며 떠는 사내의 얼굴엔 푸르딩딩한 죽은피가 가득 몰려 있고 독이 퍼진 몸은 본래보다 세 배는 부어 있었다. 시커먼 입술 사이로 보이는 흰 이와 부은 눈두덩 밑으로 보이는 흰 눈동자만이 본래의 것임을 알게 해 주는 사내의 얼굴엔 저항할 수 없는 죽음의 그림자가 가득했다.

피 냄새가 찐득하게 흘러 다니는 계곡 사이사이로 바람이 불어왔다. 겁에 질린 사내를 내려다보며 원효는 돌덩이 같은 그의 손을 꼭 잡아 주었다. 원효의 눈가에 더운 것이 차올랐다.

"몸을 벗고 가벼워진다고 생각해 보십시오."

원효가 말했다. 숨을 몰아쉬던 사내가 무겁게 내려앉은 눈꺼풀을 추켜올리며 떨리는 목소리로 말했다.

"무…… 무섭습니다……. 살고 싶습니다……. 살려 주십시오."

순간 사내의 손아귀에 힘이 실리더니 으스러뜨릴 듯 원효의 손을 움켜쥐었다. 피투성이가 된 하체와 창상을 당한 복부에선 이미 부패의 냄새가 풍겨 나오고 있었다. 죽음이 이토록 두려운 이들이 전쟁터에 끌려 나와 군인이라는 이름으로 죽어 가면서 원효의 가슴에 대고 외치고 있었다. 나는 누구입니까? 우리는 누구입니까?

사내가 회생할 가능성은 없었다. 발견 당시 이미 피를 너무 많이 쏟은 상태였다. 부상당해 낙오한 그를 백제군들은 챙기지 못했고, 그는 신라군에게 발견되지 않도록 수풀에 몸을 숨긴 채 혼자 정신을 잃은 것이었다. 원효가 그를 발견한 것은 임시로 세운 의료 막사 주변을 흐르는 개울에 한 움큼씩 뜯긴 풀잎 뭉치가 일정한 간격으로 떠내려오는 것을 보았기 때문이었다. 누군가 구조 신호를 보내는 것이라 여긴 원효가 개울을 따라 한참 올라갔다. 개울 옆 수풀 속에서 정신을 잃은 사내는 백제군 병사 옷을 입고 있었다.

원효가 허리를 구부려 사내의 얼굴 가까이 몸을 굽히고 나지막이 말하였다.

"마음을 편안하게 가지세요. 우리의 몸, 이 육신이란, 지수화풍으로 이루어져 있습니다. 인연이 모여 몸을 이룹니다. 인연이 다하면 흩어져 땅으로 바람으로 불로 물로 돌아갑니다. 원래의 자리로 돌아가는 거지요. 두려워 마세요. 이제 편히 숨을 쉬어 보십시오. 나무아미타불…… 마음을 모아 나무아미타불을 염송해 보세요. 극락정토를 떠올려 보세요."

사내를 진정시키느라 속삭여 주는 원효의 마음은 고통과 슬픔으로 부대꼈다. 다행히 사내는 조금씩 편안한 얼굴이 되어 가고 있었다. 살고자 하는 강한 애착을 놓으니 부풀었던 몸이 서서히 줄어들며 원래의 몸피로 돌아오는 것도 같았다.

"스님, 저는 사람을 세 명이나 이…… 손으로…… 죽…… 였…… 습니다."

가쁜 숨을 몰아쉬며 사내가 간신히 말을 이었다. 몸과 몸이 만나는 전장에서 이 군졸들의 몸이 기억하는 것은 돌격 명령과 동시에 내가 죽지 않기 위해 누군가를 죽여야 하는 잔인한 몸의 충돌이었다. 또한 생존 앞에 곤두선 공포가 마음 깊이 남겨 놓은 죄책감이었다. 원효가 몸을 움직여 사내가 숨 쉬기 좋게 어깨를 다시 펴 주었다. 호흡이 조금 안정되자 사내의 말이 아주 작은 목소리지만 고르게 나왔다.

"무서웠습니다. 무서워서 창을 마구 휘둘렀어요……."

사내의 거무튀튀한 관자놀이에 핏대가 오르더니 눈동자에서 피가 터져 흘렀다. 원효의 손을 꼭 그러쥔 사내의 손이 덜덜 떨렸다.

"나무아미타불……."

원효가 자신의 옷소매로 사내의 눈에서 흐르는 피를 닦아 준 후 목에 걸고 있던 염주를 벗어 그의 손에 쥐어 주었다. 덜덜 떨던 사내의 손이 천천히 염주알을 쓰다듬더니 원효에게 물었다.

"스님…… 신라의 부처님과 백제의 부처님은 같은 부처님이십니까?"

원효가 대답하며 고개를 끄덕여 주었다. 사내의 눈동자에 빛이 어렸다.

"다행입니다. 그럼 여기 부처님께…… 제 고향에 혼자남은 처와 막둥이를 부탁드려도 되겠군요."

원효가 다시 고개를 끄덕거려 준 순간, 경련을 일으키며 사내의 눈동자가 커다랗게 벌어졌다. 그 눈동자 속으로 푸른 하늘이 가득 배어든 듯했다. 입을 조금 벌린 채 사내는 숨이 멎었다. 반쯤 뜬 사내의 눈꺼풀을 원효가 손바닥으로 쓸어내려 닫아 주었다.

피 냄새 가득한 푸른 하늘의 고요가 막막하였다.

의료 막사엔 약쑥 연기가 피어오르고 있었다.

부상병 중 가장 위급한 병사들은 막사 맨 안쪽 병실에 수용되었다. 거기는 대안과 혜숙이 상주하며 부상병을 치료했다. 그 병실에서 더 이상 가망이 없다고 판단된 병사들은 원효가 머무는 막사로 옮겨졌다.

원효는 죽음을 목전에 둔 병사들의 마지막 임종을 지켜 주다 막사 기둥에 기대어 잠깐씩 잠들곤 했다. 시체가 스무 구가 넘으면 땅을 파고 장례를 치렀다. 향을 피우고 경을 외워 간단하게나마 의식을 치렀다.

전쟁이 휩쓸고 간 자리에서 부상자를 치료하고 사망자의 시신을 거둬 주는 일로 원효가 이끄는 70여 명 승려 집단의 낮과 밤은 그렇게 비사벌, 우두주, 달성벌, 괴곡성, 사벌주, 비라성, 부곡성을 흘러갔다. 비두골에서 원효의 편에 선 승려는 20여 명에 불과했다.

창검을 받고 편성된 임시 부대로 열을 지어 가는 대다수의 승려들은 원효와 그 일행을 향해 조롱과 야유를 보냈다. 가끔씩 돌멩이가 날아들었다. 날아드는 돌멩이를 손으로 툭 쳐 내며 날카로운 눈빛의 사내 하나가 돌연 뛰어나와 원효 옆에 나란히 서더니 말했다.

"당신을 계속 지켜보고 있었소. 그런데 진짜 중이군."

원효의 왼편에 성큼 다가와 한마디 하고는 원효와 함께 걷기 시작한 이는 이름이 사복이라 하였다. 누더기 승복을 입었으나 어깨를 덮는 치렁한 머리칼 탓에 중인지 아닌지 가늠하기 힘든 이였다. 사복이 원효 옆에 서자 갑자기 50여 명 되는 승려들이 원효 주위를 에워쌌다. 알고 보니 사복은 황룡사가 주축인 서라벌 귀족 불교를 비판하는 젊은 승려들 사이에서 지도자 격인 인물이었다. 대찰 중심의 불교에 비판적인 그들은 서라벌 외곽의 여러 산속에 흩어진 작은 암자에 기거하며 수행하고 있었다.

원효는 기뻤다. 현실은 황룡사로 상징되는 대찰의 무소불위 권력이 전부처럼 보였으나 분황사의 승려들이 힘을 기르고 있었고 황룡사도 분황사도 아닌 도처의 많은 곳에서 새로운 질서를 꿈꾸는 이들이 존재함을 확인했기 때문이었다.

비두골에 첨성대가 지어질 때부터 원효의 모든 거취를 알고 있었다는 사복은 원효와 동갑이었음에도 원효에게 스승이 되어 줄 것을 청했다.

"스승은 무슨, 얼어 죽을! 도반이지 도반!"

혜공이 늘 입에 달고 살던 그 말을 원효 역시 사복에게 해 주었다. 사복은 씩 웃으며 합장으로 예를 표했다.

승려 의료단으로 전쟁터를 떠돌며 원효와 사복은 종종 함께 시간을 보냈다. 하루가 어떻게 시작되고 저무는지 셈할 수 없는 시간들이었지만, 아침노을과 저녁노을을 함께 바라보는 때가 많았다.

숨 막힐 듯한 열기, 신음, 비명을 품은 불길한 바람이 산 위에서 계곡 아래까지 집요하게 돌아다녔다.

모든 것이 급박하게 돌아갔다. 백제는 8월에 고구려와 함께 당항성을 쳐 신라의 당나라 교통로를 차단했다.

미온적인 태도로 지켜보던 귀족들도 더 이상은 방관할 수 없었다. 위기를 느낀 귀족들은 사병을 동원해 군대를 보강했다. 신라의 백성이 적의 포로가 되어 노예가 되거나 죽으면 세금을 내는 인구가 줄어들 뿐만 아니라 귀족들의 부의 원천인 노동력이 사라지기 때문이었다.

목전에 절체절명의 위기가 닥치자 전쟁을 승리로 이끌어 줄 사람이면 누구든 필요로 했다. 급기야 신라 진골 귀족 사이에서 가야계라는 이유로 암묵적으로 소외되던 김유신이 압독주 군주가 되어 대백제 전쟁의 총사령관이 되었다. 48세의 백전노장 김유신은 마침내 가야계 귀족의 설움을 씻을 수 있는 기회를 잡았다.

한편, 선덕여왕은 당나라 태종에게 사람을 보내 구원을

요청했다. 하지만 돌아온 당 태종의 답변은 다음과 같았다.

"나의 휘하인 거란과 말갈 기병으로 고구려 서북 국경을 공격하게 하면 신라에 가해지는 고구려의 압박을 완화할 수 있을 것이다. 그러면 백제와의 전쟁에 도움이 될 것이다. 하지만 그것은 근본적인 대응이 되지 못한다. 너희 나라 신라는 여자가 왕으로 있어 주변 나라들이 업신여기지 않는가. 내가 나의 친척 한 사람을 보낼 테니 신라의 왕으로 삼도록 하라. 그러면 고구려와 백제가 침공하지 못할 것이다."

당 태종의 이 말은 여러 입을 타고 신라 귀족 사회로 흘러들었고, 국왕이 여자인 것에 대한 불만이 다시 한 번 드높아지고 있을 때, 승려 자장이 여왕의 명에 따라 당에서 급히 귀국했다. 자장은 부처님 사리 100과와 부처님의 금란가사와 경론 400함을 가지고 돌아왔다고 했다. 여왕은 불교 치국책으로 난세를 헤쳐 나가려 했고 자장은 신라가 부처와 인연이 깊은 불국토임을 주장하며 여왕을 도왔다. 특히 석가모니의 사리를 봉안하는 탑을 황룡사를 비롯해 도처에 건립하기 시작했다.

전쟁의 나날 속에서도 새봄이 오고 세간의 소식들이 드문드문 전해져 왔으나, 원효는 서라벌에서 벌어지는 그 모든 일들에 아무런 반응도 보이지 않았다.

부처님의 사리란 지금 이곳에서 무슨 의미인가. 금란가사란, 경론이란, 지금 이곳 백성의 삶에 어떤 의미가 되어 줄 수 있는가.

원효는 끊임없이 묻고 또 물으며 전선을 따라 막사를 옮겨 다녔다.

원효는 매일 병상이 놓인 막사에서 부상자들과 함께 명상에 들었다.

병사들은 육체의 고통뿐만 아니라 자신의 눈앞에서 죽어 간 동료들 때문에 고통스러워했다. 살아남은 자로서의 죄책감과 공포와 불안이 병사들의 심신을 허물어뜨렸다.

참전자들이 입은 마음의 상처 역시 몸의 부상만큼이나 치료가 절실하다는 것을 깨달은 원효는 부상자들에게 "나무아미타불"을 염송하게 했다. 육신이 고통스러운 이들에게 구구절절 경전을 설하거나 마음을 들여다보라고 권하는 것은 오히려 미망을 촉발할 뿐이었다. 괴로워하는 부상자 곁에서 나지막이 나무아미타불을 함께 염송하며 길잡이를 해 주었다. 영원한 생명이자 광명인 나무아미타불. 이 육자진언의 암송은 잡념과 공포로부터 개인의 마음을 보호할 수 있는 강력한 수행의 방법이었다.

어느 정도 회복된 부상병들은 본대로 복귀해야 했지만

그들 대부분은 원효와 함께 의료 막사에 남기를 원했다. 그러자 당장 치료해야 할 부상병들을 위한 막사가 모자라는 형편이 되었다. 하는 수 없이 회복 단계의 부상병들을 아미타림으로 보내기로 했다.

보름에 한 번씩 흰새와 수파현이 왔다. 이동 중인 막사의 거취를 한 번도 놓치는 바 없이 그들은 정확히 움직였다. 사복이 그들을 도와 회복단계의 부상병들을 데리고 아미타림을 오갔다.

한편 원효는 요석을 기다렸다.

요석의 청신한 웃음이 떠오를 때면 원효는 막사 밖으로 나가 하늘을 올려다보았다. 그럴 때마다 문득, 다른 부상병들과 마찬가지로 원효 자신 역시 부상병이라는 생각이 들곤 했다.

그대는 내게 부처의 삶을 이루라 하십니다. 부처는 이런 세상의 고통을 어떻게 파하여 전진합니까.

질문들이 들끓어 마음의 고통이 덜어지지 않을 때면 더욱더 사무치게 요석이 그리웠다. 요석을 붙들고 묻고 싶었다. 요석은 언제나 단호하고 명쾌한 태도로 구법의 열정을 보여 준 사람이 아니던가.

백제에 빼앗긴 성 중 일곱 개를 되찾은 김유신의 승전보가 들려온 어느 날, 마침내 요석이 왔다. 수파현, 흰새와 함께 온 요석의 얼굴은 막 따 씻은 햇과일처럼 싱싱했다. 요석이 환한 얼굴로 부상병들에게 다가가 인사를 건네며 막사를 거닐기 시작하자 막사 여기저기에서 싱싱한 기운이 금세 살아나는 것을 누구나 느낄 수 있었다.

점심을 먹은 후 요석은 막사 중앙 빈터에 풀자리를 깔고 향비파를 탔다. 부상으로 힘겨워하는 병사들을 위로하기 위함이었다. 수파현이 요석 옆에서 이중주를 이루었다. 향비파 소리에 얹어진 요석의 목소리는 단정하고 기품이 있었다. 요석은 「회소곡」과 단의 노래를 함께 불렀다. 전쟁터의 부상병 막사에서 여자의 노랫소리가 들려온 것은 신라가 생긴 이래 처음 있는 일이었다.

다음 날 새벽, 길 떠날 준비를 하던 요석이 원효에게 향낭 하나를 전했다.

백단과 자단에 차꽃 말린 것이 가득 든 붉은 향낭엔 쪽빛으로 물들인 비단실로 일심(一心)이라 수놓아져 있었다.

"사람의 피 냄새가 때로 힘드실 것입니다."

향낭을 받아 코밑에 대본 원효의 귀밑이 발그레해졌다.

아미타림을 향해 떠나기 위한 행렬이 준비를 마친 상태였다. 요석이 몸을 돌리다가 문득 다시 원효를 향해 돌아서며 말했다.

"한때 저는 그리움이라는 끈덕진 부처에 사로잡혔으나 지금은 자유롭습니다."

요석의 눈동자 속에 원효가 오롯이 눈부처로 들어가 있었다. 말을 마친 후 요석이 가만히 원효의 손을 잡았다.

긴 숨을 한번 들이쉬고 내쉴 시간이었다.

숨결 한 마디가 안타깝게 느껴지는 순간이었다.

숨결의 끝에서 요석이 몸을 돌렸다.

행렬이 출발을 재촉하고 있었다. 달려가는 요석의 뒷모습을 원효의 시선이 한참을 따라간 후, 요석의 손이 닿았던 자신의 손을 원효가 물끄러미 내려다보았다.

그리움 역시 부처라 여겼다는 말씀입니까. 그 감정 그대로를 긍정하며 그 안에서 부처의 씨앗을 발견하여 키우고 있었다는 말씀입니까.

이 막막하고도 고통스러운 전장의 시간 역시 부처를 일깨우는 시간으로 써야 하리라는 무언의 전언. 마치 원효의 마음을 읽은 듯, 지금 원효에게 필요한 것이 무엇인지 정확히 헤아려 꺼내 놓은 요석의 말을 원효가 가만히 곱씹었다.

일심(一心).

요석의 목소리, 요석의 손길을 떠올리며 원효가 향낭을 가슴에 품었다. 붉은 향낭에서 차꽃 향기가 흘러나와 경계 없이 퍼져 가는 새벽이었다.

22

．
．
．
．
．

까치와 참새 우짖는 소리를 들으며 잠에서 깬 원효는 눈을 비볐다. 통나무 건물의 여닫이창 틈으로 희붐한 빛이 들어왔다. 지붕에서도 몇 줄기 햇빛이 목재와 목재 사이 틈으로 비쳐 들었다.

침상에 누운 채 원효는 가만히 그 빛들을 바라보았다.

이 고요와 평화로움…… 마른 풀 냄새와 백리향 냄새…… 그리고 요석…….

전쟁터의 피 냄새가 깨끗이 걷힌 공기와 식물들의 진한 향기 속 어디선가 밥 짓는 냄새가 풍겨 왔다. 밥 냄새를 맡자 웬일인지 눈 속이 시큰거리고 지그시 눈물이 번져 원효는 스스로 겸연쩍은 얼굴이 되고 말았다.

문득 어린 날 아버지의 말이 떠올랐다.

"사내가 눈물이 많으면 정작 울어야 할 때 못 우느니라."

아버지 담나는 눈물 많은 원효의 여린 성정을 늘 걱정하곤 했다. 또래 사내아이들과 달리 오도카니 홀로 정자에 앉아 석양을 바라보다가도 불현듯 눈물 짓곤 하는 자식이었으니 염려는 당연했으리라. 그래서 더욱 메마르고 강한 태도로 원효를 대했으리라는 생각이 문득 들자 마음 한 켠이 아렸했다.

전장의 노독이 겹쳐 수척해진 원효의 얼굴은 골상이 더욱 뚜렷하게 도드라졌다. 부신 듯 햇빛 한 줄을 바라보는 길고 진한 속눈썹이 파르르 떨렸다. 그 얼굴엔 황룡사를 파하고 나온 갓 스물의 고뇌로부터 전장을 떠도는 스물아홉 살의 고뇌까지 켜켜이 쌓여 어느새 세월의 흔적이 느껴졌다. 눈가에 깊게 팬 주름 하나가 장년의 원효를 더욱 단단하고 비장하게 보이게 했다.

바깥 어디선가 노래를 부르는 사람들이 있어 침상 밖으로 다리를 뻗다가 외마디 신음이 흘러나왔다. 오른쪽 무릎 바로 아래까지 받쳐진 부목이 소리를 내며 비끗거렸다.

실족한 백제군 부상병을 끌어 올리다 절벽의 돌무더기가 무너져 내리던 순간이 그제야 떠올랐다. 그 뒤 정신을 잃었다.

그렇다면 여기는 아미타림인가?

원효가 문득 품속을 더듬었다. 향낭은 그대로 있었다. 혹여 간밤의 꿈이 실제였던 것은 아니겠지. 붉은 향낭을 손에 쥐자 원효의 얼굴이 가만히 달아올랐다.

　간밤 꿈에 요석을 보았다. 꿈이라고 하기엔 너무나 생생한 요석의 부드러운 손길을 떠올리자 심장 깊은 데가 파동쳤다. 따뜻한 물수건으로 원효의 얼굴을 닦아 준 요석이 오른쪽 정강이의 부목을 끌러 내어 소독을 하고 연고를 발라 줄 때 어디선가 나뭇진과 재 냄새, 약재 냄새가 흐릿하게 풍겨왔다. 요석의 손길이 너무 생생해서 꿈이라면 깨고 싶지 않았다.

　치료를 끝내고 부목을 다시 꼼꼼히 묶은 후 요석은 침상 옆에 무릎을 꿇고 앉아 원효의 얼굴을 한동안 내려다보았다. 자신의 얼굴을 내려다보는 따스한 시선을 느끼면서 원효의 가슴이 한없이 두근거렸다.

　이런 순간을 무엇이라 이름 붙일 수 있을까. 그대가 나를 바라보는 이 시선의 따사로움을…….

　요석의 시선 속에는 중생을 보살피는 관세음보살의 눈물 같은 것이 어려 있는 듯해서 시선이 닿은 그 순간만으로도 귀하고 귀했다.

　마음이 편안해지며 졸음이 몰려드는 순간, 요석의 숨결이 귓가에서 끼쳐 왔다. 따스한 숨결이 스치자 온몸의 솜

털들이 일어나는 듯했다.

그리고 다음 순간, 말할 수 없이 따뜻하고 보드라운 입술이 원효의 이마에 닿았다가 떨어졌다. 아득한 영원 같았다. 요석의 입술이 원효의 감은 두 눈에 차례로 닿았다가 떨어지고…… 거칠고 메마른 자신의 입술에 요석의 입술이 닿는 순간…… 온몸이 녹아내릴 듯 따스한 입김이 끼쳐오면서 설명할 수 없는 이유로 원효는 눈물이 솟구쳤다.

그것은 마치 전쟁의 상처가 가득 남겨진 폐허 위를 날고 있는 잠자리 떼의 고요한 비상을 보는 것처럼 적요하고도 뜨거운 감정이었다.

여기저기 시신이 널브러진 위로 잠자리들이 군무를 펼치며 날아다니던 압독성 풍경…… 핏빛이 되어 흐르던 개천가에 앉아 풀피리를 불던…… 어떤 잔인한 풍경 속에서도 기어코 사랑을 나누는 생명체가 있다는 듯이…… 어딘지 아련하고 슬프고 물기에 젖은…… 숨결…….

원효의 입술에 가만히 입술을 대었다 뗀 후 요석이 나지막이 속삭여 말하였다.

"저는 성심을 다해 넘어지고 성심을 다해 일어날 겁니다. 곁에 있든 없든 제가 언제나 당신과 함께임을 잊지 마세요. 당신은 내 사람입니다. 내 사람만으로 머물러서는 안되는 내 사람입니다. 저 역시 그러합니다. 저는 당신의 사람입니다."

모든 지나간 일들이 아득했으나 요석의 숨결만은 생생했다. 깨고 싶지 않은 꿈이라고 생각했고, 한편으로는 꿈이라서 다행이라고도 생각했다.

원효가 벌떡 몸을 일으켰다. 생각보다 몸은 가벼웠다. 부러 크게 기침을 하며 통나무집의 문을 막 연 순간이었다.

문밖에 예닐곱 살쯤 되어 보이는 어린 소녀가 서 있었다.

덜컹, 문을 밀고 나오는 원효를 바라보며 아이는 동그래진 눈동자에 가득 기쁜 표정을 담은 채 계속 원효를 바라보았다. 소녀가 너무 빤히 자신을 바라보며 웃는지라, 원효는 부목을 한 다리를 엉거주춤하게 기울인 채 아이와 눈을 맞추었다. 소녀는 계속 입꼬리를 한껏 올린 채 미소를 짓고 있다가 간신히 파하 하고 숨을 내쉬며 말했다.

"미소 수행 중이었어요."

원효가 갸우뚱하며 소녀를 마주한 채 다음 말을 기다렸다.

"수행은 자기를 변화시키는 거고, 키가 크는 거와 비슷한 거래요. 저는 걸핏하면 울어서 요석 언니가 이 수행법을 가르쳐 줬어요. 전 울보는 싫거든요."

또박또박 말하며 소녀는 또 입꼬리를 한껏 위로 올리며 방실거리는 미소를 보였다.

저만치 사복이 성큼성큼 걸어오고 있었다. 눈이 마주치자 둘은 서로를 향해 합장하였다.

"일어나셨군요. 다친 데는 어떻습니까. 여기, 참으로 이상한 곳입니다. 이런 곳을 두 눈으로 직접 보게 되다니, 하!"

＊

사복의 말처럼 아미타림은 현실이 아닌 곳 같았다.

벌거숭이 민둥산에 혜공 스님이 심었다는 상수리나무, 느릅나무, 오리나무, 살구나무 들은 어느새 자라 보기 좋게 우거졌고 여름빛이 가득한 산은 생기가 충만했다. 규모와 외형이 건실한 산채들이 산속 여기저기에 알맞게 자리 잡아 산 하나가 통째로 하나의 마을을 이룬 아미타림은 어느 쪽을 바라보아도 안정감이 들었다.

아미타림 초입까지 요석을 수행해 준 일이 있지만, 원효가 아미타림의 산채에 발을 들여놓은 것은 이번이 처음이었다. 부상자들을 수행해 몇 차례 오갔던 사복도 마찬가지였다.

통나무를 이용해 지은 집이 많았고 토담에 너와를 얹은 집도 눈에 띄었다. 모두가 산에서 구하기 쉬운 재료로 지어진 집들이었다. 마당에 이불 빨래가 큼직하게 널린 제법 큰 통나무집에서 밥 짓는 냄새가 나건만 간혹 눈에 띄는 아이들을 제외하곤 사방이 고즈넉했다.

"새벽에 일어나 예불로 시작해 하루에 최소한 두 차례 이상 염불 수행을 한다고 합니다. 마을 전체가 말이지요."

껍질을 후후 뱉으며 호박씨를 까먹는 사복이 감탄하듯 말을 꺼냈다. 아침 일찍부터 아미타림 전체를 둘러보았다는 사복은 몹시 흥분해 있었다.

"이거야말로 사형께서 말씀하시는 진정한 절집 아니겠습니까. 백성의 마을이 그대로 부처님 나라이니 말입니다!"

사복의 형형한 눈빛은 아미타림에서 받은 감동을 그대로 내비치고 있었다.

아미타림은 전체가 네 개의 구역으로 구분되어 있었다. 각 구역마다 특색이 분명했다. 정념(正念) 정진을 위한 염불 수행과 명상을 하는 구역, 생업을 위한 일터 구역, 환자와 노약자를 위한 요양 구역, 식사 및 휴식을 위한 구역이 있었다. 명상과 염불 수행을 하는 곳엔 통나무를 쪼개 만든 낮은 울타리가 둘러쳐져 있고 아주 큰 오두막이 지어져 있었으며 오두막을 중심으로 마당이 비스듬히 펼쳐져 있었다. 그곳에서 마을의 중요한 일들이 의논되고 크고 작은 모임이 열렸다. 식사 및 휴식을 위한 공간에는 서낭이 함께 운영되고, 공동 육아를 위한 통나무집이 따로 마련되어 있었다. 취사채 앞 평상에 대여섯 명 사람들이 모여 앉아 그릇을 닦고 있는 모습도 보였다.

"저기 좀 보십시오. 무명에 각종 염색을 해 개운포와 사포항의 외래인들과 교역을 한다는군요."

사복이 가리킨 곳에는 비탈 가득 색색 빛깔의 천들이 나부끼고 있었다. 요석이 공을 들이고 있다는 바로 그 일인 모양이었다. 중국에서 들어오는 비단에 대항할 신라의 품목을 실험 중이라 하였는데, 중국뿐만 아니라 머나먼 서역 파식국까지 판로를 넓힌 모양이었다. 염색 일을 위해 잇꽃, 치자, 쪽 등을 각종 돌가루들과 함께 챙기던 요석이 떠올랐다.

요석은 아침 일찍 사포항으로 출타했다고 사복이 전했다. 바유, 흰새, 수파현 모두 요석과 함께 갔다고 했다.

"사형을 깨울까 하였으나 요석낭주께서 말리셔서…… 절대 안정하셔야 한다고 했습니다."

사복이 요석의 말을 전했다.

넉 달에 한 번 사포항으로 외국 배들이 들어왔고 때에 맞춰 보름간 커다란 시장이 열리는데 서라벌을 비롯해 신라 전역의 장사치들이 죄다 모인다 하였다. 세상에 존재하는 모든 물목이 거래된다는 바로 그 시장이었다.

원효는 보름간이나 요석과 벗들을 볼 수 없다는 사실이 조금 울적했지만 곧 마음을 다잡았다.

아미타림에 거주하는 사람들은 대부분 병이 나도 약을 쓸 수 없던 가난한 이들이었다. 혜공이 서라벌 동시의 밥집에서 살려 낸 이들, 거리에서 굶어 죽어 가던 이들, 국경 지역의 유민들, 도망 나온 신라인과 백제인이 섞여 있었고, 사포항 근처와 서라벌 뒷골목의 혼혈인들과 전쟁 부상자들이 주를 이루고 있었다.

이전에 종교 생활을 해 보지 않은 이들이 대부분이었음에도 염불 수행에 쉽게 적응하고 편안해한다는데, 혜공은 그런 기운을 일컬어 '집단의 공기'라 하였다.

전쟁터에서 만나면 적군으로 서로를 죽여야 하는 사람들이 이곳에서 한 마을의 주민으로 평화롭게 공존하고 있다는 사실만으로도 원효는 신세계를 발견한 듯 가슴이 벅찼고, 오랜 시간 혜공이 견지해 온 바가 무엇인지 확실히 알아챌 수 있었다.

집단의 평화가 유지되려면 개인의 마음이 먼저 평화를 찾아야 한다는 것이 혜공의 관점이었다. 상처가 많을수록 마음의 혼란을 걷어 내고 마음을 비우는 과정이 필요한데 염불 수행과 노동을 통해서 그것이 가능하다 했다. 혜공은 숨 쉬는 것부터 가르쳤고 앉고 걷고 일하는 모든 과정에서 수행의 자세를 발견하라고 일렀다.

문밖의 소녀가 미소 짓는 수행을 하고 있더라는 얘기를 원효가 전해 주자, 사복이 경쾌하게 무릎을 쳤다.

당 태종과 고구려 연개소문이 격돌하고, 백제가 신라를 공격해 일곱 성을 빼앗은 피비린내 나는 삼한의 정치 현실 속에서도 신라 한복판에 아미타의 세상을 향한 한 점 섬과 같은 이런 마을이 존재한다는 것을 사람들은 얼마나 알고 있을까. 백제, 고구려와 맞닿아 있는 국경 지역 산간에 도적 떼의 산채가 여럿 있었으니 아미타림의 산채가 그것들에 비해 외형상 특별할 것은 없었으나, 신라 고구려 백제의 변방을 부랑자로 떠돌던 혼혈인들까지 모여 마을을 이루고 평화롭게 살아가는 이런 곳을 혜공 말고 또 누가 꿈꾸었을 것인가.

혜공을 떠올리자 어서 뵙고 싶었다.

이번 사고로 아미타림으로 급히 후송된 원효를 붙들고 혜공은 또 사흘 밤낮을 보냈다고 했다. 부목을 한 채 절뚝거리며 걷다 보니 언젠가 자신을 살리기 위해 온몸의 기운을 다 뽑아 쓰던 혜공이 떠올랐다.

스승님은 언제나 나를 살리시는구나…….

원효의 가슴으로 뜨거운 것이 복받쳤다.

"어어, 고단하다. 이놈아, 너 때문에 내 목숨줄 왕창 줄었으니 어찌 갚을 것이냐. 에잇, 곤하다. 난 이제 좀 잘란다."

키들키들 웃는 혜공의 목소리가 귓가에 들려오는 듯했다. 어서 뵙고 회복한 자신의 모습을 보여 드리고 싶었다.

원효와 사복이 혜공을 찾아 아미타림의 중앙 오두막에 가까이 갔을 때였다.

통나무 계단 아래 이르렀을 때 혜공과 대안의 두런거리는 목소리가 들려왔다. 원효가 입술 중앙에 검지를 대며 사복을 향해 찡긋해 보였다. 사복이 웃으며 고개를 끄덕거렸고 두 사람은 계단에 쪼그려 앉아 스승들이 나누는 이야기를 들었다.

"현장이라는 젊은 중이 서역 천축국에서 15년 넘게 유학하다 장안으로 돌아왔다지? 1000권이 넘는 역경 작업을 할 계획이라던데."

"용하군. 뛰어난 역경가를 다른 나라에 뺏기지 않으려고 은밀히 죽여 버리기도 한다는데 살아 돌아왔으니. 그런데 현장이 젊긴 무에 젊어? 마흔다섯이 훌쩍 넘었다 하더만."

"그러니 젊지. 풋내기, 풋풋! 그런데 대안, 나는 말일세. 원효도 넓은 세상으로 보내야 한다고 생각하네. 누구는 천축까지 가 공부하고 오는 판에 천축까지는 아니라도 장안엔 보내야 하는 거 아니겠나 싶으이. 장안은 천축과 서역의 선법승들이 가셔온 불선이 내산처럼 쌓이는 곳. 부처님 경전의 모든 것이 있는 도시니 어찌 서라벌에 비하겠나."

"힝! 내 생각은 안 그러이. 여기 앉아서도 1000리 밖을 봐야 진짜 중이지."

"쓰으, 솔직히 말해 보아. 고깝지? 당에서 뭘 공부했는지 아무도 모르는데 암튼 게서 거지발싸개 같은 문중 아무 데나 발꼬락만 담갔다 돌아와도 '나, 당나라 유학승이요!' 거드름이 지랄이고 유학만 했다 하면 고승 대덕 대우받으며 정치판에서 놀아나는 잡놈들 지랄이고, 흐잇! 당나라 중들 개찐 도찐 설레발을 똥인지 금인지도 분간 못하고 맹꽁이처럼 너부죽 덥석 물어 오기나 하는 얼빠진 머리통들 천지삐까리에 그걸 또 덥석 물고 앞으로 쿵 뒤로 쿵, 에고 쯧쯧 쌩지랄판!"

혜공의 말에 지랄 타령이 섞이자 원효가 쿡, 웃었다.

그런데 그날따라 혜공의 어조는 평소 같은 장난기에 사뭇 진지한 말투가 들쑥날쑥 섞여 있었다.

"당분간 전쟁은 계속될 테고 신라든 고구려든 백제든 어느 한 나라로 통일되기 전까진 쭉 그럴 것인데 그동안 원효를 넓은 세상에 유학 보냈으면 싶으이. 어디로 통일되건 어서 통일이 되어야 삼한 백성들이 편안해지겠지. 문제는 통일 이후네. 그때 여길 불국토로 만들어 갈 진짜 중이 필요해."

눈앞에 흐드러지게 여름 꽃들은 만발하고, 현장이니 장안이니 통일 이후니 하는 말들이 마치 밤하늘에 아득하게 흘러가는 은하처럼 비현실적으로 원효의 몸과 마음을 스쳤다.

현기증이 이는 막막함 속에 누군가 웅크려 부싯돌을 팅기고 있는 듯했다. 몸속 어딘가 따끔거리며 깨어나고 있는 것 같은 기묘한 느낌이 들었다.

그때였다.

"혜공 스님! 그, 그, 원효 스님과 같이 실려 온 그, 그 백제군사가 정신을 차렸습니다요! 어서, 어서요, 스님!"

환자들이 있는 병동 산채에서 헐레벌떡 달려온 사내가 황급히 혜공을 불렀다.

*

"놓아라!"

그 백제군 병사의 목소리가 귓가에 쟁쟁하게 떠올라 왔다. 부상당한 채 낭떠러지에 매달린 그를 발견하고 원효가 급히 손을 잡았을 때 원효를 올려다보던 얼굴도 생생히 떠올랐다.

"놓으라고!"

처음에 원효는 잘못 들은 줄 알았다.

"나는 신라 놈 손에 살아나고 싶지 않다. 원수들! 내 부
모와 자식의 원수들! 찢어 죽일!"

원효를 올려다보는 사내의 두 눈에 증오와 원한이 가득
했다. 섬뜩한 느낌 때문에 순간적으로 그 손을 놓고 싶었
다. 그러나 원효는 수행자로서의 자신의 소명을 상기했다.

나무아미타불. 목숨에 대한 애착조차 사라지게 한 이런
원한과 증오란 얼마나 큰 고통인 것인가.

살고자 하지 않는 사내를 수행자로서 바라보자 그의 고
통이 고스란히 전이되었다. 사내에게 한없는 연민이 느껴
졌다. 사내의 손을 더욱 꼭 그러쥐고 있는 힘을 다해 끌어
올렸다. 그런 어느 순간 벼랑이 무너졌다. 매달린 그가 손
아귀에 힘을 주어 원효를 아래로 잡아끈 것 같기도 했다.
무너진 벼랑이 먼저인지 그가 원효의 손을 잡아끈 것이 먼
저인지 판단할 틈 없이 벼랑과 몸이 한 덩어리로 떨어지며
정신을 잃은 것이었다.

스승님!

그때의 장면이 떠오르자 원효의 얼굴이 흙빛으로 변했
다. 앞서간 혜공을 따라 병동 산채로 내달리면서 원효가
마음속으로 애타게 혜공을 불렀다. 신라인에 대한 증오가

극에 달한 그 병사가 무슨 일을 벌일지 알 수 없는 일이었다. 그가 품은 원한과 증오를 혜공은 모르지 않는가.

가쁜 숨을 몰아쉬며 원효가 병동 산채에 당도했을 때였다. 안에서 통곡소리가 흘러나왔다.

아!

뒤따라온 사복이 휘청 주저앉는 원효를 부축했다.

혜공의 모습은 말할 수 없이 처참했다.

입구 쪽 벽 모서리에 붙어 선 채 온몸을 덜덜 떠는 신라군 부상병이 울면서 더듬더듬 전한 말은 이러했다.

"제, 제 옆의 병상에 있던 사, 사람입니다. 깨어나지 못하고 있던 그 병사가 갑자기 죽, 죽창을 들고 저를 내려다보았습니다. 무서운 눈이었어요. 죽는구나 생각했습니다. 그때 문이, 문이 열렸어요. 혜공 스님의 목소리가 들렸습니다. 스님이 소리쳐 그 병사를…… 불렀습니다……. 여기 있네, 부개 화상이 여기 있네. 아프구나, 이리로 오시게. 부개 화상이 여기 있네……."

부상병이 더는 말을 잇지 못하다가 털썩 주저앉았다.

"혜, 혜공 스님이 아니었다면 제…… 제가…… 주, 죽었을……."

의식 불명 상태에서 깨어나 몸을 일으킨 백제군 병사는 침상 위 수평으로 걸린 대나무 횃대를 끌러 바닥에 내리쳐 쪼갠 뒤 산채에 들어선 혜공을 수십 번 때리고 찔렀다. 자그마한 혜공의 육신은 죽창에 찢긴 수십 군데의 상처로 참혹했고 사방은 피가 튀어 낭자했다. 모두 순식간에 일어난 일이었다.

혜공은 죽창에 가슴을 찔리는 순간에도 그 백제군 병사와 시선을 맞춘 채 눈물을 흘렸다고 했다.

"가엾구나, 중생이여. 너의 고통이 있어 내가 고통스럽구나……. 너의 고통으로 인해 내가 고통스럽구나……. 너의 고통이 나의 고통이구나……. 가엾구나, 가엾이, 가엾이 가엾구나……. 너와 내가…… 우리가……."

혜공의 목소리가 느릿느릿 그에게 건너가는 동안 그의 눈에서도 찐득한 피눈물이 흘러내렸다. 그를 가엾어한 혜공의 진심이 그에게 전해지는 동안 혜공은 또한 바랐을 것이다. 그의 끔찍한 살생의 업이 여기서 끝나기를. 원한과 증오와 절망으로 미쳐 버린 가여운 사내로 인해 병동 산채에 있는 다른 이들이 무고한 피해를 입지 않기를 바랐을 것이다. 그리하여 마지막 순간까지 시선을 맞춘 채 그를 오로지 혜공 자신에게만 묶어 둔 것이리라.

그는 혜공의 피로 칠갑한 죽창으로 자신의 배와 목을 세 차례나 찔렀다고 했다. 목을 찌른 뒤 그는 숨을 거두었다. 그 시신이 너무나 끔찍하여 차마 눈 뜨고 볼 수 없는 지경이었다.

"스승님!"

원효가 혜공을 부여안았다.

조금 전 원효를 유학 보낼 궁리를 하던 혜공의 숨이 지금 원효의 품에서 꺼져 가고 있었다. 아주 가느다란 숨결 한 줄에 의지한 혜공의 육신이 벼랑 끝에 매달린 듯 아스라했다. 원효를 알아본 혜공의 얼굴에 희미한 미소가 떠올랐다.

왔느냐. 네 품에 안겨 있으니 좋구나, 좋아!

그렇게 말하는 듯한 혜공의 얼굴은 늘 그렇듯 장난스럽고 평화로웠다.

원효의 두 눈에서 걷잡을 수 없이 눈물이 흘렀다.

원효에게 안긴 혜공이 입을 열어 무언가 말하려고 했다. 마지막 말을 위해 비축해 둔 것 같은 숨결이 천천히 혜공의 몸을 빠져나왔다. 그러나 숨결은 목소리가 되지 못했다. 원효는 뜨거운 눈물을 쏟으며 가느다란 숨결만 힘겹게 이어지는 스승의 창백한 입술을 바라보았다.

이김도 짐도 없다……. 함도 아니함도 없다……. 중도(中道)의 진리……. 대자연의 순환에 의할 뿐……. 모든 것은 어울려 흐르고 돈다…… 하나의 몸과 하나의 마음…… 너는 드넓게 걸어라……. 아미타림을 벗어나라…….

가슴으로 스며들어 오는 혜공의 녹소리를 원요는 똑똑히 들었다.

"스승님!"

원효가 울며 혜공을 부른 순간, 혜공의 입가에 다시 미소가 떠올랐다.

스승은 무슨, 얼어 죽을, 도반이지 도반!

항사사 앞마당에서 스승이 추던 춤과 노래가 떠올랐다. 스승과 얼싸안고 춤도 추어 보고 노래도 주고받고 싶었는데 그러지 못했다. 늘 받기만 하고 아무것도 갚아 드리지 못했다. 회한이 밀려왔다. 자신으로 인해 아미타림에 오게 된 백제군 병사를 살리려다 이렇게 되었으니 이 모든 일이 자신 때문인 듯했다. 인연도 맺을 때와 풀 때를 알아야 하거늘, 공연히 또 알량한 연민으로 만용을 부린 것 아닌가. 증오와 복수심에 사로잡힌 그 사내가 악연임을 미리 알아봤더라면, 그때 그 벼랑에서 그냥 손을 놓았더라면, 조금만 더 일찍 떠올라 스승을 붙잡았더라면, 그랬다면 이런 일은 없었을 것 아닌가. 뒤늦은 후회가 가슴을 후벼 팠다.

자괴감으로 괴로워하는 원효의 손을 잡기 위해 혜공이 마지막 안간힘을 다해 손을 움직였다. 원효가 혜공의 손을 그러쥐었다.

너의 선택이 옳다.

혜공이 마지막 기력을 다해 그리 전하는 것을 원효는 느꼈다.

백번이라도 살리려 애써야 옳다.

눈물로 범벅이 된 원효의 얼굴을 가만히 올려다보며 혜공이 다시 한 번 미소를 지었다.

괜찮다…….

혜공의 마지막 미소였다.

미소를 따라가듯 마지막 숨결이 조용히 혜공의 육신을 빠져나갔다.

"스승님!"

원효의 품에 안겨 세 번의 미소를 보여 준 스승은 그렇게 떠나갔다. 원효의 통곡 소리가 산채를 뒤흔들었다.

"전장을 저렇게 떠돌고 있는 원효가 나는 미치게 아깝고 안타깝네."

마지막으로 들었던 스승의 목소리가 사무쳤다. 자신이 살리려고 한 백제군 병사가 스승을 죽였다. 이토록 어이없고도 참혹하게 스승을 잃었다. 원효는 울고, 울고, 또 울었다.

밤의 심연 속으로 통곡이 스며들고 달이 떴다. 하늘 장막 안쪽에서 곡비가 울듯 부엉이가 울었다. 흰 핏방울들이 자욱하게 번진 것처럼 은하수가 흘렀고, 목이 쉬어 더 이상 통곡할 수조차 없을 때 요석이 왔다. 전갈을 받고 요석과 함께 급히 돌아온 바유, 흰새, 수파현 역시 산채에 들어서 자마자 부모를 잃은 어린 짐승들처럼 통곡하기 시작했다.

대안만이 동요 없이 염불을 했다.

고독하고 정정한 대안의 염불 소리가 아미타림 곳곳으로 혜공의 넋을 싣고 떠다니며 지상과의 마지막 인사를 하고 있는 것 같았다.

23

∙
∙
∙
∙
∙

　만추의 하늘은 차고 달은 높았다. 머물지 않는 계절처럼 사람의 일도 끊임없이 변해 갔다.

　안시성 전투에서 고구려군이 당나라군을 격퇴했다. 당 태종이 고구려에 패할 것이라고는 그 누구도 상상해 본 적 없는 일이었다. 평생 패배를 모르던 당 태종을 꺾으며 고구려는 삼한의 주도권을 잡는 듯했다.

　신라의 귀족들은 새롭게 권력 구도를 재편하고자 바삐 움직이고, 이에 부응한 화백 회의는 비담을 새로운 상대등으로 추대했다. 여왕에 반대하는 귀족 세력을 규합하며 세력을 확장해 온 비담으로서는 예정된 수순이었다. 화백 회의에서 비담은 도저한 애국 충정의 사자후를 터뜨렸다.

　"지금 신국 신라는 멸망 직전의 위기 상황이오. 대야성과 그 주변 성들이 백제 수중에 들어간 마당에 당군마저 요동에서 고구려에 패하여 물러갔으니, 고구려와 백제는 이제 아무런 거침 없이 우리를 공격해 올 것이오. 그동안 여왕은 당과의 화친을 주장해 왔소. 전쟁을 두려워하고 화친 외교에만 매달리는 유약한 여왕에게서는 절대로 부국 강병의 미래를 바랄 수 없소. 여왕이 그렇게 믿던 당군이 패한 마당이니 이제 신라는 허허벌판에 내던져진 신세가 되고 말았소. 도대체 신국 신라가 어찌하여 이리도 나약해 졌단 말이오? 국가의 기강을 좀먹는 원인을 과감히 척결해 야 할 때가 왔소! 더는 실기해선 아니 됩니다! 신국 신라의 새 시대를 열어야 하오!"

비담은 여왕을 향해 품은 비수를 노골적으로 드러내기 시작했다.

가능한 한 전쟁을 피해 보고자 노력한 여왕은 끊이지 않 는 전쟁의 화마 속에서 속수무책이었다. 백성의 사랑을 받 고 싶었던 불우한 여왕의 시대는 그렇게 파국을 향해 가는 듯했다.

큰 별 하나가 자리를 잡지 못한 채 밤하늘을 떠돈다는 소문이 돌았고, 서른 개의 살별이 하룻밤 새 떨어진 날이 있었으며, 그날 이후 달이 점차 붉어지더니 이레가 지난 후엔 핏빛처럼 붉은 달이 왕경의 능원 위로 떠올랐다. 동쪽 바닷가로는 왜구가 올라왔다.

혜공의 사십구재가 있은 지 보름이 지난 시점이었다. 가을의 절정을 향해 가는 아미타림의 나무들은 각양각색의 단풍 빛으로 찬란했고, 수확한 산콩을 터느라 분주한 날이었다. 검불과 쭉정이들과 먼지처럼 켜켜이 쌓이는 티 속에 박혀 있는 노란 햇콩 알맹이들을 찾아내는 아이들과 여인들의 손길이 분주했다.

"달은 그저 달이지. 이 달 저 달 편 가르지 마오. 보름달 아래서는 춤을 추고 초승달 아래서는 낚시를 하지. 아서라, 그뿐이네. 달은 그저 달이지."

혜공이 흥얼거리던 노래를 아미타림의 아이들이 부르며 까르르거렸고 어른들은 아이들의 노래를 들으며 부지런히 일손을 움직였다. 내상이 깊었으나 겉으로 드러나는 아미타림의 일상은 변한 것이 없어 보였다. 산콩 터는 일이 막바지에 이르렀을 때, 서라벌에서 온 손님이 중앙 오두막에서 기다리고 있다는 전갈이 왔다.

중앙 오두막을 향해 걷는 원효의 얼굴은 수척하고 서늘했다. 혜공의 죽음이 원효를 비애와 고독의 올가미로 묶어버린 듯했다. 백제군 병사를 살리려 애쓴 마음과 스승의 참혹한 최후를 목도하며 겪은 고통이 사십구재를 지내는 동안에도 화해하시 못한 채 끊임없이 충돌했나.

중앙 오두막 마당 가, 핏물이 밴 것 같은 붉은 단풍나무 아래서 긴장된 얼굴로 서성이고 있는 사람은 보현랑이었다.

몇 년 만의 해후인가.

단정하고 늠름한 보현랑의 뒷모습이 사무치게 원효의 눈 속으로 들어왔다. 10대 시절 보현랑을 처음 만나던 날과 보현랑의 인도로 혜공을 처음 만나던 날, 화랑도를 파하며 어쩔 수 없이 크나큰 폐를 끼친 기억이 떠오르며 원효의 가슴이 뻐근해졌다. 원효는 보현랑에게 미안한 마음이 컸지만, 보현랑은 그 시절에 대해 전혀 맺힌 것이 없는 듯한 태도였다.

보현랑이 다급히 말을 꺼냈다.

"비담 공이 화백 회의에서 귀족들의 추천으로 상대등이 되었네. 이제 곧 피바람이 불어닥칠 것이네."

보현랑이 무슨 말을 하려는지, 왜 이곳까지 서둘러 찾아온 것인지, 원효는 짐작할 수 있었다. 보현랑에게 새삼 고맙고 미안했다.

신라의 승려로 백제군 부상병을 보살핀 것은 명백히 반역죄에 해당하는 일이었다. 신라의 부상병뿐만 아니라 백제의 부상병도 보살피겠다는 원효의 선언을 암묵적으로 방조한 여왕은 신라의 국왕 자격을 상실한 것이라는 상소가 비담 측 인사들을 통해 끊임없이 조정에 올려지고 있다는 이야기를 이미 들은 바 있었다. 여왕을 공격하기 위한 책략으로 원효를 먼저 올가미 씌우겠다는 계산이 작동할 것은 뻔한 이치였다. 첨성대를 짓는 데 함께한 사람들과 원효가 연루되어 있으며, 그 배후에 혜공이라는 괴승이 수장인 반역 집단이 있다는 소문이 돌고 있다고 했다. 설상가상, 신라의 정통성을 부정하는 그 집단의 배후에 여왕이 직접 개입한 증좌가 있다고 비담의 측근 염종은 화백 회의에서 열을 올렸다고도 했다.

"이대로 있으면 모두 연루되고 마네. 여기는 이제 끝이야. 이번에 잡혀 들어가면 개인적으로도 고초가 클 것이겠으나 전하의 안위에도 치명타를 입히게 되네. 그리고……."

몹시 복잡한 얼굴로 보현랑이 잠시 말을 끊었다가 다급한 진심을 숨기지 못한 채 입을 열었다.

"요석은! 요석은 어디 있나? 요석이 이곳과 연관되어 있다는 모든 증거를 서둘러 없애야 하네! 서둘러야 해!"

보현랑은 안타깝고 다급한 얼굴로 요석을 찾았다.

그런 보현랑을 바라보며 원효의 가슴으로 복잡하고도 아픈 바람 한줄기가 지나갔다.

"요석 낭주는 여왕께서 계신 서라벌로 이미 떠났습니다."

"궁으로 들어가는 것은 위험한 일이네!"

"궁이 가장 안전할 수도 있습니다. 안전하지 않다 하여도 이런 시국에 전하를 홀로 두지 않을 요석 낭주이십니다. 랑이여, 요석 낭주의 판단을 믿으십시오. 또한 소승이 취해야 할 바가 무엇인지도 잘 알고 있으니, 다른 일은 너무 심려치 마십시오."

지나치리만큼 침착한 원효의 태도 앞에서 보현랑은 자신의 속내를 너무 많이 들킨 사람의 서먹함을 보이며 잠시 하늘을 올려다보았다. 훤칠하고 기품 있는 그 옆모습을 조용히 바라보던 원효가 가슴 깊이 담아 두었던 질문 하나를 던졌다.

"랑이여, 소승이 밉지 않으십니까? 소승이 랑께 끼친 피해를 생각하면 이 몸, 랑의 발밑에 백번 엎드려 사죄해도 모자랍니다. 어찌 참아 내셨습니까?"

보현랑의 얼굴에 그늘이 내려앉았다. 잠시 침묵한 후 보현랑이 입을 열었다.

"자네로 인해 보현지도는 생명을 다했다. 전통과 명예를 잃은 화랑도는 이미 화랑도가 아니기 때문이다."

알고 있었다. 황룡사로 출가한 이후에도 원효를 가장 괴롭게 한 것이 보현지도의 해산에 관련한 소식이었다.

"하지만 원효 자네를 탓하는 것은 장부로서의 내 자존심이 더욱 허락지 않았다. 왜인가? 원효 자네는 현실적으

로 잘못된 선택을 했다. 하지만 장부가 추구해야 할 이상
으로서는 옳은 선택을 했다."

원효의 가슴에서 뜨거운 것이 솟구쳤다.

"소승, 랑 앞에 하염없이 부끄럽습니다."

진심에서 우러난 원효의 말을 들으며 보현랑은 처음으
로 원효를 마주 보았다. 묘하게 뜨거웠고 긴장되어 있었으
며 어딘지 물기가 많은 보현랑의 눈빛과 원효의 눈빛이 마
주쳤다.

"한 가지 이유가 더 있네."

침을 삼킨 후 보현랑이 어려운 고백을 하듯이 입을 떼
었다.

"어느 틈에 자네는 요석과 가까워져 있더군. 아니, 요석
이…… 어느 틈에 자네에게 다가가 있더군. 하여 지켜볼
수밖에 없었다. 은애하는 사람의 선택이므로. 협한 감정을
발하여 스스로 부끄러운 짓을 저지르게 될까 봐 저어했기
때문이다."

아, 이분은 참으로!

원효가 탄식했다. 합장한 손을 가슴 앞에 모은 원효는 보
현랑 앞에 말할 수 없이 부끄러웠다. 오래전 그날의 막사가
떠올랐다. 따스한 미소와 함께 원효에게 화랑의 관모를 전
하던 이, 달뜨고 환한 얼굴로 은애하는 이의 이름을 알려

주던 이, 원효에게 처음으로 우애의 기쁨을 알게 해 준 이 분께 아무것도 해 드린 것 없이 폐만 끼쳤다. 요석을 염려해 여기까지 달려온 보현랑이 오랜 시간 감당해야 했을 마음의 고통, 그것을 원효는 짐작조차 하지 못한 것이다.

어렵게 꺼낸 말을 마무리하며 보현랑이 마지막으로 덧붙였다.

"내 말 뜻을 이해했으리라 믿네. 전하의 안위가 어찌 되더라도, 그대는 요석을 지켜야 한다! 어떤 경우에도 요석이 비담 공 일파로부터 화를 당하지 않게 하란 말이네!"

*

647년. 그해 겨울은 몹시도 추웠다.

서라벌을 감싸고 흐르는 서천, 북천, 남천이 모두 얼고 선도산, 송화산, 옥녀봉의 폭포들마저 꽁꽁 얼어붙어 빙벽을 이루었다. 가난한 백성들과 가축들이 동사하고 짐승들도 먹을 것을 찾기 힘들어진 기한(飢寒)의 계절에 진골 귀족들은 화백 회의를 열어 여왕의 폐위를 결정했다. "위기의 시기에 여자가 국왕의 자리에 있는 것은 신라를 자멸에 빠뜨리는 일이다."라고 그들은 선포했다. 여왕은 신라의 정통성을 부정하며 고구려 백제인으로 이루어진 역도의 무리를 비호한다는 추궁이 진행되었다. 비담과 염종, 그들의 충직한 종자인 야신이 반역의 핵심이었다.

월성의 모든 문이 닫힌 지 아흐레째였다.

달구벌 벌판이 내려다보이는 압량 진영에서 낙동강을 건너올 백제군을 방어하기 위해 주둔하던 김유신은 군대를 돌려 왕경으로 향했다. 화백 회의의 결정에 반기를 든 김춘추가 김유신에게 급히 도움을 청했기 때문이었다.

여왕의 여동생 천명 공주의 아들인 김춘추는 여왕의 오른팔이었으며 정치적 야심도 큰 사내였다. 김춘추의 손위 처남이기도 한 김유신은 파발을 받은 후 한나절 만에 왕경으로 진군해 왔다. 김유신 사단이 들어오자 비담과 염종의 군대는 포위하고 있던 월성에서 명활산성으로 물러났다.

여왕은 며칠째 내전에서 꼼짝하지 않고 있었다.

요석은 탕약을 준비해 내전으로 들어가다 내행각 근처에서 그림자처럼 움직이는 발걸음 하나를 눈여겨보며 품속의 단검을 움켜쥐었다. 내전을 경호하는 시위부 병사 중 한 사람이라 여겼으나 요석의 눈에 비친 사내는 장교복을 입고 있었고 어딘지 눈에 익은 얼굴은 기이하게 차고 강렬했다. 내전 밀실로 충복 휘소를 불러 사내의 인상착의를 가르쳐 주고 조사를 지시한 후 요석은 여왕의 침전에 들었다.

여왕은 침상 옆 원탁에 자신의 투구를 올려놓은 채 앉아 있었다. 눈에 띄게 살이 내린 여왕의 얼굴은 주름살이 노드라졌고 누렇게 뜬 얼굴은 창백했다. 요석을 보자 여왕이 희미하게 웃고는 뜻밖의 질문을 했다.

"아버지가 생각나는구나. 석아, 춘추는 너에게 좋은 아버지더냐?"

자신의 궁에 갇혀 버린 신세가 된 여왕의 뜬금없는 질문이 서러워 요석의 눈속이 뜨거워졌다.

요석은 열 살에 여왕을 처음 만났다. "월성의 덕만 공주께서 총명한 시동을 찾고 계시어 특별히 너를 천거했다."는 아버지의 말을 들었을 때 요석은 드디어 때가 왔다고 생각했다. 아버지가 결국 자신을 버리는 거라 생각했고, 요석은 오히려 홀가분했다. 어머니 보량 궁주는 요석을 홀대하지 않았고 보량 궁주 소생인 고타소 언니와도 친자매나 다름없이 지냈으나 요석은 집안에서 자신의 위치가 늘 불안했다.

아버지 김춘추가 보량 궁주와 혼인하기 전 사랑했던 여인은 서라벌에서 손꼽히는 미색이었으나 사두품 평민의 딸이었다. 정식 혼인이 성사될 수 없는 것은 당연한 일이었다. 서라벌 진골 귀족인 아버지는 결국 같은 계급의 대원신통파 보량 궁주와 결혼했다. 김춘추는 보량 궁주와 화목했으나 혼인 전의 관계 역시 잊지 못했다.

보량 궁주가 첫딸 고타소를 낳은 다음 해, 아버지의 연인은 딸아이를 낳다가 죽었다. 아버지 김춘추는 진심으로 슬퍼하였고 갓난아이를 거두어 본가로 데리고 왔다. 그 딸아이인 요석을 보량 궁주는 아무 말 없이 받아들여 키웠다.

서라벌 귀족에게 딸자식이란 혼인 관계를 통해 세력을 확장할 수 있는 재산이기도 하다는 것을 깨닫게 된 순간부터 요석은 빈번히 가출을 꿈꾸었다. 그러한 요석에게 아버지 김춘추가 제안한 덕만 공주의 시동은 반가운 탈출구이기도 했다. 그 후 새벽같이 궁으로 들어가고 밤늦게 궁에서 나와 집에 돌아오면 처소인 별당으로 곧장 직행해 몇몇 하인들 외에는 집안사람들과 거의 마주치지 않고 지냈다. 요석이 바라던 생활이었다.

그때 자식 없이 나이 들어 가던 덕만 공주는 마흔 살에 이르렀고 요석은 공주에게서 어머니의 따스함을 느꼈으며, 열 살 소녀 요석을 바라보는 덕만 공주의 마음도 어머니의 그것과 비슷했다. 아버지가 자신을 궁으로 보낸 이유가 무엇인지 요석은 알 것 같았다. 요석이 궁에 들어온 지 이태 뒤, 공주는 임금이 되었다.

"석아, 내가 스물아홉 살 무렵이었다."

여왕이 입을 열었다. 요석이 여왕의 투구를 갑옷걸개 옆으로 조심스레 옮겨 놓고 탕약을 내밀었으나 여왕은 받지 않은 채 말을 이었다.

"400년이나 분열되어 있던 대륙을 통일하고 일어선 수(隋)가 그해 고구려에 패해 멸망했지. 아버님 재위 40년에 일어난 일이었다."

눈을 가느스름하게 만들며 여왕은 혼잣말하듯 말을 이었다. 이상하게 요석은 불안했다.

"수가 멸망한 뒤 내란이 지속되자 중국의 비단을 수입하고 서역의 향료를 중국에 팔던 상인들이 일자리를 잃었다고 들었다. 그때 신라로 들어오던 중국의 비단도 가격이 크게 뛰었고 교역의 중간 수익에 의존하던 서역의 많은 나라들이 극심한 재정난을 겪었다고 하더군.

수가 멸망한 그때, 선왕께서는 고구려의 군사력을 두려워하셨다. 상인들도 말하기를 머나먼 서역까지 고구려의 용맹이 알려졌다고 하더구나. 그런데 나는 그런 고구려가 두렵지도 부럽지도 않았다. 무기로 흥한 나라는 무기로 망하리라 하지 않더냐.

전쟁과 군사력에 의지하지 않고 백성이 평화로운 나라는 정녕 만들 수 없는 것일까. 나는 끊임없이 그런 질문을 던졌지만 답을 주는 책도 스승도 없었다. 내가 찾은 유일한 답은 부처님 법이었다. 선왕들께선 불교를 통해 나라를 강력하게 통치하기를 원했고 나 역시 그런 기대가 있었지만, 내가 참으로 불법을 사모한 이유는 불법을 통해서라면 전쟁 없는 세상이 가능할 것 같았기 때문이다."

요석은 여왕의 맞은편에서 성심을 다해 여왕의 말을 들었다. 단 한마디도 놓치지 않기 위해 간혹 숨을 멈추어 가면서.

"그런데 나는 결국 졌다."

여왕이 말했다.

"그렇지 않습니다!"

요석이 부정했다. 여왕이 웃었다. 희미하지만 따뜻한 웃음이었다.

"그곳은 어떠하냐?"

무엇을 물으시는가.

요석이 아연해진 얼굴로 여왕을 바라보았다.

"네가 개발한 색 있는 목면 말이다. 서역인들에게 인기 있는 교역품이라 들었다. 듣자니 파식국 상인들까지 거래를 한다 하던데?"

웃고 있는 여왕을 바라보며 요석의 가슴 한가운데로 찌르는 듯 통증이 지나갔다.

요석이 여왕의 발아래 꿇어앉았다.

요석은 염색 목면을 개발하여 판로가 안정되면 신라의 주요 수출품으로 국가 재정에 도움을 줄 수 있을 것이라는 이야기를 여왕께 드렸었다. 그런데 그것이 이미 아미타림에서 만들어지고 또한 아미타림을 위해 사용되고 있었음을 알고 계셨던 것인가.

"용서하십시오. 결국 제가 전하를 이 지경으로 몰아넣는 빌미를 제공한 것인지도 모르옵니다."

"그렇지 않다, 석아. 이리 오너라. 그곳의 백성도 나의 백성이니라. 고구려 백제의 유민들이 신라 땅에 들어와 새 삶터를 잡았다면 그들은 신라인이 된 것이 아니냐. 나의 백성을 돌본 일이니 그것이 무에 잘못이겠는가."

갑자기 엄동설한의 한기가 끼쳐 왔다. 화로엔 숯불이 발갛게 담겨 있었으나 요석의 마음은 삭풍이 들이치듯 덜컹거렸다.

시위부 총책이 급한 보고를 가져와 요석이 잠시 자리에서 일어났다.

명활산성의 교전은 승기가 확실해지고 있다고 했다.

안도하는 사이, 휘소에게서 전갈이 도착했다. 조사를 시킨 사내는 비담의 수하 야신이라고 했다. 난이 일어나기 하루 전 비담의 명으로 내전수비대 북문부장으로 부임한 자였다. 난으로 뒤숭숭한 궁궐에 정규군이 배치되어 수비가 강화되자 그간 얼굴을 보이지 않다가 오늘 갑자기 나타났다고 했다. 무슨 짓을 할지 모르니 경계를 강화해 그자를 각별히 감시하라 이르고 다시 침전으로 돌아왔을 때 여왕은 홍송 침대에 반듯하게 누워 있었다.

요석은 붉은 비단 이불을 펼쳐 덮어 드린 후 여왕의 이마를 만져 보았다. 미열이 있었다. 물수건을 준비하려고 일어서는 요석을 여왕이 만류했다. 여왕이 나지막한 목소리로 중얼거렸다.

"나는 전쟁이 싫다. 끊임없이 전쟁을 해야 하는 나라의 임금인 것도 싫다. 나는 왕이지만 전쟁의 시대에 무력한 한 인간일 뿐이다. 전쟁이 왕의 운명이고, 전쟁의 패배가 곧 왕의 무능이 되는 시대이니, 나는 백성들 앞에 부끄러운 왕일 뿐이구나. 지쳤다……. 이제 그만 나 스스로를 거두어야 하지 않겠는가."

여왕의 침상에 떠도는 죽음의 그림자를 보는 듯해 요석이 창백해졌다.

"원효, 그가 보고 싶구나."

여왕의 입에서 튀어나온 뜻밖의 이름에 요석이 멍하니 여왕을 바라보았다.

"전쟁이 나라의 운명인 시대에, 전쟁을 반대한다고 입밖에 내어 말한 사람은 그가 유일하다."

달포 전에 흰새로부터 들은 원효의 소식을 요석이 여왕에게 전해 주었다. 그는 도당 여로에 올랐으나 백제가 장악한 당항성을 이용할 수 없어 발길을 돌렸다가 국경 지역의 몇 군데 마을에서 절터 공사를 하고 있다고 했다.

"좋은 일이다. 말해 다오. 아미타림이라는 그곳. 거기는 어떤 곳인가. 거기는 참으로 다툼과 싸움과 분열 없이 모든 사람이 화평히 사느냐."

묻고 있긴 하였으나 대답이 필요한 물음은 아니라는 것을 요석은 알고 있었다.

"아느냐. 이태 전 그때, 안시성 인근 주필산에서 고구려군과 싸우다 죽었다는, 신라에서 당으로 건너가 당의 장수가 되었다는 그이 말이다."

무슨 말씀을 하시려는가.

맥락 없이 고구려와 당의 전투 이야기를 꺼낸 여왕의 이마가 차갑게 식고 있었다.

"가엾구나. 나는 성골로 태어나 한이 되고, 그는 육두품으로 태어나 한이 되는구나."

여왕의 눈빛이 아스라해지고 있었다. 요석의 등골로 서늘한 예감이 지나갔다. 요석이 서둘러 여왕의 얼굴을 들여다보았을 때, 여왕의 눈동자에선 이미 빛이 꺼져 가고 있었다.

무슨 일이 벌어지고 있는 것인가.

그때 요석의 눈에 침상 옆 협탁 위에 놓인 빈 유리 그릇이 들어왔다. 탕약을 담아 온 그릇이었다. 요석은 여왕의 침상 옆에 털썩 무릎을 꿇은 채 엎디었다.

여왕은 입가에 희미한 미소를 띤 채 요석에게 가까이 오라는 손짓을 보냈다. 눈물을 흘리며 요석이 여왕 가까이로 가 손을 잡았다. 여왕의 손은 이미 싸늘했다.

"그를…… 은애하느냐?"

여왕이 요석에게 물었다. 요석은 아무런 말도 하지 못한 채 눈물만 흘리며 여왕을 바라보았다.

"부질없다……. 모든 것이. 석아, 너는 궁을 떠나 살거라. 너는…… 사랑을 이루거라."

그것은 여왕의 유언이나 다름없었다. 궁을 떠나 살고 싶었던 자신의 꿈을 요석에게 대신 이루라고 하는 것인지도 몰랐다.

*

비담의 난이 시작된 지 열흘째인 다음 날, 김유신의 군대는 드디어 비담 세력을 완전히 평정했다. 진평왕 말년부터 고구려, 백제에 맞서 전장을 누빈 백전 용사들로 구성된 김유신의 군대는 왕경에 앉아 내정을 하던 귀족들의 군대와는 비교할 수 없을 만큼 전력이 우세했다. 비담의 법당군단은 최강 부대였으나 법당군단이 제어되자 나머지 귀족의 사병들은 허깨비에 불과했다.

열흘간의 반란이 모두 수습된 바로 다음 날, 비담, 염종, 야신, 백등, 목태 등 난에 관련된 인물 서른 명이 즉결 처형되었다.

반역에 연이은 임금의 승하.

이 극단의 돌출 사태를 수습하기 위해 김춘추와 김유신은 발 빠르게 움직였다. 여왕의 장례를 규모 있게 치를 시간도 없었다. 궐 안에 곡소리가 울려 퍼졌으나 잠시였다. 도리천에 묻어 달라는 유지에 따라 낭산 남쪽 능선 중턱에 여왕을 장사 지냈다. 유지에 따라 선대 왕들에 비해 규모가 작은 능 속에, 후대 왕들의 어가가 접근하기 쉽지 않은 높고 깊은 송림 안에서 여왕은 영면에 들었다. 궐 안의 울음은 잠시였으나 궐 밖의 백성들은 집집마다 향을 피워 삼칠일간 여왕의 승하를 애도했다. 누가 시킨 것이 아니건만 서라벌 거의 모든 민가에서 그리했다. 백성의 사랑을 갈구했던 왕은 그렇게 민가의 향냄새와 함께 사라져 갔다.

요석은 여왕의 장례 내내 한 모금의 물도 마시지 않은 채 여왕을 애도했다. 자신의 무덤이 서라벌 도심 왕릉들 가까이 있기를 원치 않은 여왕의 마음이 사무쳐 장례 후에도 요석은 송림 속 여왕의 능을 찾아 자주 울었다. 요석의 눈물은 여왕을 향한 애틋함에서 기인한 것이었으되 닥쳐 올 자신의 운명에 대한 애도이기도 했다.

아버지 김춘추의 정치적 행보가 빨라지고 있었고, 그에 따라 요석에 대한 압박이 점차 심해지고 있었다. 이 운명 과 어떻게 싸워야 할 것인가. 허공에 세운 절벽이 무너지 는 환영이 자주 보였다. 매달린 절벽에서 끝내 버틸 것인 가. 그만 손을 뗄 것인가. 추락하고 나면 다시는 예전처럼 돌아올 수 없으리라는 불안한 예감이 사무쳤다.

님이여.

마음으로 수백 수천 번 원효를 불렀다. 그러나 실제로는 한 번도 이 불안함과 위기를 원효에게 전할 수 없었다. 원 효는 수행자다. 불법을 구하고 부처의 삶을 이루어 갈 분 을 요석의 세계에 발들이게 할 수 없었다. 그리하여 요석 이 원효를 만나기 위해서는 원효의 세계로 나아가야 했다. 그렇게 원효와 아미타림 벗들을 만나 왔으나 서라벌의 정 치 현실 앞에서 모든 것은 무력했다.

아버지의 수족들이 이미 요석과 관계된 모든 사람의 거 취를 파악하는 중이었다. 어떤 정보든 아버지의 수중에 들 어가는 순간 위험해진다. 계략, 모함, 위증, 살해. 서라벌 정치계에선 이 모든 일들이 공기처럼 자연스러웠다. 선악 도 정의, 부정의도 없다. 권력을 위해 필요하면 취하고 쓰임이 없거나 나하면 제기되는 것. 하물며 왕이 되려는 자, 그리하여 삼한 일통의 제왕이 되려는 아버지의 욕망을 거스를 수 있는 힘이 요석에게는 없었다. 평생 지녀 온 목표를 이룰 때가 도래하고 있었으므로 김춘추는 한 치의 빈틈도 없이 왕좌를 위해 필요한 모든 관계를 작동시키는 중이었다. 아버지 김춘추가 요석을 통해 얻고자 하는 혼인을 통한 혈맹, 그것은 가문의 힘을 확장하는 가장 현실적인 방법이었다. 철들자 요석은 그것을 간파했고 그런 현실로부터 가능한 한 벗어나 살고자 했으나 결국 이리되었다. 여왕의 돌연한 죽음과 함께 아버지의 목표가 예상보다 빨리 목전에 당도하고 있는 상황이니 요석의 처지는 대안을 간구해 볼 틈도 없이 덫에 걸린 셈이었다.

석아, 너는 사랑을 이루거라.

여왕의 말이 떠오를 때마다 요석은 지쳐 잠들 때까지 울었다. 요석이 이루고자 하는 모든 것을 집어삼키는 이 거대한 폐허, 아버지로부터 어떻게 벗어날 것인가. 대결할 것인가 포기할 것인가. 대결이 가능키는 한 것인가.

님이여. 저는 어찌하면 좋습니까.

여왕의 능에 떼가 돋고, 원효에게 직접 물을 수 없는 말을 날마다 홀로 되물으며 요석은 사위어 갔다.

24

· · · · ·

  호리호리하고 아담한 몸피에 영민한 눈매를 지닌 청년 수행자가 절집 마당에 들어섰다.

  인기척 없는 절 마당은 조용했다. 마당 왼편의 목백일홍 나무에 자그마한 나무 현판이 하나 걸려 흔들렸다.

  초개사(初開寺).

  날카롭게 빛나는 눈빛으로 현판을 일별한 청년이 마당 안으로 막 발을 떼려다 멈칫 섰다. 작은 절의 경내는 텅 비어 바람이 흐르는 모습까지 선명한데, 자세히 보니 살구빛 흙 마당에 비질 자국이 예사롭지 않았다. 마당을 빈틈없이 채운 비질 자국을 바라보던 청년 수행자의 희고 깨끗한 얼굴에 예리한 미소가 떠올랐다.

  비질 자국을 흩트리지 않으려고 마당을 에돌아 그가 단

칸 법당 앞에 이르렀다. 법낭 문을 열이 보니 니무료 까은 연좌대가 하나 놓여 있을 뿐 연좌대 위에 응당 모셔야 할 부처님이 보이지 않았다. 대신 연좌대 위엔 곡식 자루가 두 개 올라앉아 있고, 그 주위에 조그만 토우들이 옹기종 기 놓여 있었다.

청년 수행자의 미간이 살짝 찡그려진 순간이었다. 인기 척이 났다. 돌아보니 납의를 입은 훤칠한 수행자가 성큼 절 마당을 들어서고 있었다. 그가 바로 원효임을 단박에 알아볼 수 있었다.

원효는 낯선 방문객을 스스럼 없이 법당 안으로 들어오 게 했다. 몸에 밴 듯 자연스러운 태도였다.

"부처님이 봉안되지 않은 법당은 처음입니다."

"부처가 이리 많은데 무슨 말씀이시온지?"

원효가 주머니를 뒤적거리더니 조그마한 토우 두 개를 꺼내 연좌대 위의 토우들 속에 섞어 놓으며 무심하게 답했 다. 방문객의 얼굴에 당혹감이 어렸다.

"이 마을엔 도공들이 많이 삽니다. 이 집 저 집 허드렛일 을 도와주고 나면 이런 선물을 주는 분들이 있지요."

곡식 자루 주변에 놓인 토우들은 크기며 모양이 제각각 이었다. 괭이를 메고 있는 농부, 배를 젓고 있는 사람, 피리 부는 사람, 가야금 타는 사람, 가면을 쓰고 춤을 추는 사람,

소, 말, 개, 호랑이, 거북, 물고기 등의 가축과 동물 형상이
오밀조밀했다.

오전에는 묵언 수행하고 오후에는 마을을 돌본다는 마
을 사람들의 칭송을 떠올리며 청년 수행자가 원효에게 절
했다. 원효가 맞절을 했다.

"부처님들이 이리 많으시니 복된 절입니다."

금세 상황을 파악한 영민한 청년 수행자의 말에 원효가
시원한 웃음을 지으며 볶은 보리 한줌과 물 한 사발을 권
했다. 서슴없이 그것들을 받으며 방문객이 입을 열었다.

"소승은 황복사에서 온 의상이라 합니다."

의상이 자기 소개를 하였으나 원효는 듣지 못한 것처럼
가타부타 말을 잇지 않았다. 그의 태도는 마치 '이름'이란
것을 궁금해한 적도 물어본 적도 없는데 지금 꺼내어 놓은
'이름'이란 무엇인가, 되묻는 듯했다. 작위가 아니라 진심
으로 그런 것에 무심한 태도여서 의상은 또 한 번 아차 싶
었다.

"마당에 빗자루로 써 놓으신 발심 수행문을 보았습니다.
무소의 뿔처럼 대범하고 높고 뜨거워 소승의 마음이 홀연
자유로웠습니다."

홍안의 수행자가 그것을 어찌 알아보았을까.

그때서야 원효의 눈빛이 따스하게 반짝였다.

매일 새벽 절 마당에 빗자루로 쓰는 706자의 발심 수행
장은 구법의 노래이자 매일 스스로를 곧추세우는 수행의
채찍이기도 했다. 마음 밭을 쓸고 쓸어 한 점 티끌마저 털
어 내듯이 스스로 생각하는 발심 수행의 원칙들을 마당 가
득 한 자 한 자 적어 가노라면 혜공을 잃고 여전히 욱신거
리는 마음에 희미하게나마 새살이 돋는 느낌이 들었다.

무엇보다 발심 수행장을 직접 써 보면서 문장과 언어가
가진 신묘한 힘을 느끼고 있었다. 마음으로만 아는 것과
드러내 표현하는 것 사이에는 분명 큰 차이가 있었다. 문
장이 가진 이런 힘을 중생 구제에 도탑게 사용할 수 있으
면 좋으리라. 언젠가 분황사에서 예감한바, 서책 집필에 대
한 갈망이 서서히 생기는 중인 것도 같았다.

마당의 비질 자국에 불과해 보이는 706자의 구도송을
간파해 낸 이 젊은 수행자가 원효는 마음에 들었다. 높지
도 낮지도 않은 그의 목소리는 샘처럼 맑고 찼다. 구도의
결기가 느껴지는 젊음을 마주 대하자 오랜만에 기분이 좋
아진 원효가 미소를 지으며 의상의 눈부처를 들여다보았
다. 원효의 미소에 마음이 놓였는지 의상이 당돌하게 다음
말을 꺼냈다.

"원효 스님, 저와 함께 당나라에 가시지요!"

갑작스러운 의상의 말에 하하, 웃음을 터뜨린 원효가 반

쯤 열린 법당 문 사이로 마당 한편의 목백일홍을 건너다 보았다. 원효의 반응을 관찰하며 의상이 다음 말을 서둘러 덧붙였다.

"앞선 여왕께서 그리되신 후 옥좌에 오른 지금의 진덕 여왕을 두고 허수아비 임금이라고들 합니다. 내정은 어수 선히 불안하고, 백성은 부처님의 올바른 가르침으로부터 점점 멀어져 가고 있습니다. 난세의 신라에 부처님 빛을 새롭게 틔우기 위해선 공부가 더 필요합니다!"

저 나이에 나는 어디에 있었던가.

영민하게 빛나는 의상의 눈을 다시 들여다보며 원효가 잠시 지나온 날들을 떠올렸다. 서른세 살 원효의 눈매엔 가느다란 주름이 잡혔다.

"소승도 한때 도당을 모색했으나 발이 묶였소. 발이 묶 이고 보니 이곳에서도 할 일이 많더이다."

천천히 입을 뗀 원효가 염주 알을 하나씩 돌려 만지며 말했다. 의상이 곧장 원효의 말을 받았다.

"당에 백제 협공을 요청하러 갔던 김춘추 공이 돌아와 국통 자장 스님과 임금께 건의하여 당나라 연호를 쓰게 하 고 조정의 모든 신료들은 중국 의관을 입기 시작했다 합니 다. 신라의 앞날이 참으로 걱정입니다!"

"신라를 걱정하여 불법을 공부합니까?"

얼굴에서 미소를 거두고 원효가 물었다. 원효를 떠보던 의상이 금세 말의 내용을 바꾸었다.

"지금 세계의 중심은 중국 대륙입니다. 그곳에서 지금 어떤 불교가 논의되고 있는지 궁금하지 않으십니까? 당나라 현장 스님이 천축국 유학을 마치고 장안으로 돌아와 자은사에 주석하며 역경 작업과 후학 기르는 일을 하고 있다고 합니다."

선이 고운 섬세한 얼굴을 가진 스물다섯 살 의상은 그 얼굴 느낌과는 어울리지 않아 보이는 열정을 거침없이 표현하고 있었다. 공부하고자 노심초사하는 앳된 열정이 어여쁘다고 생각하며 원효가 굳은 표정을 풀고 찬찬히 그를 건너다보았다.

원효도 의상에 대해 들은 바가 있었다. 의상은 원효보다 8년 연하였다. 젊디젊은 데다 진골 귀족 집안의 자제이고 지력과 심신 모두 보기 드물게 출중한 법기이니 세계 제국 당나라의 수도 장안에서 벌어지는 최신식 학문에 대한 갈증이 크리라는 것은 충분히 짐작할 만했다. 마침 현장이 주도하는 새로운 불교 학풍이 일어나고 있다 하니 의상과 같은 명민한 수행자라면 응당 현장의 신유식이 궁금할 터였다.

하지만 원효는 달랐다. 말씀은 행위로 나투어야 비로소

완성된다는 것을 혜공, 대안, 혜숙 스님과 아미타림을 통해 이미 깨닫고 있는 바였으므로 의상의 열정은 그 자체로는 원효를 자극하지 못했다. 원효가 최근 궁구하는 바는 불경을 읽고 쓰는 일과 참선 수행에 쓰는 시간 외에도 하루의 절반은 반드시 백성의 삶 속에 있고자 하는 노력이었다. 부처의 말씀은 경전 지식으로서가 아니라 중생 속에서 삶의 방편으로 실현되어야 한다는 생각을 하기 때문이었다.

스스로 깨달음의 삶을 살며 동시에 중생들도 깨달음의 삶을 살도록 돕는 두 바퀴 법륜이 함께 움직여야 한다! 스승 혜공은 그것을 온몸으로 보여 주었다. 혜공의 죽음을 헛되이 하지 않고 마음의 빚을 갚을 수 있는 길은 보다 철저하게 두 바퀴 법륜을 삶 속에 조화시키는 것이라 원효는 생각했다.

수많은 경전을 읽고 공부한 황룡사의 승려들에게서 참 깨달음의 삶을 볼 수 없었듯이 경전의 지식으로만 전수되는 말씀은 정작 부처의 마음을 관 짝에 넣어 보관하는 것이나 다름없지 않은가.

그러므로 의상의 열망에 대한 원효의 반응은 더뎠다. 원효의 그런 반응을 예상이나 한 듯 의상은 마치 준비해 온 것처럼 다음 질문을 던졌다.

"선왕 시절 국통 자장 스님께서 당에서 가져왔다는 부

처님 금란가사 말입니다. 어찌 생각하십니까?"

당돌한 질문이었다. 황룡사 목탑에 금란가사와 사리를 봉안함으로써 황룡사의 권위를 드높이고자 한 일은 부처님 권위로 난세를 수습해 보고자 한 충정이었으나 금란가사의 실재에 대해서는 알 만한 사람들은 대개 믿지 않았다. 혜공과 대안은 자장이 부처님 금란가사까지 팔아먹으려 한다고 대로한 바 있었다. 부처님의 가사, 그런 것에 기대어서는 안 된다는 것을 알면서도 여왕은 흔들렸다. 다급했기 때문이었다. 그러던 중 금란가사가 도난당했다는 소문이 돌았고, 금란가사의 행방을 좇는 무리들이 여러 파 생겼으며 종당엔 국통 자장이 당에서 가져왔다는 금란가사가 가짜라는 이야기까지 온갖 풍문들이 시끄러웠다.

"공부가 모자랍니다. 신라의 불제자들 수준이 고작 이정도이기에 이런 경조부박한 일이 벌어지는 것입니다. 수준을 높여야 합니다. 더욱 가열한 공부가 필요합니다!"

맞는 말이다. 불제자 개개인의 수준이 높아지지 않으면 불법의 왜곡과 타락이 자꾸 일어날 것은 자명한 일. 열정과 패기가 고스란히 묻어나는 의상의 얼굴을 바라보며 원효가 보일 듯 말 듯 미소를 지었다.

때마침 바람이 불어 들어오며 반쯤 열린 법당 문이 끼이익 움직이더니 활짝 열렸다.

"너희는 저마다 자기 자신을 등불로 삼고 자기 자신만을 의지하여라. 진리를 등불로 삼고 진리에 의지하여라. 이 밖의 다른 것에 의지해서는 안 된다."

"게으르지 말고 정진하여라! 단 한 시각도 아깝고 아깝다. 인생은 짧디짧으니!"

원효가 뗀 운을 한순간도 머뭇거림 없이 의상이 받았다.

열린 법당 문으로 뉘엿한 저녁 햇빛이 들어오고 있었다.

"가섭 존자와 관계된 세존의 삼처전심 이야기를 해 보면 좋겠군요. 소승이 문 앞에 있겠습니다. 문을 밀고 들어올지 말지는 벗님이 결정하시오."

원효의 제안을 법거량을 하겠다는 뜻으로 헤아린 의상이 씨익 웃었다.

원효가 연좌대 옆에 놓인 거문고를 끌어당겨 무릎에 뉘었다. 술대 끝에 '일심(一心)'이라 새겨진 붉은 광목 매듭이 달려있었다. 해가 지듯이 소리통이 울렸다.

"영산회상거염화(靈山會上擧拈花)."

원효가 느릿한 선율 위에 글자를 얹어 입을 열었다. 의상이 원효의 노래를 서사의 시로 받았다.

"영산의 붓다께서 법문하시던 어느 날 허공에서 연꽃잎이 눈처럼 흩날렸네.

설법을 멈춘 붓다께서 한 송이 꽃을 주워서 가만히 그

꽃을 들어 보였네.

붓다의 뜻을 알 수 없어 다들 황망한 그때 가섭 존자만
이 빙그레 웃었네.

이심전심 염화미소.

팔만 설법의 문자나 교리로 표현할 수 없는 진리를 미소
로 나타낸 가섭 존자를 붓다는 사랑하셨네."

의상은 흘러가는 물결처럼 거침이 없었다. 원효의 얼굴
에 미소가 떠올랐다.

"다자탑전분반좌(多子塔前分半坐)."

"붓다께서 다자탑 주위에 앉아 설법하실 때 가섭 존자
가 분소의를 걸치고 뒤늦게 참석하였네.

설법을 듣던 수많은 수행 승이 가섭의 분소의를 얕보며
꺼려했네.

이때 붓다께서 가섭을 불러 자신이 앉았던 자리를 반으
로 나누어 그를 곁에 앉히셨네."

술대를 잡은 원효의 손에 신명이 붙고 있었다. 고개를
끄덕이며 하하하, 웃음으로 추임새를 넣었다.

"사라쌍수곽시쌍부(沙羅雙樹槨示雙趺)."

"임종 무렵 붓다께서 사라수 여덟 그루가 둘씩 짝지어
마주 선 사이에 자리를 깔게 하고 열반에 드시었네.

임종하는 자리에 부처의 으뜸 제자 가섭이 없었네.

부처께서 제자들에게 말씀하시되, 가섭이 오거든 정법 안장을 드러내리라 하셨네.

토굴에서 수행하던 가섭이 갑자기 수승한 광명을 보고 곧바로 붓다께 왔으나 붓다의 육신은 이미 관 속에 들어 있었네.

여래의 열반이 어찌 이리도 급작스러운가.

가섭이 울었네.

이 육신을 버리고 먼저 홀로 가셨군요.

가섭이 관 주위를 돌고 세 번 절하며 슬피 울며 말하였네.

그러자 관 속으로부터 붓다의 두 발이 나와 이를 내보이셨네."

흡족하게 고개를 끄덕이며 거문고를 내려놓은 원효가 의상에게 물었다.

"지금 그대는 무슨 생각을 합니까?"

"부처님의 금란가사를 전해 받아 불조법맥 1조가 된 가섭의 마음을 생각합니다."

순간, 원효의 표정이 어두워지며 좀 전의 호쾌하고 갓 맑은 얼굴이 싸늘하게 식었다. 원효는 굳은 얼굴로 골똘히 생각에 잠겼다. 돌변한 분위기에 긴장한 의상이 가만히 침을 삼켰다. 둘 사이에 정적이 흘렀다.

"저는 의심합니다."

침묵을 깨고 원효가 입을 열었다.

"부처님의 금란가사라니요? 평생을 탁발하며 사신 붓다께 무슨 금란가사가 있겠으며, 누군가 비단으로 지은 가사를 바쳤다 해도 붓다께서는 그것을 소유하지 않았을 분입니다. 어찌 생각하오?"

갑자기 한 대 얻어맞은 듯 당혹스러운 표정으로 의상이 입술을 깨물었다. 국통 자장이 당에서 가져왔다는 금란가사 이야기를 한심하게 여겼으나, 부처님 당시의 금란가사에 대해 의심해 본 적은 없었다. 부처님은 거룩한 존재이시니 금란가사를 두르는 것이 당연하지 않은가. 가섭 존자가 불조법맥을 이어받는 과정에서 스승의 가사가 전해지는 것 또한 당연하지 않겠는가. 중국에서 유학하고 돌아온 승려들에게서 부처님의 금란가사와 법맥 이야기를 듣게 될 때 의상은 한 번도 의심을 품은 적이 없었다.

"게다가 불조법맥이라니요? 이 또한 무슨 가당치 않은 말입니까? 경전을 통해 아는바, 붓다가 열반에 들려 할 즈음 아난다 존자가 간곡하게 붓다께 여쭈었습니다.

'붓다가 떠나신 다음 우리가 의지할 스승은 누구입니까?'

그때 붓다께서는 말씀하셨습니다.

'후계자는 따로 없다. 영원한 스승은 내가 깨닫고 설파한 가르침이다. 그대들은 오로지 법에 의지하고 사람에 의지하지 말라. 법이야말로 영원한 그대들의 스승이다!'"

의상의 얼굴에서 핏기가 가셨다. 지금 원효가 하고 있는 말은 의상 역시 경전을 통해 이미 아는 바였다. 그런데도 왜 자신은 가섭이 붓다의 법맥을 전수받았다고 생각한 걸까.

당혹스러워하는 의상을 보며 원효가 좀 전보다 부드럽게 말을 이었다.

"방금 우리가 나눈 삼처전심 이야기 말입니다. 당에서 유학하고 돌아온 스님들을 통해 알음알음 전해진 이런 이야기들이 저는 흥미롭습니다. 비록 경전 바깥의 이야기라 하더라도 듣고 받아들이는 데 아무 거리낌이 없습니다. 붓다와 그 제자들은 1000년도 더 전의 인물들이니 후대로 오며 다양한 일화들이 재구성되는 것은 자연스러운 일입니다. 이런 이야기에는 문향이 가득하지요. 시심이 느껴집니다. 저는 삼처전심 이야기를 음미할 때마다 스승과 제자 간의 깊은 신뢰가 느껴져서 참 좋습니다. 일체의 권위와 형식으로부터 자유로운 한 인간으로서의 붓다…… 그분이 자신을 따르는 제자에게 보여 준 곡진한 믿음과 정성 어린 배려 같은 것…… 저에게도 그런 스승이 계셨습니다……."

원효의 눈 속이 촉촉해지며 눈자위가 붉어졌다. 그런 원효를 관찰하며 의상의 등줄기로 식은땀이 흘렀다. 이 사람의 정체는 대체 무엇인가. 의상은 원효가 꺼려지면서도 끌렸다. 잠시 숨을 돌린 후 원효가 말을 이었다.

"문제는 재구성된 이야기 자체가 아닙니다. 이런 상징들은 경전과는 다른 감동을 주니 아름답습니다. 문제는 상징을 역사의 사실이라 믿게 될 때 부처님 말씀에 왜곡이 일어난다는 것이지요. 붓다께서 후계를 정하지 않았음에도 가섭이 법통을 이어받았다는 왜곡과 착각이 발생하면 법은 오염됩니다. 곡두에 사로잡히는 겁니다. 천축국에서 부처님 금란가사가 전해져 법맥을 이루고 그 법맥을 이어받은 달마가 중국에 와 중국 불교의 초조가 되고 그 밑으로 다시 법맥이 인가된다는 환각! 이런 환각이 은밀히 퍼져 가면 필연적으로 중화주의와 사대주의를 강화하게 됩니다. 중국으로 유학 가서 법맥을 받아 오지 않으면 인정받을 수 없게 되는 우스꽝스러운 사태가 벌어집니다. 요즘 나타나는 황룡사 현상을 보십시오. 황룡사의 물질적 타락은 이미 오래된 일이나 최근에는 중국에서 돌아온 유학파들이 일으키는 정통성 분란에 계파 싸움까지 가세한 데다 금란가사와 사리 다툼까지 얽히고설켜 있으니, 대체 거기를 어찌 절집이라 하겠습니까? 여기는 신라입니다. 당나라 장안의 어느 학파가 인가해 준 불교가 아니라 이 땅에는 지금 이 땅의 백성들이 원하는 불교가 필요한 거요!"

나지막이 시작된 원효의 목소리가 점점 더 커지고 또렷해졌다. 그럴수록 의상의 등골엔 서늘한 소름이 돋아 올랐다. 복잡한 의상의 마음을 눈치챈 원효가 다정한 말로 덧붙였다.

"젊은 도반! 나도 당에 가 보고 싶소. 장안에서 현재 어떤 불교가 논의되고 있는지 궁금합니다. 목숨을 걸고 구법의 열정을 실천한 현장 또한 직접 만나 보고 싶소. 참으로 멋진 사내잖소! 나는 그가 천축에서 가져와 번역하고 있다는 『유가사지론(瑜伽師地論)』이 정말 궁금합니다. 어서 읽어 보고 싶어 안달이 난다오."

돌연 두 눈을 빛내며 현장의 『유가사지론』 이야기를 꺼내는 원효의 표정은 정말로 그 책이 궁금해 죽겠는 순진한 소년 같은 얼굴이어서 의상은 조금 긴장이 풀렸다.

빙그레 웃으며 원효가 의상에게 차를 권했다.

"제가 만든 쑥차입니다."

당혹감을 다스리려 의상이 차향과 빛과 맛에 대한 감탄의 말을 부러 과장되게 늘어놓았다. 그런 의상을 바라보다가 원효가 싱긋 웃었다.

"복잡할 거 없습니다. 쑥 빛은 쑥으로부터 진달래꽃 빛은 진달래꽃으로부터."

"예?"

"아…… 하하. 오랜만에 도란도란 이런 이야기를 하고 있자니 어떤 도반이 떠올라서요. 그 사람이 내게 해 준 말입니다. 하하."

열린 문으로 저녁 바람이 불어 들어왔다. 불붙은 듯 장엄한 노을이 낮은 하늘에 가득했다.

지금 이 땅의 백성에게 필요한 붓다…… 붓다의 맨발…… 맨발의 붓다…….

노을을 통과해 온 바람을 맞으며 원효가 가만히 되뇌었다. 소슬하면서도 강건한 의지가 드러나는 원효의 옆얼굴을 일별하는 의상의 눈 속 깊이 복잡하고 날카로운 빛이 지나갔다. 원효의 훤칠한 골상에 서린 우수가 어쩐지 저릿했다. 의상으로서는 처음 느껴 보는 낯선 기분이 밀려들었다.

'그간 보아 온 서라벌의 어떤 승려나 정치가와도 닮지 않은 사람이다. 과연 이 사람을 김춘추 공이 원하는 바대로 당으로 데려갈 수 있을 것인가?'

부친과 약조의 예를 치른 후 의상에게 악수를 청해 오던 김춘추 공의 날카로운 눈매와 강인한 손아귀 힘이 떠오르자 의상의 머릿속은 한층 더 복잡해졌다.

의
상
을
떠
나

다
시
아
비
규
환
으
로

논서를 쓰고 경전을 해석하여 커다란 가르침을 펼친 것,

마명과 용수라야 원효에 짝할 수 있으리라.

지금 배움에 게으른 무식한 무리들에게는

오히려 동쪽 집에 공자가 있는 것과 같다네.

著論宗經闡大猷, 馬龍功業是其儔.

如今惰學都無識, 還似東家有孔丘.

— 의천(義天, 1055~1101), 『대각국사문집(大覺國師文集)』

隨手迢迢滿眼

忽都從各名

老別題所类

25

.
.
.
.
.

"문 앞의 찰간을 넘어뜨려라."

원효가 요석에게 남긴 편지는 이렇게 끝나 있었다.

원통에 두루마리로 말아 넣은 종이를 펴 쓰다듬어 보다가 요석이 찬찬히 뼘을 재 보았다. 실제로 만질 수 없는 님의 옷깃을 만지듯 요석의 마음이 안타까웠다. 스무 뼘에이르는 종이에 달필로 적힌 원효의 글은 드높고 뜨거웠다.

원효는 초개사에 안거하기 시작한 이래, 하루 중 단 한시각도 허투루 보내지 않는 틈틈이 요석에게 편지를 써 보내곤 했다. 그 편지들은 일종의 자기 점검을 위한 글들이기도 해서 경전에 대한 특별한 의문이나 감탄이 솟구칠 때면 일필휘지로 썼다가 한데 모아 인편으로 요석에게 보내졌다.

요석은 그의 사유기 도달한 그고 자은 파랑들을 편지의 행간에서 읽으며 원효의 고민과 찬송에 동참하는 셈이었다. 실제로는 자주 만나지 못해도 그렇게 요석은 숨 쉬는 공기처럼 원효를 느끼고 있었다.

그런데 최근 상황은 더할 수 없이 나빠졌다. 그간은 집의 대문을 벗어날 때 수행병이 동행하는 정도였으나, 달포 전부터 요석은 집 동편 자신의 별당에 완전히 갇혀 버린 신세였다.

어떻게 이 상황을 벗어날 것인가.

진덕여왕을 왕좌에 올려놓은 후 아버지 김춘추의 행보는 더욱 빨라졌고 집 안에는 긴장감이 감돌았다. 아버지의 야망이 드디어 기지개를 켜는 시점이었다. 요석의 혼인이 빠르게 추진되고, 혼인 대상으로 집중 거론되는 몇몇 집안과의 물밑 교류가 진행 중이었다. 심신을 정갈히 하여 차질 없이 혼인에 임하라는 통보를 받은 날부터 요석은 부친에 대한 조석 안부를 거부했다. 요석의 저항에 김춘추는 격노했고, 이후 요석은 별당에 갇혀 한 발짝도 꼼짝하지 못하는 신세가 되었다.

더 이상은 홀로 견디지 못할 것 같은 막막한 두려움이 엄습했다. 원효를 서라벌로 청해 그의 곁에 있고만 싶은 순간의 연속이었다. 여러 차례 망설인 끝에 작심하고 원효에게 편지를 보냈다. 그런데 휘소가 요석의 편지를 가지고 초개사에 도착했을 때 원효는 이미 당으로 떠난 후였다. 떠나기 전 그가 요석에게 남긴 이 편지만이 휘소의 손에 전해졌다.

문 앞의 찰간을 넘어뜨려라…….

두루마리 편지를 가슴에 꼭 그러안은 채 요석이 휘청거렸다. 바닥에 풀썩 주저앉은 요석이 가만히 방문을 응시했다. 이제 어쩔 것인가. 별당의 모든 문은 밖에서 굳게 잠겨 있고, 아버지의 충복들이 교대로 번을 서고 있다. 휘소만이 믿을 수 있는 수하이나, 휘소는 아버지의 충복이기도 했다. 어떤 경우에도 휘소가 아버지의 뜻을 거역할 수는 없다는 것을 요석은 알고 있었다.

당나라에 함께 간다면? 아니 되는 일인가?

절박하게 떠오른 생각에 요석은 골몰했다. 지금의 상황을 벗어나는 가장 분명한 길이 도당이라는 판단이 서자, 요석은 그 길로 새를 날려 휘소를 불렀다.

감금된 별당을 지금 나설 수만 있다면 원효를 따라잡을 수 있으리라. 육로로 간다 하셨으니 말을 타고 쫓아가면 충분히 가능하다. 휘소가 편지를 전해 받았을 때가 길 떠난 지 사흘 후였으니 지금쯤 원효는 고구려 국경에 닿았거나 이미 넘어갔을 테지만, 말만 준비된다면 따라잡는 데는 문제가 없었다. 고구려 국경을 넘어산 후 원효를 어떻게 만날 수 있을지는 지금 따질 일이 아니었다. 도중에 못 만난다면 당나라에 가서라도 만날 수 있지 않겠는가. 지금은 일단 이 집을 벗어나야 한다!

요석의 부름을 받고 별당으로 향하는 휘소의 얼굴은 복잡했다. 어려서부터 요석과 함께 자란 휘소가 요석의 성정을 모를 리 없었다.

요석보다 두 살 어린 휘소는 김춘추가 서라벌 기루의 퍽 유명한 기녀를 범해 낳은 아들이었다. 다섯 살 되던 해에 집안에 들여진 그는 아들이라기보다는 김춘추의 충복으로 생존해 왔다.

"너, 검을 다룰 줄 아느냐?"

처음 집안에 들여진 어린 소년을 누구도 아는 척하지 않을 때, 일곱 살 요석은 휘소에게 다가와 이렇게 물었다. 반가운 마음에 냉큼 고개를 끄덕였고, 실은 검을 잡아 본 적 없었음에도 휘소는 요석이 내민 목검을 들고 대련 요구에 응했다.

"휘소야, 너나 나나 우리 처지는 말이다, 강해져야 한다. 나는 아주 강해지고 싶어. 그러니 매일 수련을 게을리 하면 아니 된다."

고작 두 살 위의 이복 누이가 고사리 같은 손을 내밀어 휘소의 어깨를 토닥여 줄 때, 휘소는 누이를 위해서라면 목숨을 바칠 수도 있다고 생각했다. 어린 나이에 목숨 운운까지 하게 된 것은 요석이 늘 이런 이야기를 했기 때문이다.

"나는 말이다. 목숨을 바쳐도 좋을 만한 일을 하면서 살 거다. 사랑도 그렇게 할 것이다. 사람으로 태어났으니 말이다."

다부지고 총명하며 때로 전혀 다른 세상의 사람 같던 누이는 휘소에게 빛이자 등대였다. 어린 소녀 적부터 어엿한 아씨가 되기까지 그 모든 단계에서 요석은 경탄의 대상이었다. 휘소 자신은 차마 살지 못하는 삶을 요석은 거침없이 이루었다. 집안으로부터의 독립, 여왕을 보필한 백성 구휼, 면포점을 통한 가난한 여인들의 구제, 아미타림에의 헌신……. 누이는 서라벌 귀족 여인들이 한 번도 생각해 보지 않은 삶을 꿈꾸었고 꿈꾸는 대로 살고자 한 사람이었다. 목표가 정해지면 할 수 있는 모든 것을 동원해 그것을 이루어 갔다. 때로 아버지의 명망도 이용했고 심지어 여왕마저 활용했다. 지나치다 싶어 염려하는 휘소에겐 백성 모두를 이롭게 하는 일이니 주저할 바 없다고 잘라 말했다. 사사로이 탐내는 것이 없었으므로 누이는 당당했다. 스스로에 대한 자신감이 넘치던 사람, 백성을 도울 수 있는 가장 적절한 방법을 찾아 늘 고심하던 사람, 할 일을 결정하면 모든 조건을 이용해 그것을 이루어 가며 기뻐하던 사람, 요석 옆에서는 무엇이든 침착해지고 힘차고 밝아졌다.

그런 요석이 단칼에 날개 잘린 새가 되어 별궁에 갇힌 신세가 되고 만 것이다.

너나 나나 우리 처지는 말이다…… 강해져야 한다.

이 집안에 들어와 처음 들었던 일곱 살 누이의 따뜻한 목소리가 휘소의 귓가에 쟁쟁하게 울려 왔다. 누이 없는 삶을 생각할 수 없으나 지금은 누이를 보내야 한다. 이윽고 휘소의 눈빛이 결연해졌다. 별당 쪽 동문을 막 통과하려던 휘소가 발걸음을 마구 쪽으로 돌렸다. 요석이 바로 타고 떠날 수 있도록 말을 점검한 후 다시 별당으로 향하는 순간이었다.

가병들이 별당으로 급히 움직이는 것이 보였다. 이어서 안채에서 사람들이 움직이는 기척과 함께 김춘추의 목소리가 들려왔다. 아뿔싸. 휘소가 동문 담을 타넘어 빠르게 별당으로 내달렸다.

그 시각, 바깥 동태를 살피며 급히 바랑을 꾸린 요석이 마지막으로 검을 챙겼다. 단검은 품속에, 장검은 등 뒤에

찼다. 별당을 지키는 사병들 말소리와 함께 귀에 익숙한 휘소의 발걸음 소리가 들렸다. 요석은 문 뒤쪽에서 기다렸다.

휘소를 설득해 별당을 빠져나가리라. 설득이 안 된다면 겁박해서라도 가리라!

요석이 검을 잡았다.

"요석 낭주님!"

유난히 크게 들리는 휘소의 목소리와 함께 문이 열렸다. 요석의 검이 번개처럼 휘소의 목을 겨누었다.

"여기서 나갈 테다. 나를 도와라, 휘소!"

부러 큰 목소리로 요석을 부르며 문을 연 휘소의 안타까운 눈빛을 보자 요석은 곧 사정을 알아차렸다.

"춘추 공께서 오고 계십니다!"

휘소의 말이 떨어진 순간, 아버지이자 주군인 김춘추가 가병들을 이끌고 별당 문으로 들어섰다.

.
.
.
.
.

26

"그래서, 그다음은 어찌 되었답니까요?"

나이 지긋한 옥리가 원효를 다그쳤다.

"오늘은 여기까지!"

원효가 씨익 웃고는 옥 안에서 벌렁 누워 버렸다. 모여 있던 옥리들이 탄식했다. 엉거주춤 다가와 원효 옆에 따라 눕는 의상에게 원효가 빙긋 웃으며 속삭여 말했다.

"씨앗이 싹틀 시간이 필요합니다. 염려 말고 한숨 자 두시오. 내일이면 여길 나갈 수 있을 거요."

의상은 이 모든 사태가 그저 신기한 탓에 티 나지 않게 고개를 끄덕이고는 잠을 청해 보려 했다. 고구려 국경에서 순라꾼에게 잡혀 감옥에 처박힌 지 나흘째였다. 속수무책 이다 싶었는데 어제 갑자기 원효가 옥리들을 향해 설법을 시작했다. 그러자 감옥은 삽시간에 부처님에 관한 이야기 꽃이 피는 사랑방처럼 화기애애해졌다. 잡혀 들어올 때 옥리들의 광폭함을 생각하면 기이한 반전이었다. 중으로 변장한 첩자인 걸 다 안다며 무섭게 윽박지르던 형리도 어느새 옥문 가까이 앉아 원효의 입담에 빠져들었다. 다른 동의 옥리들까지 원효의 이야기를 들으러 모여든 판국이었다.

의상은 원효를 직접 만나기 전까지는 그에 대한 의심이 컸다. 원효에 대한 백성의 찬사가 하늘을 찌를수록 더욱 그랬다. 그가 서라벌 백성들과 함께해 온 시간을 감안한다 하더라도, 국통 자장도 아니요 명망 높은 유학승도 아닌 일개 수행자에게 보내는 백성의 찬탄이 너무 과하다고 생각했다. 질투의 마음이 얼마간 섞이기도 했겠으나, 혹세무민의 여지가 있다고 생각하던 차에 김춘추 공이 밀약을 요청해 온 것이었다. 김춘추 공의 제안은 여러모로 흥미로웠고 문중 회의를 거쳐 부친은 그의 제안을 흔쾌히 받아들였다. 쌍방 가문의 이익에 고루 득이 될 일이니 적절한 약조의 예를 취한 후 두 진골 가문은 도타운 징표까지 주고받았다. 계획대로 김춘추 공이 보위에 오르고 신라가 삼한 일통의 대업을 이루어 더욱 드넓은 불국토의 터전을 가꾸게 될 때 당에서 공부를 마치고 돌아오면 모든 것이 맞춤했다. 당에서 돌아와 약조받은 국사의 위업을 맡아 가문과 신라 모두를 위해 뜻을 펼치고 왕실의 안정적 후원으로 신라의 불국 건설에 매진할 수 있는 것이다. 출가할 때부터 의상의 가문은 국사를 염두에 두었으니 그 성취 시기가 한층 빨라지는 것이고, 김춘추 공에게는 강력한 진골 왕권을 수호할 왕사가 생기는 것이니 이 모든 것이 예정된 부처님 가피 아니겠는가. 그런 미래의 첫 관문으로 원효와의 동행은 전혀 문제 될 게 없는 제안이었다. 원효를 데리고 도당 유학을 떠나라고 긴급히 제안한 김춘추 공에게는 그의 사정이 있는 것이겠으나, 출발이 어떠했듯 지금 의상은 두 마리 토끼를 한 번에 잡은 듯 원효라는 도반에게 끌리고 있었다.

한편 원효는 팔베개를 한 채 생각에 잠겼다.

요석은 마지막 편지를 잘 받아 보았을까. 이렇게 고구려 옥에 갇혀 국경에서 나흘이나 허비하게 될 줄 알았으면 얼굴이나 한 번 보고 올 것을…….

간밤 꿈자리가 뒤숭숭하여 자꾸 요석이 신경 쓰였으나 감옥에, 그것도 고구려군의 감옥에 갇힌 신세이니 뭘 어떻게 해 볼 수도 없었다. 일단 감옥을 나간 후 아미타림 벗들과 접선하게 되면 요석의 상황을 살필 수 있으리라 생각하며 마음을 다잡았다. 아미타림도 요석도 모두 불안한 상황에서 도당을 결행한 것이 내심 걸렸으나, 그 역시 아미타림의 요청이었으니 어쩔 수 없는 일이었다.

의상이 방문한 지 나흘 후, 흰새가 초개사로 왔다. 평소의 흰새답지 않게 수척하고 불안해 보였다.

아미타림 상황은 예상했던 것처럼 좋지 않다고 했다.

백제군 병사에 의한 혜공의 죽음. 결국 이것은 아미타림의 내분에 결정적인 도화선이 되고 말았다. 혜공의 사십구재를 마칠 때까지는 고인에 대한 예로써 물밑에 눌러 두었던 감정들이 원효가 떠난 후 본격적으로 폭발하기 시작했고, 백제인과 신라인 사이에 감정의 골이 점점 더 깊어져 결국은 아미타림 내부에 대립 진영이 만들어지고 만 것이다. 시발점은 신라인들이었다. 한 무리의 신라인들이 혜공을 살해한 백제군 병사를 용서할 수 없다는 태도로 일관했고 그 태도는 일종의 전선을 형성했다. 처음엔 수세적인 태도였던 10여 명의 백제군 부상병들도 결국 맞불을 놓기 시작했다. 서서히 증폭되던 갈등 상황은 오래전부터 아미타림의 주민으로 살아온 백제 유민들이 백제군 부상병들을 옹호하고 나서면서 절정에 달했다. 아미타림은 백제인과 비백제인으로 진영이 양분되고 말았다.

결국 기존의 거주민들 중 백제 유민들과 백제 군병 80여 명이 아미타림을 떠나는 것으로 내분은 일차 정리되었다. 문제는 아미타림을 떠나기로 한 이들의 거취를 정하기가 참으로 어렵다는 데 있었다. 이늘은 모누 백제로 돌아살 수 없는 백제인들이었다. 어떻게든 신라 안에서 자리를 잡기 위해 여러 고을을 탐색하며 산발적인 형태의 소규모 아미타림을 모색하는 중이라 했다. 그중 일부는 서라벌 동시의 밥집으로 올라간다고 하였다.

흰새가 전한 소식 중 가장 우려스러운 문제는 그다음이었다. 아미타림을 나온 80여 명이 각각 10여 명씩 흩어져 적당한 고을로 흩어져 들어간 시점부터 무슨 연유인지 복면자들이 붙는다는 것이었다. 심지어 사포항으로 들어간 이들에게까지 복면자가 붙어 아미타림 사람들은 이제 어딜 가든 미행과 감시를 당하는 상황이라 했다.

원효는 머릿속이 복잡했지만, 흰새는 간단히 정리했다.

허깨비 진덕여왕을 앞세워 놓고 조정 내부의 암투가 극에 달하고 있다는 것, 누가 최종 승자가 되든 간에 안정적인 왕권이 들어서기 전까지는 불안할 수밖에 없다는 것, 지금으로선 언제든 아미타림과 아미타림에 관여한 사람들이 희생타가 될 수 있다는 것, 그러니 바짝 엎드려 이 난세를 견뎌야 한다는 것이었다.

상황을 전달한 흰새가 초개사로 급히 온 이유를 전했다.

"당으로 가는 것이 좋겠습니다, 형님! 바유 형님과 대안 스님의 최종 판단이 그러합니다."

이런 상황에서 홀로 당으로? 도움이 될 일을 함께 찾아야 하지 않겠나.

원효의 생각은 그러했다. 하지만 흰새가 전하는 바는 전혀 달랐다.

"형님은 이미 아미타림과 관계된 유명 시님 아니오? 형님의 동향을 감시하고 파악하기 위해 아미타림 사람들 모두에게 복면자를 붙이는 것인지도 모릅니다요. 게다가 밥집엔 요즘 복면자만이 아니라 귀족들 사병까지 어슬렁거립니다요. 모두 불안해서 다시 뿔뿔이 흩어져야 할 판인데 감시가 심해 그도 쉽지 않고요."

대놓고 사병이 상주한다면 어느 때고 사람들을 붙잡아들일 수도 있다는 얘기였다.

"글고 이건, 바유 형님은 전하지 말라 한 얘기입니다만,"

흰새가 주저하며 꺼낸 말은 이러했다.

"달포 전에 바유 형님이 복면자들에게 잡혔더랬소. 목에 칼을 들이밀고 놈들이 캐고자 한 게 형님이랍니다. 요승, 에고 죄송해요, 형님, 암튼 원효와 어떤 관계냐고 물었다 합니다요. 왕좌를 탐내는 귀족 파벌이야 워낙 많지만 어느 쪽 무리인지 대충 짐작 간다 하는데, 암튼 중요한 건, 형님과 아미타림을 한 코에 꿰어 뭔가에 써먹을 요량인 자들이 있다는 것입죠."

비로소 상황이 전체적으로 소상되있다. 소개사에 복면자가 붙는 것은 이미 알고 있었다. 감시당하는 것을 알았으나 선왕 시절부터 익숙한 일이었다. 마을 사람들을 도와 일을 하고 염불하고 공부하는 것 외에는 어떤 대외 접촉도 없이 지내고 있으니, 복면자가 붙어 봤자 알아 갈 것도 없는 게 현실이었다. 그런데 아미타림 전체가 감시당하고 있다면 이것은 다른 문제였다. 더구나 백제 출신 아미타림 사람들과 자신의 행방이 함께 감시받는다는 것은 경우에 따라 모반, 대역죄로 활용될 여지가 충분했다. 여러 번 경험했듯이 정치권력은 자신들의 권력을 위해 희생타로 쓸 반역자들을 늘 필요로 하지 않던가. 코에 걸면 코걸이, 귀에 걸면 귀걸이가 되는 죄인들을 상비해 놓는 것이 권력다툼의 현장이었다.

그렇다면 요석은? 요석은 지금 어떤 상황인 것인가.

"요석 낭주님은 걱정할 것 없다 하셨습니다. 사분오열되어 있긴 해도 지금 실세는 김춘추 공입니다. 요석 낭주는 그분 따님 아닙니까? 대안 스님께서 서두르라 하셨습니다, 형님! 지금이 바로 도당의 시기요! 형님이 당나라에서 유학하는 동안 여기 아미타림도 다시 자리를 잡을 것이니 염려치 말라 하셨고요. 지금은 각자도생 시기라 하셨소. 아, 참참, 그리고 이 말을 꼭 전하라 하셨습니다. 혜공 스님의 유지를 기억하라고요."

아미타림을 벗어나라.

혜공을 떠올리며 원효가 긴 숨을 내쉬었다. 상황이 이 정도라면 지체할수록 아미타림에 폐가 되는 일이다. 그 밤 내내 요석에게 보내는 긴 편지를 썼다. 떠나기 전에 한 번 볼 수 있길 바랐지만, 참았다.

흰새의 말대로 날이 밝자마자 초개사를 떠나 황복사로 갔다. 흰새가 전한 바에 의하면 대안 스님에게 찾아온 걸출한 법기가 원효의 도당을 돕겠다고 했고, 대안이 살펴 본 바 불학의 열정이 금강 같은 출중한 수행자이니 때마침 잘 된 인연이라 했다. 집안의 후광을 업은 귀족 출신 수행 자의 유학길이니 원효는 따로 준비할 노자 없이 몸만 움직 이면 된다 했다. 대안 스님께 찾아왔다는 그이는 바로 황 복사의 의상이었다. 이미 만나 본 바였으니 원효는 족하고 안심이 되었다. 황복사에 도착해 이틀간 꼼짝 않고 지냈다. 의상은 두 사람 몫의 여행 준비를 모두 마쳐 놓고 있었다. 고구려 국경까지 갈 수 있는 말 두 필은 긴 머리로 한쪽 눈 을 가린 거구의 사내가 끌고 와 전해 주었다고 했다. 원효 가 문득 아미타림 쪽의 하늘을 올려다보며 벗들의 안전을 빌었다.

황복사를 나와 고구려와의 국경인 안광현에 이르기까지

복면자가 따라붙는 일은 없었다. 그런데 신라를 무사히 빗어난 바로 다음 순간에 아뿔사, 고구려 병사들에게 포위당하고 만 것이었다.

*

"대사님! 새날이 밝았으니 어서 이야기를 계속하시지요."

옥리들의 재촉이 아침부터 시작되었다. 이놈 저놈 쌍욕을 들어 가며 첩자임을 이실직고하라고 문초를 당했던 며칠 전과는 달리 '대사님' 소리를 듣게 되자 의상이 원효 옆에서 쿡쿡, 웃었다.

이제 고구려의 군병들은 옥문을 사이에 둔 채 원효의 이야기에 완전히 몰입하고 있었다. 순식간에 고구려의 군병들을 부처님 당대의 이야기로 끌어들이고 있는 원효를 의상은 경이로운 눈빛으로 바라보았다.

딱! 원효가 목탁을 쳐 추임을 넣고는 어제에 이어 이야기를 계속했다.

"가섭 존자께서 말했습니다.

'부처님의 다비를 모두 마쳤다. 부처님의 금강 사리를 줍는 일은 우리들의 일이 아니다. 거룩한 여래의 제자들이

여, 모두 모이세. 법문을 결집해 부처의 가르침을 이어 가
야 하리.'"

옥문 밖에 모여 앉거나 선 채 귀 기울이는 고구려 군사
들이 고개를 끄덕였다.

"부처께서 행한 법어를 모두 배우고 익혀 학식 제일, 지
혜 제일이던 아난다는 부처님 생전에 많은 사랑을 받았지
만 아직 도를 이루지 못했습니다. 하여, 500여 수행승이 운
집해 경전을 결집할 때 아난다는 그 대열에 낄 수 없었습
니다. 속상했겠지요?"

원효의 말에 옥문 밖 군사들이 일제히 고개를 끄덕였다.

"속상해진 아난다가 가섭 존자에게 물었습니다.

'세존께서 틀림없이 은밀히 따로 오묘한 정법을 물려주
셨을 것이니 그것이 대체 무엇입니까? 혼자만 간직하지 말
고 나눠서 가르쳐 주십시오!'"

아난다의 마음을 이해하겠다는 듯이 올리며 형리, 군사
들이 진지하게 눈을 반짝이며 다음 말을 재촉했다.

"가섭 존자가 아난다를 가만히 바라보다가 입을 열었습
니다."

원효가 의상 쪽으로 몸을 획 돌리더니 의상을 바라보며
말했다.

"아난다여!"

"네."

엉겁결에 의상이 대답했다.

"문 앞의 찰간을 넘어뜨려라!"

원효가 우렁찬 목소리로 말하자, 의상은 물론 옥문 밖 군졸들 모두가 갑자기 무슨 말인가 하여 어리둥절했다.

"찰간이 뭐여?"

"왜 그 있잖어. 절 앞에 세우는 깃대 같은 거. 이 절에 덕이 높은 승려가 있소, 하고 알려 주는 그거."

"근데 찰간을 왜 넘어뜨리래?"

자기들끼리 어수선히 수런거리다가 옥리들이 주섬주섬 침묵했다. 그때 누군가 표주박에 담긴 물을 옥문 안으로 넣어 전했다. 원효가 물을 받아 한 모금 마시고 의상에게 주었다.

"아난다는 이 말뜻을 알아채지 못하고 문 앞에서 다시 7일간 용맹 정진에 들어 가섭의 말을 골똘히 생각하다 크게 깨우쳐 이윽고 도를 이루었습니다. 그리하여 경전 편찬 법석에 참여할 수 있었습니다."

"아, 그런데 아난다 존자님은 왜 그렇게 늦되어 말귀를 못 알아들었소? 지혜 제일이었다면서요?"

창을 든 채 옥문에 바짝 붙어 앉아 있던 나이 지긋한 옥리가 답답하다는 듯 불쑥 물었을 때, 원효가 파안대소하였다. 어찌나 시원하게 웃는지 모여 있던 모두가 실실 웃음을 흘릴 지경이었다. 이윽고 웃음을 그친 원효가 정색을 하더니 말했다.

"아난다여."

"네!"

질문했던 옥리가 엉겁결에 큰 소리로 대답을 하자, 원효가 빙긋이 웃으며 옥리를 향해 허리를 구부려 합장했다. 놀란 옥리가 얼른 허리를 구부리더니 감옥 바닥에 넙죽 이마까지 대며 조아려 절하였다.

"가섭 존자께서 '아난다여' 불렀을 때, 무엇이 아난다로 하여금 "네"라고 대답하게 했을까요. 아난다는 누구인 걸까요. 스스로 자신이 아난다라고 생각한 그 아난다는 과연 누구일까요?"

옥문 밖에 모여 있던 이들이 어리둥절하면서도 뭔가 심각한 얼굴로 저마다 골똘하고 있을 때, 의상의 눈 속으로 깊고도 광대한 빛이 스쳐 갔다.

"온 마음, 전 존재로, '네!'라고 답한 그 아난다! 진짜 아난다!"

의상이 자기도 모르게 중얼거리듯 입 밖에 내어 말을 한 순간, 아하! 좌중이 감탄을 터뜨렸다. 원효가 빙긋 웃으며 말을 이었다.

"그런데 우리는 약한 존재입니다. 아닌디는 끼꾸 흩어지니까요. 세상살이가 힘드니 '진짜 나'라고 하는 것이 자꾸 흩어져서 괴로워집니다. '문 앞의 찰간을 넘어뜨려라.' 이 말은 손가락입니다. 진리의 언덕으로 건네주는 뗏목이고, 달을 가리키는 손가락일 뿐이란 말입니다. 그런데 우리는 흔히 뗏목과 손가락에 집착합니다."

알 듯도 모를 듯도 한 이야기였으나 어느 틈에 이야기에 빠진 옥리, 형리, 군졸 들이 탄식을 하며 물었다.

"어떻게 하면 부처님의 가르침을 더 잘 알아들을 수 있습니까? 어떻게 하면 손가락이 아니라 달을 볼 수 있습니까?"

"사람들은 금란가사를 부처로 보고, 그가 행한 8만의 설법을 부처로 보고, 부처가 죽은 후 그의 육신에서 나온 금강 사리를 부처로 보고, 금란가사와 더불어 가섭에게 물려주었다는 바리때를 부처로 봅니다. 금란가사를 버려야 부처의 맨발을 볼 수 있습니다."

좌중이 고개를 끄덕거렸다.

"그런데 여러분은 지금, 깨닫기 전의 아난다처럼 의심하고 있습니다. 진실은 외형과 의발에 있지 않습니다. 고구려, 신라의 구분은 부처님 세상에선 부질없습니다. 부처님 제자라면 모두가 불국토의 백성들인 것이지요."

궁정의 탄식이 감옥 안에 가득 흘러넘쳤다. 옥문 왼편에 무릎을 꿇은 채 앉아 있던 옥리에게 원효가 물었다.

"이름이 무엇입니까?"

"개똥이입니다."

"개똥아."

"네!"

"문 앞의 찰간을 넘어뜨리시오!"

다음 날, 개똥이라 불렸던 옥리는 새벽같이 옥문을 따 주었다. 평생토록 절집을 오가며 부처님 말씀을 들었으나 그토록 생생하게 부처님 제자들의 말씀을 들은 건 처음이라며, 부처님 제자로 살고 싶다고 그는 말하였다.

무사히 감옥을 나와 문을 따 준 옥리가 가르쳐 준 안전한 산길로 접어든 후 의상이 물었다.

"그가 옥문을 열어 줄 사람임을 어찌 아셨습니까? 그곳엔 많은 옥리가 있었건만 왜 유독 그를 지목하신 겁니까?"

원효는 가만히 웃을 뿐이었다.

그런 원효를 의상은 부신 눈으로 바라보았다. 이런 자유자재한 법기가 장안의 홍수와 같은 경전을 만난다면 그 크기와 넓이가 얼마나 더 광활해질 것인가. 그간 의상은 불학을 공부함에 있어 더 이상 신라에서 스승을 구할 수 없다 여겼으나 원효는 자신과 전혀 다른 방식의 불학을 이미 완성해 가는 듯했다. 경전에 통달했음에도 경전에 얽이지 않는 원효의 자유로움이 의상의 자존심을 자극했다. 출가 이후 지금껏 단 한 차례도 의상을 주눅 들게 한 선사를 본 적 없었으나 원효에게서 의상은 강렬한 자극을 받고 있었고, 자신에게 원효를 데리고 당으로 가야 하는 임무가 있음을 때때로 잊어버릴 정도로 진심으로 원효에게 감화되고 있었다.

"글쎄요. 실은 나도 어찌 된 일인지 모르겠군요. 그를 부른 순간 그의 마음을 알 것 같은, 그런 마음은 있었습니다만."

"원효 스님은 신라를 위해 부처님께서 각별히 보내 주신 분 같습니다."

의상이 감탄사를 연발했다.

그러나 무슨 연유인지 원효의 얼굴은 점점 어두워졌다. 눈에 띄게 어두워진 원효를 알아채고 걱정스레 의상이 물었다.

"괜찮으신 겁니까? 어디 몸이 불편하신 건 아닌지요?"

걱정하는 의상에게 괜찮다는 표정을 지어 보이며 원효는 계속 걸었다. 의상이 조바심치며 원효 옆에 바짝 붙어 걸었다. 원효가 혼잣말하듯 중얼거렸다.

"내 앞의 찰간."

"네?"

"마음 말이오. 나는 내 앞의 찰간을 무너뜨린 자일까요……. 확신할 수 없다는 생각이 듭니다."

입을 굳게 다문 채 묵묵히 걷는 원효의 얼굴에 고뇌의 그림자가 들어차기 시작했다. 의상이 당혹스러운 얼굴로 원효와 보조를 맞추어 조심히 걸었다.

.
.
.
.
.

"신라 안에 신라인이라 할 수 없는 것들이 모여 목숨을 부지하는 곳이 있음을 안다. 앞선 선덕여왕께선 눈감아 주신 일이다만 나 김춘추는 다르다. 새로운 시대가 준비되는 마당에 과거의 부끄러운 잔재는 모두 쳐 없앨 것이다!"

결혼할 가문이 결정되었다는 통보와 함께 아버지 김춘추가 직접 전한 마지막 통첩은 이러했다. 이것은 요석과 마지막 거래를 하겠다는 뜻이기도 했다. 집요한 이해타산 끝에 아버지가 결정한 가문은 상대등 알천 공이었다. 김춘추는 한 번 더 못 박았다.

"마지막으로 말한다. 그 반역의 도당에 선덕여왕께서 특별히 아낀 승려 원효가 연루되어 있음을 알고 있다. 아미타림과 원효, 그들이 목숨을 부지하길 바란다면 너의 처신이 현명해야 할 것이다."

아버지의 성정을 누구보다 잘 아는 요석이었다. 치밀하고 용의주도한 아버지가 입 밖에 내어 구체적인 호명을 할 때엔 이미 아미타림에 관한 모든 것을 파악하고 있다는 이야기였다. 마음만 먹으면 아미타림을 도륙하는 것은 시간 문제일 터였다.

아미타림 아이들이 가장 먼저 떠올랐다. 온갖 고생 끝에 간신히 평온을 찾은 사람들. 그곳이 불타오르고 쑥대밭이 되는 광경이 떠오르자 온몸에서 핏기가 가셨다. 그리고 원효! 그가 만약 무사히 당나라에 건너간 뒤라 하더라도 아버지는 어떤 수단으로든지 끝까지 그를 찾아낼 것이다. 제왕이 될 사람, 김춘추는 그런 사람이었다.

'궁이란 참으로 지겨운 곳이다. 석아, 너는 사랑을 이루어라.'

여왕의 목소리가 사무쳐 왔다. 깊은 숨을 내쉬는 요석의 눈 속이 붉었으나 이제 더는 눈물도 흐르지 않았다. 여왕은 아버지의 전쟁을 물려받아 평생 허덕였고, 자신은 왕이 되려는 아버지와의 전쟁에서 패배했다.

철들면서부터 시작된 오래고 끈질긴 투쟁이었으나 결국 승자는 아버지가 된 것이다. 김춘추로서는 요석이 벌인 투쟁을 감지조차 못했을 수도 있다. 오직 요석 스스로만이

비장히 행해 온 투쟁이였는시노. 신라 진골 귀족 가문 여
식의 운명이란 태어날 때부터 이미 정해진 바였고 대부분
은 그런 삶에 문제를 제기하지 않았다. 성장해 때가 되면
좋은 가문으로 시집가 풍족하게 사는 것. 그것은 신라 귀
족 여인들이 바라는 당연한 삶이었다. 그러니 그런 삶을
원하지 않는 요석을 아버지는 상상하지 못했을 수도 있다.
어쩌면 열 살 된 요석을 덕만 공주 시동으로 궁으로 보낼
때부터 두 사람은 동상이몽의 길을 걸어온 셈이기도 했으
리라. 요석은 궁의 출입을 통해 아버지 가계로부터의 독립
을 꿈꾸었고, 아버지는 왕좌에 긴밀히 밀착한 여식을 통해
얻을 게 많았던 것이다.

이제 모든 것이 끝났다.

절벽에서 손을 놓기 전에 밀쳐져 떨어졌다. 훗, 요석의
얼굴에 메마른 웃음이 떠오르더니 점차 웃음소리가 커져
갔다. 김춘추가 내실 문을 닫고 나간 순간부터 터져 나온
요석의 웃음은 그가 거느린 가병들이 별당 마당을 완전히
벗어날 때까지 계속되었다. 누이의 위악이 가슴 아파 휘소
가 주먹을 꼭 쥔 채 숨을 죽였다. 이윽고 요석의 웃음이 차
갑게 잦아들었다.

"백련을 들여 다오."

요석의 명에 따라 휘소가 다구를 준비해 왔다. 붉게 충혈 된 메마른 눈으로 요석이 잠시 휘소를 보았다. 한 줄기 눈물도 흘리지 않은 누이 대신 휘소의 눈 속이 뜨거워진 순간이었다.

"혼자 있겠다."

휘소가 물러간 빈 별당에서 요석이 백련차의 물 온도를 맞추었다. 백련 향기가 방 안 가득 퍼졌다. 요석이 꿈꾸었던 다른 세상처럼 깊이 들이마셔도 결코 잡을 수 없는 향기, 떠도는 백련 향 속에 요석의 얼굴이 서럽게 처연했다.

힘 있는 여인이 되고 싶었고 그 힘으로 세상을 돕는 사람이 되고 싶었다. 그리고, 원효. 그를 처음 만났을 때를 떠올리는 요석의 심장으로 말할 수 없는 고통과 그리움이 물결쳐 왔다. 욱신거리는 가슴을 두 손으로 꼭 누르며 요석이 심호흡했다.

열세 살의 봄날, 요석의 눈앞에 한 청년이 있었다.

"학문 담당 낭두이지. 내가 특별히 아끼는 벗이다."

경연에 참가하지 않은 채 경연 전체 진행을 돕던 그를 멀찍이서 지켜보다가 궁금해하자 보현 오라버니가 그리 말했다. 특별히 아끼는 벗. 응당 그러하리라 생각하며 요석이 고개를 끄덕였다. 보현 오라버니의 성정에 잘 어울린다는 느낌이 들었다. 싱싱하게 피어오르기 시작한 연둣빛 같은 사내, 깨끗한 멸성이 돋니니되 정께하지 않는 자위 수슬한 느낌을 풍기는 사람이었다. 서라벌의 흔한 낭도들과는 전혀 다른 그 낯선 느낌이 좋아서 그의 동선을 자신도 모르게 따라다녔다.

보현 오라버니가 자주 자신을 찾았지만 그보다 더 자주 그를 찾고 있는 자신이 너무 낯설어서 훗, 웃어 보기도 했다. 대체 내가 왜 이러는 걸까. 그때까지는 그냥 끌림이었다. 처음 보는 사람에게 무턱대고 끌리는 자신이 신기하기도 했다. 바라보기만 해도 좋은 사람이란 게 정말 있구나 싶었다. 열 살 무렵부터 오누이처럼 좋아해 온 보현 오라버니, 그와 있을 때 느끼는 보호받는 듯한 따뜻한 안정감과는 다른 무엇이었다. 난생처음 경험하는 낯선 두근거림이 봄날 아지랑이 속 깜빡이는 현기증처럼 요석을 이끌었다.

"너, 저 앨 좋아하느냐?"

그의 목소리를 처음 들은 순간, 마치 자신을 향해 던져진 질문 같아 손에 들었던 명주 부채를 소스라치며 떨굴 뻔했다. 너무 멀지도 가깝지도 않은 곳에서 그의 목소리가 들렸다. 그의 주위에 자그마한 아이 둘이 있었다. 예닐곱 살 정도 되어 보이는 소녀가 저만치서 울고 있었고, 열 살 정도 되어 보이는 소년이 그의 앞에 있었다. 소년의 손을 잡은 채 그가 물었다. 아니라고 도리질 치던 소년의 얼굴이 결국 발개지며 고개를 끄덕였다.

"좋아하는 사람을 울리면 아니 된다."

다시, 그의 목소리가 들렸다. 고개를 끄덕이던 소년이 울먹거리기 시작했다.

"이리 내 보거라."

다시, 그의 목소리. 그의 채근에 소년이 뒤춤에 감추었던 무언가를 내밀었고, 그가 소년의 손에 또 무언가 쥐어 주었다. 소년에게 무어라 다짐을 받는 듯했으나 그 순간 울린 징 소리로 인해 듣지 못했다.

그가 소년의 손을 이끌어 소녀 곁으로 갔다. 어린 소녀와 소년, 그리고 청년 하나. 세 명이 풀밭에 쪼그려 앉아 무언가 함께 찾는 풍경을 건너다보며 요석이 바람에 날리는 자신의 머리칼을 귀 뒤로 몇 번인가 쓸어 넘겼을 때였다. 오후 경연의 시작을 알리는 북과 징이 울렸고 소녀와 소년의 머리를 한 번씩 쓰다듬어 준 그가 경연장 쪽으로 달려갔다.

"보여 줄 수 있겠니?"

소년이 끊고 달아났던 소녀의 염주 목걸이, 흩어진 알알을 하나하나 찾아 소녀의 손에 건네주던 소년에게 요석이 물었다. 그런 것을 묻고 있는 자신을 한없이 신기해하면서.

소년이 보여 준 것은 자그마한 장도와 노란 민들레 한

송이었나.

"아무리 작아도 칼은 꽃과 함께 지니라고요."

소년이 그가 해 준 말을 전했을 때, 요석은 자신이 뭔가 잘못 들은 거라고 생각했다. 화랑도에 속한 낭도에게서 나옴 직한 말이 아닐 뿐만 아니라 대체 서라벌의 사내 누가 그런 생각을 한단 말인가. 훗, 요석이 웃었다. 후훗, 이유를 알 수 없이 요석의 입가에서 자꾸 웃음이 터졌다. 그리고 어느새 요석은 경연장으로 걷고 있었다. 다시 그를 찾기 위해.

운명의 시간은 내달리듯 다그쳐 왔다.

노래자이 박달치가 「왕경지애」 공연을 시작할 때였다. 무리 중에 오직 그가 도드라지게 보였다. 무예 경연 뒷바라지를 열심히 하면서도 정작 무예에는 무관심해 보이던 그가 노래자이의 노래를 들으러 무리 맨 앞에 자리 잡고 있는 것이었다. 새봄을 맞아 지었다는 박달치의 노래는 백제와의 전쟁에서 전사한 병사가 서라벌에서 그를 기다리는 연인에게 남기는 노래라고 했다. "그러니까 이 노래는 영혼이 부르는 노래입지요. 만질 수 없고 안을 수도 없는…… 왕경은 이렇게나 아름다운데 말입니다……." 박달치가 새 노래를 만든 배경을 이야기해 주는 공연의 서막에 벌써 옷고름을 적시는 여인들이 있었다.

난분분한 햇살이 요석을 이끌었다고 해야겠다. 저물 무렵 햇빛이 동틀 무렵 햇빛에 이끌렸다고 할 수도 있을 것이다. 그렇게 요석은 원효에게로 가, 그의 바로 곁에서, 그를 훔쳐보았다. 숨 막힐 듯 가슴이 뛰었다. 가까이서 본 그는 외로워 보였다. 자신이 그러한 것처럼. 화랑도에 속한 낭도들이 꿈꾸는 성공 가도가 아니라 다른 무언가를 찾고 있는 그의 눈은 허기졌고 아름답고 고독했다. 그것은 귀족 여인으로의 당연한 미래가 아닌 다른 삶을 찾고자 하는 요석의 외로움과 동질의 것이었다. 요석은 한눈에 그의 외로움을 알아보았고, 동시에 자신의 운명을 알아챘다. 나는 이 사람을 사랑하게 되겠구나. 그 예감은 불안하고도 뜨거운 것이었다.

사람은 왜 사는 걸까. 왜 태어나고 죽는 걸까. 어머니는 아버지를 사랑했을까. 자신을 낳고 죽은 어머니는 지금 극락에 계신 걸까. 극락이 그렇게 좋은 곳이라면 왜 현실에는 없는 걸까. 현실의 서라벌 거리에는 배곯아 병드는 아이들이 있는데, 죽어야만 가는 세상이 그렇게 좋다는 것은 뭔가 이상하지 않은가. 이런 생각들이 늘 출몰하는 요석의 복잡한 심중을 털어놓아도 왜 그런 이상스러운 생각을 하냐고 타박하지 않고 있는 그대로 들어줄 것 같은 눈빛의 사내, 우수 어린 침착한 그의 얼굴은 외로웠으나 강퍅하지 않았

고 쓸쓸해 보이기도 했으나 사납지 않고 따스했다. 이 사람
과 이야기를 해 보고 싶다는 생각이 강렬히 몰아닥쳤다. 사
적인 이야기를 누군가와 나눈 바 없고 나누고 싶지도 않았
던 내성적인 소녀의 마음에 그가 그렇게 들어와 버린 것이
다. 그렇게 되기로 아주 오래전 이미 정해진 것처럼.

"손잡고 너를 보네, 너의 눈 속에 든 나를 보네.
너는 나를 보지 못하여도, 나는 너의 눈동자 속에 있네.
왕경에 유록이 새로 돋고, 너를 사랑하여 나는 족하여라.
그대 눈동자 속에 나, 내 눈동자 속에 그대
우리 서로 마주 보는 그날이여, 오롯이 오시옵소서."

신라 최고의 노래자이 박달치의 신곡 「왕경지애」는 그
날의 절정이었다. 다른 이들에게는 무예 경연 순위가 절정
이었겠으나 요석에게는 「왕경지애」가 오직 절정이었다. 그
의 바로 곁에서, 그와 함께 그 노래를 들었다. 그는 박달치
의 노래에 완전히 빠져들어 있었다. 아련했고 우수가 가득
했으며 노래에 흠뻑 젖은 그는 옆에 누가 있는지 전혀 신
경 쓰지 않았다.

노래가 끝나고 박수가 터질 때, 요석이 "재청!"이라고 소
리쳤다. 맑고 낭랑하게 요석의 목소리가 울려 퍼졌고, 그가

옆에서 "재청!"이라고 함께 소리쳤다. 그는 정말로 그 노래가 다시 듣고 싶었던 것이다. 박달치가 청중 속에서 "재청"을 외친 요석과 원효를 찾아내 시선을 맞추었다. 보얗게 분바른 얼굴에 미소를 가득 띤 채 노래자이가 물었다.

"왕경의 선남선녀시여. 저에게는 수많은 노래가 있사온데, 다른 그 어떤 노래도 아니고 바로 이 노래를 원하는 것이지요?"

"그러합니다!"

미리 맞춘 것처럼 요석과 원효가 동시에 응답했고, 비파와 완함이 다시 튕겨졌다. 두 번째 듣는 「왕경지애」가 끝났을 때 가장 열렬히 환호한 것도 요석과 원효였다. 주변의 누구도 신경 쓰지 않은 채 손바닥이 아프도록 그들은 박수를 쳤다.

"손잡고 함께 세상으로 나아가는 사랑의 노래입니다. 참으로 아름답습니다!"

요석이 낭랑하게 외쳐 말했다.

"참으로 그렇습니다!"

노래에 빠져 있던 그가 옆에서 들려온 말소리에 자기도 모르게 응답했다. 눈은 박달치에게 두고 손은 여전히 박수를 치면서.

그때 요석은 앞서 예감한 운명을 자신의 것으로 받아들

이기로 결심했다.

나는 이 사람과 사랑을 하겠다고. 목숨을 걸어도 좋을 사랑을 하겠다고.

그 순간부터 요석은 운명을 만들어 가기 시작했다.

그를 다시 만날 수 있기를 남산의 여래께 기도드렸고, 그리되었다. 그가 화랑이 되길 기도하며 '화랑 원효'를 수놓았다. 보현 오라버니의 마음을 모르는 바 아니었으나 난생처음 자신의 온 마음이 뒤흔들린 사태 앞에서 요석은 주저할 틈이 없었다. 요석은 다만 내부에서 들려오는 자신의 목소리를 따라갔다. 그에게 다가가기 위해 보현 오라버니를 이용했다. 요석은 원효가 화랑이 되어 서라벌 정치계에 들어오기를 원했고 세상을 위해 더 좋은 개혁을 할 수 있도록 그를 돕고 싶었다. 외롭고 서늘한 방황의 흔적이 역력한, 자신이 가진 한쪽 그늘을 동일하게 가진 그와 함께 진실로 따뜻한 세상을 살아 보고 싶었다. 그리 소망했고 기도드렸다. 그런데 그는 어느 날 갑자기 승려가 되어 나타났다. 화랑 원효가 아닌 승려 원효. 처음엔 힘들었으나 요석은 금세 깨달았다. 화랑 원효나 승려 원효나 다른 것이 없음을. 본래부터 가진 꿈을 펼쳐 가는 도정에서 다른 옷을 바꿔 입은 것뿐임을. 그렇게 지나온 시간들……. 어려움도 있었으나 순간을 영원처럼 누린 충만한 시절들이 더 많았다. 앞으로도 내내 그리 살 수 있기를 바랐건만.

모든 것이 이렇게 끝났다.

님이여.

지난 일들을 떠올리는 요석의 가슴으로 서늘하고 습한 눈물이 차올랐다.

.
.
.
.
.

28

직산이 코앞이었다.

가을빛 우거진 능선을 따라 붉은 흙빛의 산성이 보였다.

직산을 지나면 곧 당항성에 닿을 테고 배에 오르면 드디어 긴 여정의 마무리이자 새로운 여정이 시작될 것이었다. 당항성을 출발한 배는 당나라 산동의 등주에 도착한다고 했다. 등주에서 장안까지는 서너 달이면 충분하다.

직산을 향해 가는 내내 원효는 아미타림의 벗들을 생각했다. 원효의 심사를 알고 있는 벗들은 당분간 아미타림을 잊으라고 했다. 아미타림을 벗어나라. 혜공의 유지는 기존의 아미타림에 머물지 말고 신라 도처에 크고 작은 수많은 아미타림을 개척하자는 내부의 합의로 이끌어지며 새로운 전기를 맞이하고 있다고 했다. 평생을 바쳐 온 혜공의 노력이 헛되지 않은 것이다. 고난이 그들을 새롭게 결속시키며 더욱 강하게 만들고 있다고 했다. 원효는 안도했다. 지기인 혜공을 그렇게 보낸 후 대안은 혜공이 이루고자 한일들을 바유, 흰새 등과 차근차근 해 나가고 있는 것이다. 원효에게는 아미타림을 완전히 잊고 더 큰 세계에서 최대치의 수확을 얻어 오라 하였다.

더 큰 세계⋯⋯.

원효는 아미타림 벗들의 배려를 마음 깊이 받아들였다.

만인을 위해 더 큰 쓰임이 있는 존재로 거듭날 것. 그러기 위해 더욱 열렬히 공부에 매진하리라.

원효는 매일 아침 눈뜨자마자 행하는 기도에서 가장 먼저 아미타림 벗들의 안녕을 기원했다. 대안, 바유, 흰새, 수파현, 그리고 요석⋯⋯. 요석을 염려하는 원효에게 요석이 실세 김춘추의 딸임을 상기시킨 이후 아미타림 벗들은 요석에 대한 이야기를 원효에게 더는 전하지 않았다. 그것이 요석의 뜻이기도 하리라고 원효는 미루어 짐작했다. 공부에 집중하라는 뜻일 터. "이루십시오!"라고 말하는 요석의 목소리가 언제나 귓가에 쟁쟁했다.

목적지가 점점 다가올수록 뜻한 바 두 가지를 동시에 성취하게 된 의상의 가슴도 뛰었다. 드디어 원효를 데리고 당으로 가는 것이다! 이제 유학을 마치고 돌아오기만 하면 신라의 국사자리가 보깅된다. 현실권력과 학구열, 두 가지 모두 충족하게 될 청년 의상의 얼굴은 패기만만한 지적 열망으로 들끓었다. 천축국으로부터 전해져 온 부처님 말씀이 바야흐로 새롭게 꽃피는 곳, 불교 사상의 용광로 같은 장안으로 이제 곧 들어가게 되는 것이다! 현장이 번역하고 있다는 새로운 대장경과 그가 설파하는 최신식 사상을 어서 빨리 생생하게 접하고 싶었다. 또한 화엄 교학을 집대성하고 있다는 지엄 화상의 설법도 궁금하기 짝이 없었다.

그리고 무엇보다 원효와 더불어 여기까지 온 여정을 생각하자 의상의 얼굴은 다시 한 번 환하게 상기되었다.

의상은 서두르는 마음이 없지 않았으나 원효는 마치 만행에 나선 납자 같았다. 고구려의 승려들을 만나면 먼저 말을 걸었고 그들의 사찰에 들러 보고자 했다. 아무리 부처님 나라에 국경이 없다 하나 이미 한 번 옥고를 치른 바 있는 적국에서 그처럼 태연자약한 원효가 의상은 처음엔 적응이 되지 않았다. 고구려 승려 보덕이 백제의 완산주로 거처를 옮겼다는 이야기를 들은 원효가 완산주를 거쳐 당으로 가는 경로를 제안했을 땐, 길동무를 잘못 택한 게 아닌가 하는 회의마저 밀려왔다. 결국 백제의 완산주까지 들어가 고달산에서 승려 보덕이 펼치는 「유마경」과 「열반경」 강론을 들었다. 원효는 처음 대하는 경들이 아닌데도 성심성의껏 보덕의 강론을 듣고 몇 가지 중요한 논점을 여쭈어 강론에 활기를 더했다. 원효의 질문에 승려 보덕은 기꺼워했다. 원효는 자신이 제기한 문제의 답을 스스로 찾아내는 유형임에도 늘 상대에게 배운다는 자세를 견지했다. 그리고 실제로, 대상이 가진 것보다 훨씬 높은 경지의 것을 동일한 그 대상으로부터 배우고 있었다. 어떻게 이런 일이 가능한가. 놀라운 것은 원효의 배움으로 말미암아 그 대상의 수준까지 진보하는 경우를 목도하게 된다는 것이었다. 그는 여태껏 보아 온 어떤 수행자와도 다른 사람이었다.

의상이 주위를 살펴 원효를 찾았다.

나무 열매와 칡뿌리로 공양을 한 후 낮잠이나 한숨 자겠다며 너럭바위 위에서 단잠에 들었던 원효는 어느 틈에 일어나 계곡 옆 상수리나무 아래 웅크리고 있었다. 의상이 뛰어가니 원효가 중지를 입술 중앙에 대며 조용히 오라는 시늉을 했다. 그는 도토리 10여 알을 한군데 모아 놓고 가족인 듯한 다람쥐 세 마리가 그 도토리들을 한 알씩 조심스럽게 굴려 가는 것을 보며 싱글벙글하고 있었다. 흙바닥에 낮게 엎드린 채 그 작은 동물들과 시선을 마주한 원효를 보는 순간, 의상의 명치끝으로 찌르르한 것이 지나갔다. 서른네 살의 수행자가 이런 천진함을 보일 때 의상으로선 당혹스러울 수밖에 없었다. 언제나 모범 답안 같은 생을 살아온 의상이기에 더욱 그러했나.

원효가 일상적으로 보이는 소소한 파격들에 의상은 처음엔 약간의 반감을 가졌으나, 그 파격이 의도적인 작위가 아니라 그 스스로의 내적 질문의 결과로 자연스레 드러나는 것임을 이해하면서 원효라는 수행자의 모든 것에 한없는 매력을 느꼈다. 한 사람의 모든 것에 완벽하게 빠져 버렸다는 것. 이 역시 의상으로서는 생애 처음 느껴 보는 감정이었다.

지난밤에도 그랬다. 모닥불을 피운 채 불가에 누워 잘 준비를 하면서 이 얘기 저 얘기 나누던 참이었다. 장안의 최신식 문물에 대해 들은 바를 열을 올리며 이야기하던 의상에게 원효가 문득 물었다.

"운명을 믿어요? 의상?"

갑자기 이건 어떤 의미의 질문이신가.

"천년 동안 천축국에서 전해져 온 부처님 법을 가지고 처음으로 중국에 도착했던 보리달마 말입니다. 그는 그 땅에서 맞게 될 자신의 운명을 알고 있었을까요?"

무슨 말씀을 하시려는 걸까. 의상이 몸을 일으켜 앉자 원효도 그리하였다. 자작나무 삭정이로 지펴 놓은 모닥불이 연기 없이 타닷 튀었다.

"달마가 중국에 온 때는 남북조 시절, 긴 항해를 거쳐 도착한 곳은 양나라였다 하니, 한 130년 전쯤이 되겠군요. 그때 우리 신라는 법흥 대왕 시절, 이차돈의 순교가 일어나기 7년쯤 전이고요."

원효가 양나라, 달마, 법흥왕, 이차돈을 함께 말하는 순간 의상은 기묘한 시공간 체험을 하듯 현기증이 났다. 의상에겐 달마의 시절도 이차돈의 시절도 까마득한 신화 속의 일처럼 멀게만 느껴지는데 그 이름들이 원효를 통해 불려지자 그들이 불과 100여 년 전 우리 곁에 실제로 살았던 인물들임을 생생하게 자각하게 된 것이다.

"양 무제는 그때 이미 나라 곳곳에 수많은 절과 탑을 짓고 불경들을 편찬하고 있었지요. 어느 나라나 정치가 종교를 이용하는 방법은 비슷할 테지만, 양나라 황제는 우리의 법흥 대왕처럼 진심으로 부처님 말씀을 사모했던 듯합니다."

의상은 무릎을 짚으며 상반신을 원효 쪽으로 바짝 기울였다. 정치가 종교를 이용하는 방법이라니? 이런 식의 질문을 의상은 해 본 적이 없었다. 원효는 모닥불을 뒤집어가며 이야기를 계속했다. 모닥불의 발간 속불이 얼굴에 비쳐 홍조를 띤 듯한 원효의 섬세하고 강인한 얼굴을 의상은 홀린 듯 바라보았다.

"양 무제는 부처의 가사와 바리때를 전수받았다고 알려진 고승이 중국에 온 것을 기뻐하며 달마를 영접했지요.

그리고 이리 물었다 합니다.

'짐이 황위에 오른 이래 수많은 절과 탑을 짓고 경을 쓰고 승려를 길러 냈소. 내게 어떤 공덕이 있겠소?'

그러자 우리의 달마대사께서 이리 답했다 하지요.

'아무 공덕도 없습니다.'"

상상만으로도 유쾌하다는 듯이 원효가 어깨를 들썩이며 웃었다. 의상도 슬그머니 따라 웃었다.

"당연히 칭송받을 줄 알았던 양 무제는 속이 상했겠지요. 그래서 달마에게 따집니다. 그때 달마가 알 듯 모를 듯 이런 말을 합니다.

'그림자가 형상을 따르는 것처럼 그것들은 있는 듯하나 실은 있는 것이 아니기 때문입니다.'"

원효가 잠시 침묵했다가 말을 이었다.

"공덕을 쌓는다고 생각하며 지어 온 수많은 절과 탑 들이 모두 실제 있지도 않은 거짓 형상이자 그림자에 불과하다는 달마의 말은 양 무제에게 크나큰 충격이었겠지요."

의상으로선 처음 듣는 이런 이야기들을 원효는 어디에서 가져오는가. 발 앞에 떨어진 나무 열매 한 알을 건드리면서 의상은 잠시 시샘이 나는 마음을 가라앉혔다.

원효는 마치 자신이 양 무제와 달마가 된 듯 대화를 이어 나갔다. 어느 틈에 원효의 말에는 율동이 생겨나 있었다. 의상이 그런 원효를 바라보며 턱을 괴었다.

"양 무제는 물었습니다.

'그러면 어떤 것이 공덕이오?'

달마가 답합니다.

'청정의 지혜는 묘하고 원만하여 본체가 텅 비고 고요합니다. 이러한 공덕은 세상의 법으로는 구하지 못합니다.'

'그러면 무엇이 성스러운 진리인가?'

'만법은 텅 빈 것! 성스럽다 할 것이 없습니다.'

'지금 짐을 마주 대하고 있는 당신은 누구인가?'

'모릅니다.'

으하하!"

원효의 웃음소리가 밤하늘로 퍼져 나갔다. 의상의 등줄기로는 뭐라 표현하기 힘든 소름이 지나갔다. 모른다……모른다……. 의상이 마음속으로 되뇌었다.

"달마는 그 길로 궁을 나와 낙양 쪽의 숭산 소림사에 들어가 침묵한 채 9년을 면벽했다 합니다. 그리고 그곳에서 첫 번째 제자를 맞이하게 됩니다. 바로 혜가를 만나게 되는 거지요. 달마가 혜가로 이름을 고쳐 준 신광 말입니다."

의상이 상반신을 우뚝 일으켰다. 모닥불이 타탓, 흔들렸다.

"아!"

달마의 제자 혜가에 대해선 들은 바가 있었다. 달마대사에게 도(道) 공부하기를 청했는데 달마가 꿈쩍도 하지 않자 칼로 자기 왼쪽 팔을 끊어 바쳤다는 그 혜가 말이다.

"이후 중국을 떠나고자 할 때, 달마는 혜가에게 가사를 주면서 이런 전법송을 전했다 합니다.

'내가 본래 이 땅에 온 것은 법을 전해 어리석은 이를 깨우치려는 것인데, 한 송이 꽃에서 다섯 꽃잎이 나니 열매는 자연히 맺어지리라.'"

의상이 다시 몸을 고쳐 앉으며 그 말뜻을 새기려고 진지하게 골몰하는데 원효가 말을 이었다.

"쳇! 이런 하나 마나 한 똥막대기 같은 이야기를 전법송이라 읊어 대다니! 달마께선 그 무렵 퍽이나 중국이 지긋지긋했던 모양이에요. 고향에 가고 싶어 안달이 나서 이차저차 죄다 귀찮았거나."

그러고선 또 하하하 큰 소리로 웃었는데, 만약 원효가 아니었다면 달마를 그런 식으로 이야기하는 것에 대해 의상은 몹시 불쾌해했을 터였다. 그러나 원효는 거침이 없었다.

"그리고 달마는 이렇게 예언했지요.

'내가 서쪽으로 떠난 지 200년 뒤에는 자칫 서로 다투는 빌미가 되기 쉬워 가사를 전하여 종지를 삼는 일은 그치게 될 것이고, 불법은 항하의 모래알처럼 세계에 두루하여 도를 깨치는 사람들이 무수하리라. 그대는 아직 깨닫지 못한 이를 가벼이 여기지 말라. 한 생각 돌이키면 본래 깨달은 것과 같으니라.'

그런데 가여우신 분! 200년 후를 예언한 사람이 코앞의 자기 미래는 정말 몰랐던 걸까요? 달마는 그토록 그리던 고향으로 돌아가지 못했소. 그를 시기하는 무리에 의해 오래도록 쫓기며 여섯 차례나 독살당할 처지에 놓이자 결국 스스로 독이 든 음식을 먹고 단정히 앉아 숨을 거두었지요."

의상이 가만히 침묵했다. 밤 부엉이 우는 소리가 고적하게 들려왔다.

"어떻소? 달마의 최후가 마음에 드오?"

모닥불에 비쳐 음영이 깊게 어른거리는 원효의 얼굴이 그 순간 몹시 낯설어 보였다. 강렬하게 꿰뚫어 보는 그의 눈빛은 몹시 기이했다. 단단하고도 부드러운, 타오르는 불을 보는 동시에 불 속의 물과 공기를 함께 보는 것 같은 다채로운 눈빛이었다.

돌연 원효가 한숨을 내쉬었다.

"나는 이런 이야기가 참으로 시시합니다."

적막을 깨며 원효가 다시 입을 열었다. 몰입하여 긴 이야기를 한 줄의 편경처럼 꿰어 놓은 후 자신의 이야기가 시시하다고 사납게 옆어 버리면서 워효가 덧붙여 말했다.

"내가 궁금한 것은 중국의 현자들이 부처님 말씀을 생활 속에서 어떻게 실천하는가 하는 겁니다. 진리가 삶 속에 구현되는 방식 말이오. 나는 아주 많은 불경을 이미 읽었고 아주 많은 이야기를 이미 들었소. 운 좋게도 나는 아주 훌륭한 스승들과 인연을 맺을 수 있었거든요."

원효가 이야기하는 스승들을 의상은 알지 못했다. 의상이 보아 온 스승들은 자장 스님 같은 고승들이거나 대찰의 주지들이었으나, 원효의 스승들은 거리에 있었다. 시장 바닥에 있었고 노역하는 백성들의 삶 속에 있었으며 항구와 아미타림에 있었다. 귀족 가문에서 출생해 평생 귀족들만 보고 산 의상으로서는 도저히 알 수 없는 세계였다.

저런 경지를 갖고 싶다.

그 순간 의상의 마음에 일어난 것은 분명 질투였다. 하지만 그런 마음조차 마치 안락한 집과 부모를 가진 자가 느닷없이 고아이길 바라는 것처럼 유치한 것임을 스스로 이미 알고 있었다. 의상은 원효와 자신을 자주 비교하는 자신이 싫었다. 의상이 머리를 저으며 망념을 떨치려 할 때 원효도 머리를 저으며 괴로운 듯 말했다.

"내 머리는 분명 무언가 이해하고 있소이다."

원효가 손을 들어 자신의 머리통을 툭툭 치며 말했다.

그 동작이 우스꽝스러우면서도 기묘하게 적막했다.

"그 무엇…… 내 머리는 분명 이해하고 있소만…… 그것만으로는 부족하고, 부족하고, 부족하오."

답답한 듯 원효가 머리를 좀 더 세게 퉁퉁 쳐 댔다.

"이 마음에 여전히 갈증으로 남는 그 무엇! 그것이 무엇일까요? 의상, 지혜로운 도반이여, 내게 깨달음을 주시오. 하핫."

"그 무엇인가를 당나라에서 반드시 찾아낼 수 있을 것입니다!"

"그렇습니까? 그렇다면 어서 당나라로 가야겠군요. 당나라, 당나라, 당나라! 세계의 중심, 어서 당나라로! 하하하."

밤공기 속에 쩌렁쩌렁한 목소리를 울리며 한바탕 웃어 젖힌 원효가 그 자리에서 뒤로 벌렁 드러누워 금세 코를 골기 시작했다. 원효는 거친 산야 어디서든 잘 적응했고 어디서든 마음만 먹으면 바로 잠들었다. 그런데 의상은 편안한 잠자리가 여전히 그리웠다. 그런 자신이 때로 한심하기도 했다. 왕실과 연결된 황복사는 안락한 공간이었고 의상은 오직 경전 공부에만 열중하면 되었다. 한 번도 한뎃잠을 자 본 적 없는 의상에게 길 위의 거친 의식주는 일종의 도전이었다. 그러니 의상은 원효가 더욱 부러웠다. 교학

에 관한 것이냐면 신의의 그 ㅣ ㄱ의 ㅣㄷ도 ㄷㄱㄱ 않은
자신이 있건만 원효가 보여 주는 세계는 교학으로 도달 가
능한 범주를 훌쩍 넘어서는 것이었다.

의상은 문득 김춘추 공과의 밀약을 떠올리며 후훗, 웃었
다. 인연이란 참으로 오묘하지 않은가. 도당 유학이라는 결
과는 마찬가지이되 처음 원효에게 접근했을 때와 지금은
사뭇 다른 마음이 되어 동행하고 있는 것이다.

어둠 속에서 들리는 원효의 숨소리가 의상의 마음을 편
안하게 했다.

서늘한 바람이 끊이지 않고 불어와 모닥불이 밤새 따뜻
했다.

29

.
.
.
.
.

　오후가 되면서 먹빛 비구름들이 순식간에 하늘을 덮으며 몰려들었다. 먼 데서부터 낙뢰가 번쩍이기 시작하더니 하늘을 찢을 듯 천둥이 울고 비가 퍼붓기 시작했다. 사위는 급격히 어두워져 금세 컴컴해졌다. 산비탈로 붉은 흙물이 흘러넘치기 시작했다.

　"쉬어 가야겠습니다."

　"그럽시다."

　나뭇잎을 훑어 급히 만든 우비는 무섭게 쏟아지는 빗속에 이미 폭삭 젖었다. 기온이 뚝 떨어지며 공기가 차갑고 선뜩했다. 의상이 몸을 덜덜 떨며 기침을 하기 시작하자 원효가 서둘러 걸음을 재촉했다. 멀리 숲이 눈에 들어온 순간이었다.

원효가 십사기 소니를 끼교머 내달려가기 시작했다. 놀란 의상이 영문 모른 채 뒤따라 달렸다.

"아니 됩니다! 기다리시오! 기다리시오, 제발!"

숲 초입의 느티나무 고목에 새끼줄을 걸어 목을 매려는 사내가 있었다. 원효가 한달음에 달려가 사내를 제지하고 다급히 새끼줄을 끊었다. 원효와 함께 땅바닥에 굴러떨어진 사내는 뼈와 가죽만 남은 데다 심하게 얽은 얼굴이었다. 끊어진 새끼줄을 손에 잡은 채 사내는 굵은 눈물을 흘리며 소처럼 울었다. 그러더니 갑자기 원효의 멱살을 쥐어잡고 주먹을 휘두르기 시작했다.

"당신이 뭔데 나더러 살라 말라 해? 내 목숨이야, 세상에 내 건 아무것도 없지만 이건 내 거라고! 귀신도 안 처먹는 재수 옴 붙은 더러운 염부 목숨이라고!"

욕설과 함께 사내의 주먹질이 점점 더 거세어졌다. 겁에 질린 의상이 어쩔 줄 몰라 하는 동안, 원효는 마치 그에게 갚아야 할 빚이라도 있는 것처럼 묵묵히 그 주먹질을 다 받아 내고 있었다. 결국 원효의 얼굴에서 피가 터졌다. 빗물과 핏물이 섞여 흐르는 원효의 얼굴을 보자 의상이 팔을 걷어붙였으나, 원효가 시선을 맞추어 의상을 저지했다. 원효의 눈빛에는 한없는 슬픔이 마치 천공에 고인 은하수처럼 자욱하게 떠 있어 시선이 마주친 그 순간 의상은 할 말을 잃었다. 온몸에서 힘이 스르르 빠졌다.

사형이여, 도반이여, 도대체 무슨 일입니까? 이런 상황에서 당신은 왜 그런 눈빛을 하십니까?

속으로 묻는 의상의 물음을 원효도 들었을까. 한참 후에야 패악질을 그친 사내가 원효의 멱살을 놓았다. 원효가 하늘로 고개를 쳐들고 피에 젖은 얼굴을 빗물로 씻었다. 주저앉은 사내는 다시 울기 시작했다. 울면서 고한 사내의 사정은 이러했다.

"저는 소금 굽는 사람입니다. 평생 죽어라 수차를 저어 햇빛에 바닷물을 말리고, 햇빛이 시원찮을 땐 죽어라 바닷물을 길어 와 가마솥에 넣고 끓여 소금을 만들지요. 바닷물을 졸이는 데 드는 어마어마한 땔감을 하러 산에서 구르고 바다에 매달려 짐승처럼 살았습니다. 식구들 모두 매달려 일을 해도 늘 배고픕니다. 바닷물 100말을 끓여도 소금한 섬이 못 나옵니다. 제때에 서라벌로 소금을 올리지 못하면 귀족 나리들의 병사들이 나와 매질을 해 댑니다. 그렇게 족족 걷어 가고 나면 한 섬당 반 됫박의 소금이 남습니다. 염전도 귀족 나리들 것이고 땔감도 귀족 나리들 산에서 나오는 나무고 저희 것은 애당초 없으니 반 됫박 소금도 감지덕지하랍니다. 이 나라에선 바닷물도 귀족 나리들 것이지요. 그리고 남은 소금으로 시래기와 곡식 몇 줌을 바쳐 산신히 끼니를 때우며 사는 이런 게 사는 겁니까? 죽어라 일만 하고도 죽 한 그릇 변변히 못 먹는 이런 염병할 삶을 도대체 왜 연명해야 하는 겁니까? 병든 내 어머니, 약 한 첩 못 써 보고 돌아가셨습니다. 내 새끼들, 굶어 죽어 가던 불쌍한 내 새끼들! 죽어라 일하고도 제 식솔 하나 거두지 못해 죽어 가는 새끼들을 두 눈 번히 뜨고 봐야 하는 아비의 심정을 스님이 아십니까? 저는 죽어야 합니다! 따라가겠다고 약속했단 말입니다!"

붉게 충혈된 눈에서 쏟아지는 사내의 눈물은 말 그대로 피눈물이었다. 자신이 흘린 눈물로 얼굴을 씻으면서 사내는 울고 또 울었다. 평생 억눌린 제 가슴을 쿵쿵 두드리며 목 놓아 우는 사내의 어깨를 꽉 끌어안은 채 원효도 울고 있었다.

의상은 그제야 눈치챘다. 저이는 살인을 하였구나. 제 손으로 식구들을 죽이고 저도 따라 죽으려 한 것이구나.

"다 죽었습니다. 살아도 산 게 아니어서. 이런 제가 살아서 뭣 합니까? 이 더러운 세상에서, 아무도 없는 세상에서, 살아서 무엇을 해요!"

원효보다 훨씬 늙어 보이는 사내가 원효의 품에서 뒤척거렸다.

"그래요…… 그래요……."

뒤척이는 사내를 꽉 끌어안고 등을 감싼 채 원효가 깊은 숨을 내쉬며 말을 이었다.

"어려운 청이지만 소승의 말을 부디 헤아려 주십시오. 의롭지 못한 사회에서 우리가 할 수 있는 일…… 그 처음의 일이며 가장 중요한 일은 우리 마음속에 살고 있는 부처님을 지키는 겁니다. 그래요, 세상이 더러우니 어려운 일입니다만, 그래도 거기서 출발할 수밖에 없습니다. 자기를 해치지 말고 더욱 잘 보호해야 해요. 자기 속에 있는 부처님을 지켜야 합니다. 그것을 잃으면 더러운 세상에 정말로 지고 마는 겁니다……. 부디 힘을 내 주십시오! 스스로를 지켜야만 합니다!"

말하면서 원효도 울고 있었다. 앎과 현실의 괴리, 이 공허함을 어떻게 메울 것인가. 무시무시한 현실에 절망한 사내를 붙안고 수행자로서 할 수 있는 말이 이런 당위밖에 없다는 사실이 원효를 절망하게 했다. 그런 원효를 바라보는 의상의 눈시울도 붉어졌다.

천둥이 울다 점차 잦아들고 시나브로 비가 그쳤다.

이윽고 사내도 원효도 울음을 그쳤다.

"아미타림으로 가십시오. 거기, 벗님을 도와줄 스승들과 친구들이 있습니다. 이 길로 서라벌 동시의 밥집으로 가세요. 거기서 아미타림의 벗들을 만날 수 있을 겁니다."

아미타림. 김춘수 공이 말한 바로 그 아미타림이다. 원
효와 아미타림이 관계가 있는 것이 사실인 모양이었다. 의
상의 눈빛이 본능적으로 날카로워졌다. 그리고 다음 순간
의상을 덮쳐 온 것은 기묘한 절망감이었다. 생면부지 가난
한 염부를 위해 자신의 목숨줄을 나누어 주듯이 온몸으로
우는 원효를 보면서 의상은 자신의 내부에서 무언가 끊기
는 듯한 느낌을 받았다. 허탈하고도 시원했다. 자신은 결코
원효처럼 되지 못하리라는 절망이었고, 원효와 자신이 가
는 길이 다른 것임을 명확히 예감한 순간이기도 했다.

다음 순간이었다. 염부로부터 기괴한 웃음소리가 터져
나왔다. 처음엔 울음소리인가 했으나 그것은 웃음소리였
다. 울 듯이 그억거리던 그가 혼자 배를 잡고 한참을 더 웃
은 후에 기이한 냉소가 가득한 얼굴로 원효를 향해 말했
다. 그 목소리에는 아무런 감정도 실려 있지 않았다. 허탈
하고 창백한, 아무런 의미 없는 바람이 온몸을 숭숭 통과
해 가는 듯한 귀기 어린 얼굴로 그가 이런 말을 꺼내었다.

"하…… 흐으, 이런 놈을 붙들고 울어 주셔서 감사합니
다, 스님. 한데 말입지요. 흐흐…… 아미타림이라…… 하셨
습니까……."

대답을 기다리지 않은 채 사내의 말이 이어졌다.

"아미타림…… 알지요. 갈 데까지 간 우리 같은 사람들

한테 아미타림은 알음알음 이미 유명한 곳이지요. 온갖 막장 인생들이 거기서 새 삶을 산다 하더군요. 흐흐, 흐흐흐, 하여 소인도 갔더랬습죠. 염전에서 도망쳐 죽기 살기로 식솔들을 끌고……. 그랬습죠……. 그런데 말입니다. 막장들 인생은 거기서도 막장이더군요. 산채에선 저흴 받아 주지 않았습니다. 받아 주지 않은 게 아니라 못한 거지요. 거기도 죄다 뿔뿔이 흩어지는 중이더군요. 내 식구들 꼴이나 마찬가지더라고요. 그래도 오갈 데 없으니 사흘을 거기서 버텼습니다만……. 흐, 사흘째 되는 날 관원들이 들이닥치는 걸 보고 도망 나왔습죠……. 게서 나와 염전으로 돌아가는 길에 결국 식구들을 내 손으로 보냈습니다. 아미타림, 거길 보고서야 우리네 처지를 똑똑히 알아 먹었습죠. 도망 갈 데가 없는 겁니다. 괜한 희망을 가졌던 거요. 흐흐, 우리 같은 사람들 받아 줄 데가 세상 어디에 그리 호락호락하겠습니까? 흐, 흐으, 흐흐흐흐, 이래 죽으나 저래 죽으나 한세상입지요."

살아 있어도 죽은 사람이나 다름없는 사내의 목소리가 느티나무 고목에 보이지 않는 새끼줄을 다시 걸고 있는 것 같았다.

"서라벌 동시의 밥집이라굽쇼? 흐흐흐, 네, 네, 쉰네 몸이 살아서 서라벌에 갈 수 있다면 찾아가 보겠습니다, 스

님. 아무튼 고맙소. 이내 가슴속 얘기 이렇게 들어준 사람,
스님이 처음입니다."

사내의 인사를 받으며 원효의 낯빛이 순식간에 어두워
졌다. 의문과 분노와 안타까움이 한데 뒤섞인 거대한 질문
앞에 세워진 듯한 원효의 얼굴에서 서서히 핏기가 가시고
있었다. 그런 원효를 바라보며 의상은 불길한 예감에 사로
잡혔다. 지금까지와는 전혀 다른 불가항력의 국면이 도래
하고 있다는 불안감이 일어 저도 모르게 「반야심경」을 속
으로 급히 외우기 시작했다.

*

사라져 가는 염부의 뒷모습을 합장한 채 오래 바라보던
원효는 사내가 목을 매려 한 느티나무 밑으로 돌아와 결가
부좌를 틀었다. 그러더니 그 길로 곧장 묵언 기도에 들어
갔다.

가타부타 설명 없이 시작된 원효의 기도에 의상은 어
찌 할 바를 몰랐지만 원효의 마음이 가늠되는 터라 침착하
게 반응하리라 마음먹었다. 여태 원효 앞에서 어른스러운
모습을 보여 준 적 없으니 이번은 그래야 하리라는 각오
도 있었다. 당항성을 코앞에 둔 시점이라 마음이 급했지만

차분히 기다리기로 했다. 그간 보아 온 원효의 성정이라면 스스로 마음 결정이 나지 않는 한 저 나무 아래서 꼼짝하지 않으리라. 근처를 돌아다니다 이슬 피할 동굴을 하나 찾아낸 의상은 거기서 눈을 붙이기로 하고 당항성까지 가 김춘추 공이 준비해 놓기로 한 배편을 확인하고 밤늦게 돌아왔다. 그때까지도 원효는 느티나무 아래 가부좌를 튼 그대로였다.

다음 날 아침이었다. 멀리 당항성 항구가 보이는 절벽 끝에 앉아 의상은 장관을 이룬 아침 노을을 바라보고 있었다. 등주는 어떤 곳일까. 등주에서 장안으로 가는 길은 험할까. 장안에 처음 들어가선 현장부터 찾아야겠지? 지엄 문하에 먼저 들러 보는 것도 괜찮을 것이다. 이런저런 생각을 하며 앉았다 누웠다 하고 있을 때 의상의 눈에 원효의 얼굴이 비쳤다.

"기도를 마치신 겁니까, 사형?"

의상이 벌떡 일어났다. 원효가 미소 지었다.

"기다려 주셔서 고맙습니다."

드디어 입을 연 원효가 의상 앞에 가부좌로 앉았다. 의상도 그리하였다. 초개사에서 맞았던 바람 같은 것이 둘 사이에 불어왔다. 이번엔 멀리 중국에서 서해를 건너온 바람이었다.

"잠시, 낮잠에 들었습니다."

"네?"

"낮꿈을 꾸었습니다. 도반께 꿈 이야기를 해 드리지요."

"꿈……이라니오?"

"의식이 확연히 깨인 상태에서 꾸는 꿈, 말입니다."

무슨 말인지 이해하기 어려웠으나 의상은 일단 고개를 끄덕였다.

"지금 제가 드리려는 이야기는 우리가 처음 초개사에서 만나 나누었던 삼처전심과 비슷합니다. 문향이 깃든 이야기라 이해하고 들어주길 바랍니다."

나지막하고 또렷한 목소리로 원효가 긴 이야기를 시작했다.

쏟아지는 빗속에서 너무나 목말랐습니다. 물속에서 목이 마른 물고기처럼. 그때 신선한 물 냄새가 풍기더군요. 샘에서 막 솟은 듯한 물이 둥그스름한 바가지에 담겨 있었습니다. 마셨지요. 시원하고 달았습니다. 몸속이 시원해지고 일체의 갈증이 사라졌습니다. 기분 좋은 꿈이었지요. 그때, 꿈속의 원효가 눈을 떴습니다. 꿈을 꾸고 있다는 것을 아는 꿈속의 원효 말입니다. 새벽빛이 들어오고 있더군요. 비가 그쳤는지 굴 밖에서 새소리가 들려왔고, 빛이 조금씩 더 붉어지며 아침이 시작되고 있었습니다. 크게 기지개를 켜 봤지요. 머리맡에서 뭔가 덜그럭거렸습니다. 희끗한 잿빛 뼈들이 눈에 띄더군요. 바닥에 해골 두 기가 얽혀 있었습니다. 살점은 오래전 이미 날아가고 뼈만 남은 해골, 두개골 두 개가 이편과 저편에 각각 뒹굴고 있더군요. 이편 두개골에는 물이 고여 있었습니다. 굴속의 습기가 내려 시즙과 뒤섞인 그 물에서는 말할 수 없이 역한 냄새가 풍겼습니다. 저편 두개골은 텅 비어 있었습니다. 아뿔사, 빈 두개골을 양손으로 잡아 보았지요. 달디단 물을 마시기 위해 움켜잡았던 바로 그 바가지 크기더군요. 네, 그렇습니다. 시원하고 달게 마신 그 물이 바로 역한 냄새를 풍기는 해골 물이었던 겁니다.

깊은 어둠의 심연으로부터 무언가 회오리쳐 올라오는 듯했습니다. 회오리치는 거대한 바람…… 그 고갱이 속에서…… 어둠의 밑바닥이 열리더니…… 푸른 안광을 뿜는 눈동자가 원효를 바라보았습니다. 네, 꿈을 꾸고 있다는 것을 아는 꿈속의 원효 말입니다. 쪼개질 듯 정수리가 아파 오더군요. 마치 몸이 두 쪽으로 분리되는 듯한 고통이 밀려들고 엄청난 밀도의 빛줄기가 날선 검처럼 명치끝으로 전해져 왔습니다. 이어서 귀가 멀어 버릴 듯한 천둥소리가 몸속에서 끓어올랐고, 거대한 눈동자가 눈을 감았습니다.

암전…… 그리고 빛이 폭발했습니다. 심생즉 종종법생(心生則 種種法生), 심멸즉 감분불이(心滅則 龕墳不二), 삼계유심 만법유식(三界唯心 萬法唯識), 심외무법 호용별구(心外無法 胡用別求)!

이것은 폭발의 굉음입니다. 네, 폭발의 굉음이 이런 언어들로 현현해 온몸을 사를 듯이 회오리쳐 올랐습니다. 보십시오, 의상! 춤추는 굉음!

"이것이다. 관념을 따르면 선악 미추의 차별 현상이 생기고, 관념을 버리면 선악 미추의 차별 현상이 사라진다. 온갖 차별 현상이 오직 관념의 조작일 뿐이다. 그렇다. 지금 이 순간 나에게 무엇이 추이며 미이며 선이며 악인가. 더러움과 깨끗함은 무엇이며 성스러움과 속됨은 무엇인가. 이 모든 것이 내 관념이 조작한 것이다. 보라. 부끄럽구나. 해골 물은 더럽고 바가지 물은 깨끗하다는 것은 내 관념의 장난일 뿐이지 않은가. 그렇다, 과연 그렇구나, 일체유심조(一切唯心造)! 고맙소, 세상 두루한 부처님들이여. 마음 바깥에 법이 존재하지 않는데 어디로 가서 따로 법을 구하겠는가!"

꿈속의 원효가 벌떡 일어나 미친 듯이 토굴 밖으로 기어 나왔습니다. 그리고 덩실덩실 춤을 추더군요. 자유로운 새 같고 도약하려는 호랑이 같고 우듬지로 햇빛을 뿜어 올리는 장대한 나무 같은 기개였습니다.

"오, 마음이 두려움을 여의었구나. 마음이랄 것도 없구나. 생사와 열반이 둘이 아님을 알겠다. 오오, 두려운 것이 없고 원하는 것도 없다. 마음이여, 내 다리를 붙들고 떼쓰지 마라. 나는 자유다!"

이야기를 마친 원효가 불어오는 바닷바람 쪽으로 고개를 돌리며 흐읍, 숨을 들이켰다.

"이 낮꿈이 어떠합니까, 의상?"

어리둥절한 긴 이야기를 집중해 듣고 난 의상은 온몸에서 기운이 빠져나간 듯 허탈했다. 그리고 몹시 불안한 느낌이 파도치듯 밀려들었다.

"심생즉 종종법생, 심멸즉 감분불이, 삼계유심 만법유식, 심외무법 호용별구! 일체유심조! 사형, 이것은 오도송(悟道頌)입니까? 기도 중에 한 소식 얻으신 것입니까?"

불안한 얼굴로 의상이 조심스럽게 물었다.

"오도송이라니요? 소승은 그런 것을 믿지 않습니다. 깨달음이 어느 한순간 번개가 내리치듯 갑자기 오는 것이라고 소승은 여기지 않습니다. 석가모니 붓다께서 깨달아 펼치신 정법한 진리가 이미 우리 손안에 있습니다. 문제는 행(行)! 행이 있다면 깨달은 것이고 행이 없다면 아직 미망에 갇힌 것이지요. 정신의 행! 몸의 행! 마음의 행!"

의상의 불안을 눈치챈 원효가 벙긋 웃으며 마주 앉은 의상의 두 손을 꽉 움켜잡았다.

"가십시다, 도반이여. 배에 오르셔야지요."

의상이 불안한 기색을 애써 감추며 대범하게 대답하려 노력했다.

"네, 사형! 당항성 여각을 확인해 두고 왔습니다. 배편 준비도 모두 잘되어 있는 것을 확인했습니다. 이제 당으로 떠나는 일만 남았습니다, 사형!"

원효가 고개를 끄덕여 주었다.

"그래요. 오늘은 여각에서 푹 잡시다. 곡차도 한잔 나누고요. 내일 아침 일찍 소승이 벗님을 배웅하겠습니다."

불안한 예감이 현실로 닥친 순간이었다. 의상의 얼굴이 흙빛이 되었다.

"무슨…… 말씀이신지?"

"말 그대로입니다, 의상! 자, 어서 여각에 가 밥부터 한술 뜹시다. 배고프지 않으시오? 밥 냄새가 납니다!"

노을 지는 하늘을 향해 장난스레 코를 벌름거리는 시늉을 하면서 원효가 먼저 일어나 의상의 손을 잡아 이끌었다.

"사, 사형, 혹여 당나라에 아니 가시겠다는 말씀입니까?"

불안한 기색을 결국 드러내며 의상이 초조하게 물었다.

원효가 부드러운 미소를 지은 채 고개를 끄덕였다.

"저 느티나무 아래 앉아 있는 원효 좀 보십시오! 저 원효가 꿈에서 본 원효가 지금 여기 있습니다. 하하!"

"아⋯⋯."

의상은 말문이 막혔다. 머릿속이 복잡했다. 김춘추와의 밀약 문서에 조인하던 부친의 얼굴이 제일 먼저 떠올랐다. 순수한 학구열도 있었지만 무엇보다 의상의 출가 목적은 국사가 되기 위함이었으니, 그 성취 시기를 10년 이상 앞당길 수 있는 호조를 만난 부친은 전례 없이 기뻐했다. 신라의 국사가 된다는 것은 왕권과 척지지만 않는다면 서라벌 최고 권력을 누린다는 것을 의미했다. 뜻하는 모든 것을 할 수 있는 자리인 국사에 올라 의상은 하고 싶은 일이 많았다. 물론 원효를 매개로 한 이번 기회가 아니더라도 언젠가는 국사가 될 것이라고 의상은 생각했지만, 어림잡아도 10여 년 세월을 아낄 수 있는 절호의 기회가 이대로 사라져 버려서는 안 될 일이다!

"사형! 침착하게 다시 생각해보셔야 합니다. 도당 기회가 다시 오지 않을 수도 있습니다!"

의상이 절박한 얼굴로 말했으나 원효의 응답은 단호했다.

"파(破)! 그 염부가 이 원효를 깨어나게 했습니다. 필요한 건 행(行)!"

형제의 손을 잡듯이 의상의 손을 다정하게 꼭 잡으며 원효가 말을 이었다.

"나는 이제야 내 앞의 찰간을 넘어뜨렸소."

"네?"

"찰간을 넘어뜨려 구멍 난 그물코를 기우는 바늘로 써야 하리!"

*

다음 날 아침 일찍 일어난 원효는 의상의 도당 채비를 도왔다.

'당항성까지 와서 모든 일이 엎질러지고 말았다. 원효와 함께 당으로 가지 못한다면 밀약은 파기되는 것이다. 이제 어찌할 것인가?'

쉬이 가늠되지 않는 계산을 하느라 밤새 잠을 설친 의상은 머리가 깨질 듯 아팠다. 아침밥을 뜨는 둥 마는 둥 하는 의상에게 살뜰하게 반찬을 챙겨 주며 원효가 문득 말했다.

"도반께선 능히 국사가 될 재목입니다. 스스로를 믿으십시오!"

속내가 뜨끔해진 의상이 예리하게 원효의 표정을 살폈으나, 원효는 허물없이 환한 미소를 지을 뿐이었다.

"당에서 훌륭한 스승들을 많이 만나시길 바랍니다. 신라와 당나라가 좀 더 화친하게 되면 전쟁의 화마로부터 신라를 보다 안전하게 지킬 수 있을 텐데 말입니다."

연이어 원효가 무심히 뱉은 말에 의상이 골몰했다.

'당에서 유학하는 동안 기회가 된다면 나당 연합의 가능성을 타진해 주시게.'

부친과 밀약의 조인을 마친 후 의상에게 악수를 청하며 김춘추가 했던 말이 떠오른 것이다. 왕이 되어 삼한 일통을 이루고자 하는 김춘추에게 나당 연합은 매우 중요한 외교 사안이 될 것이다. 그것을 도모하는 것으로 밀약 조건을 바꿔 볼 수도 있으리라는 판단이 섬광처럼 지나갔다. 서라벌의 부친에게 보내는 서찰을 급히 써 여각에 긴밀히 맡겨 둔 후 의상은 조금씩 여유를 되찾았다. 이윽고 의상이 배에 올랐다. 의상은 배 위에서, 원효는 부두에서 서로를 향해 합장 인사를 했다.

원효는 마지막까지 의상에게 자신이 의상의 임무를 알고 있었다는 말을 하지 않았다. 황복사에서 나오던 날, 새벽 예불에 동참하기 위해 대웅전에 가던 길에 의상이 그의 부친과 나누는 이야기를 들었다. 누가 그런 임무를 준 것인지는 확인할 수 없었지만 상관없었다. 어떤 경우를 따져 봐도 휘새가 전해 준 대안 스님의 판단이 최선이었기 때문이나. 바유를 협박한 복면사들이 김춘추 궁의 자객이라 해도 상황은 마찬가지였다. 원효가 신라에서 당분간 사라지는 것이 아미타림의 보호를 위해 최선이었다. 그런데 염부가 전한 바처럼 아미타림이 이미 유린되기 시작했다면 상황은 달라진 것이다. 서둘러 돌아가 정면 대결해야 할 시점이었다. 서라벌로 돌아갈 구실을 어찌 만들어야 할지 고민하다 급히 만들어 낸 꿈 이야기를 오도송이냐고 묻던 의상의 얼굴이 떠올라 원효가 훗, 미소 지었다.

사적인 욕망을 품고 원효에게 접근한 의상이었으나 원효는 그에게 아무런 맺힌 마음이 없었다. 의상은 영민하고 활발발(活潑潑)한 법기(法器)이니 유학을 마치고 돌아오면 분명 불법의 흥왕을 위해 큰 역할을 할 것이다. 원효는 마음을 다해 의상의 유학길이 참되고 또 복되기를 빌었다.

의상이 탄 배가 이윽고 시야에서 사라졌다.

원효는 여각에서 말을 빌려 타고 서라벌로 달리기 시작했다.

보현랑,
그 애절한 사랑

덕이 있던 여인의 옛터에 띠풀이 섬돌을 덮고
원효의 유적지에는 나무들이 하늘에 닿았네.
누각에 올라 사랑의 꿈을 꾸고자 하였으나,
꿈에서는 도리어 차가운 샘물만 마시게 되리.

德女故居莎覆砌, 曉公遺跡樹連天.
登樓擬結相思夢, 夢裏還應酌冷泉.

—— 이행(李荇, 1478~1534) 등, 『신증동국여지승람(新增東國輿地勝覽)』

.
.
.
.
.

30

동시의 옹기전과 숯전 사이 공터에서 서라벌 아이들의 말달리기 놀이가 한창이었다. 각각 10여 명씩 두 편으로 나뉜 아이들이 손에 손을 잡고 밀물과 썰물처럼 움직이며 노래를 불렀다.

"달님, 달님, 서라벌에 달님. 달님은 무얼 찾아 여기로 왔나?"

상대편 아이들이 장단을 맞추며 응답했다.

"달님, 달님, 서라벌에 달님. 부처님 찾아왔지. 부처님 되러 왔지."

그렇게 몇 차례 밀고 당기다가 각 편의 대장 아이 둘이 나와 나무로 깎은 육각 구슬을 높이 던졌다. 아이들의 함성이 터지더니, 지는 패가 나온 쪽 아이들이 말 울음소리

를 내며 움직이기 시작했다. "이러힝! 떠그다떠그다!" 앞
사람 허리를 붙든 10여 명의 아이들이 길게 연결되어 달리
기 시작하고 다른 편 역시 말 울음소리를 내며 그들을 쫓
았다. 한동안 양편이 쫓고 쫓기며 뒤엉기다가 한쪽의 대열
이 깨지며 흩어지기 시작하자 심판 보는 아이의 목소리가
낭랑하게 울려 퍼졌다.

"문수 편, 승!"

심판의 판정이 떨어지자 아이들 모두가 합창하듯 입을
모았다.

"해야 해야, 승리의 징표를 내보여라! 나무아미타불, 나
무아미타불!"

그러자 심판 아이가 한 팔을 머리 위로 올려 하늘을 가
리키며 우렁차게 말했다.

"영리한 말은 채찍 그림자만 봐도 천 리를 달린다!"

진지하고 의젓한 심판의 말이 떨어지자 아이들의 환호
성이 와아, 터졌고 한편은 박수를 치고 한편은 고개를 숙
여 공손히 인사했다.

나름의 규칙과 질서를 가진 아이들의 놀이판을 옹기전
옆에서 지켜보던 김준후 공의 얼굴에 미소가 가득 어렸다.
김준후 공 옆에서 말고삐를 잡고 있던 두 명의 관원 역시
흐뭇한 얼굴로 고개를 끄덕였다. 떠들썩한 시장의 활기에

아이들의 생동감이 더해져 지켜보는 이들까지 들썩이는 기분이 들었다.

"영리한 말은 채찍 그림자만 봐도 천 리라니! 아이들 놀이에 저런 문장이 사용될 정도이니 신라는 과연 불국토가 되어 가는 것이로세. 허허!"

기분 좋게 웃던 김준후 공이 자리를 뜨기 위해 말에 올라탄 순간이었다.

"얘들아. 이제 우리 중생 놀이 하자!"

심판을 보던 아이의 제안에 무리가 또 한바탕 왁자하더니 그러자는 데로 의견이 모아진 모양이었다. 그때 동시의 서문 쪽에서 나이가 제법 들어 보이는 소년이 달려와 아이들에게 무어라 전했고 아이들이 함성을 터뜨리며 소년을 따라 움직이기 시작했다. 심판을 보던 아이가 무리 중 가장 어린아이들 셋을 챙겨 가느라 맨 뒤에 남았다. 입성은 남루했지만 총명해 보이는 소년이었다.

김준후 공이 문득 말에서 내리더니 소년 곁으로 다가갔다.

"애야, 하나 물어보자꾸나."

아이가 반짝이는 눈으로 김준후 공을 보았다.

"아까 들으니 중생 놀이를 하자 하던데, 그것이 어떤 놀이냐?"

갑자기 말을 붙여 온 어른 앞에 신생이년 이야기가 환하게
웃었다.

"할아버지도 놀고 싶어요?"

김준후 공이 부드럽게 미소 지으며 고개를 끄덕였다.

"할아버지는 중생이에요? 부처님이에요?"

아이가 물었다. 김준후 공이 온화하게 대답했다.

"중생이지."

그러자 아이가 불쑥 뒷짐을 지더니 그로부터 세 걸음 뒤
로 물러났다가 흠흠, 숨을 고르고는 세 걸음 다시 앞으로
내딛어 김준후 공 앞으로 다가온 후에 소리쳤다.

"떼끼!"

보필하던 관원 둘이 깜짝 놀라며 아이를 제지하려 하자
김준후 공이 웃으며 만류했다.

"할아버지는 중생이에요? 부처님이에요?"

얼굴을 똑바로 바라보며 아이가 다시 똑같은 질문을 했다.

김준후 공이 얼른 대답을 못하자 아이가 답답하다는 얼
굴로 뒷짐을 풀며 말했다.

"어후, 저 이제 가야 해요. 얼른 답을 말하세요. 정말 답
을 모르는 거예요? 어후, 우린 다 아는데. 어후!"

답답하다는 듯 감탄사를 연거푸 뱉으며 아이가 코앞까
지 다가와 불쑥 손을 내밀었다. 얼떨결에 김준후 공이 아

이의 손을 맞잡았다. 아이가 김준후 공을 향해 자못 엄숙한 얼굴로 말했다.

"그대는 중생이 아닙니다!"

그리고는 김준후 공을 향해 재빨리 속삭였다.

"따라 하셔야 해요."

김준후 공이 아이를 따라했다.

"나는 중생이 아닙니다."

아이가 고개를 크게 끄덕이며 이어 말했다.

"본래 부처입니다!"

그러고는 아이가 재빨리 말을 이었다. 말달리기 놀이의 심판을 볼 때처럼 아주 여러 번 듣고 말해 훤히 꿰고 있는 문장을 들려주는 품새였다.

"그대는 본래 부처이니 즉각 부처의 행동을 하십시오! 부처의 행동을 하면 부처가 되고, 도둑의 행동을 하면 도둑이 됩니다!"

김준후 공이 한 대 맞은 것처럼 멍한 표정으로 아이를 바라보았다.

"무슨 말인지 알죠, 할아버지? 이해가 안 가면 분황사로 오세요. 어후, 이러다 오늘 아주까리 주먹밥 못 먹겠네. 전 이제 진짜 가야 해요!"

아이가 저보다 훨씬 어린아이들 셋을 챙겨 손에 손을 잡은 후 앞서간 무리를 따라 서둘러 달렸다.

"밥 냄새가 난다, 분황사로 가자. 분황사로 가자, 병이 낫는다."

사라져 가는 아이들의 합창 소리가 시장의 소음 속에 낭랑하게 울려 퍼졌다.

그 메아리 속에서 김준후 공이 허허, 허허허! 선 채로 한참을 흐뭇하게 웃고는 가지런히 두 손을 합장한 채 하늘을 올려다보았다.

*

국가의 모든 의례적인 행사를 진덕여왕에게 맡기고 차근차근 실권을 장악해 온 김춘추는 품주를 개편해 집사부를 설치했다. 품주의 가신적인 성격을 표면화하여 왕정의 기밀을 담당케 하는 국왕 직속의 최고 관부를 만든 것이다. 김춘추와 김유신은 집사부를 통해 다른 행정 기구를 장악해 갔다.

합법적인 통치자 진덕여왕과 실질적인 지배자 김춘추가 공존한 시절은 여왕의 병사(病死)로 평화롭게 막을 내렸다. 허수아비 임금이었던 진덕여왕은 자식 없이 세상을 떠났다. 654년 3월이었다.

다음 왕위를 결정하기 위해 열린 화백 회의에서 왕위 계승자로 추대된 상대등 알천은 고령을 이유로 스스로 물러나며 사돈인 김춘추를 추천했다. 김유신 역시 매제인 김춘추를 강력히 천거했다. 모든 과정은 김춘추가 뜻한 대로 순조롭게 진행되었다.

김춘추가 드디어 태종무열왕에 즉위하고 신라왕의 골품은 이제 성골에서 진골로 바뀌었다. 당 태종의 뒤를 이어 황제에 오른 당 고종이 김춘추의 즉위에 맞춰 축하 사신을 보내왔다.

새 임금이 즉위한 서라벌은 외형상 큰 변화가 없었지만 어딘지 모르게 술렁이고 있었다. 그것은 묘한 활기였다. 명민하기 짝이 없는 국왕 김춘추는 그 활기가 불안했다. 정부 요직은 김춘추와 김유신의 사람들로 채워졌고, 황룡사의 자장 율사는 새로운 태양으로 떠오른 김춘추의 등극을 경축하는 백고좌 법회를 열었다. 즉위에 맞춰 서라벌 전역에 구휼미를 풀어 인심을 넉넉하게 하는 조처도 취해졌다. 그런데도 불안감을 떨쳐 버리지 못한 김춘추는 서라벌을 비롯해 신라 전역에 조사관을 파견해 하루하루 민심의 동향을 파악했다. 서라벌에 감도는 활기가 자신의 즉위로 인한 것이 아니라 무언가 다른 이유에 기인한 것임을 간파했기 때문이다.

조사관들이 전하는 서라벌의 활기는 뜻밖에도 분황사로부터 나오고 있었다.

분황사의 개혁이라?

김춘추는 무덤 석상처럼 무표정한 얼굴로 그 보고를 받았지만, 속으로는 어느 때보다 예민한 촉수로 빠르게 이해타산을 짚었다.

어떻게 올라선 왕위인가.

조부였던 진지왕은 문란하다는 이유로 서라벌 귀족들의 화백 회의를 통해 왕위에서 내쫓긴 사람이었다. 비운의 국왕이 된 조부의 일만 없었더라면 아버지 김용춘이 왕위를 물려받았을 것이고, 이어서 김춘추가 자연스럽게 왕위에 올랐을 것이었다. 그러나 몰락한 왕족의 후예로서 김춘추는 긴긴 어둠의 시절을 통과해야 했다. 서라벌 귀족들이 대개 그렇듯 가문 간 혈맹을 맺어 정치적 영향력을 높이는 길을 최대한 활용했다. 김유신의 누이동생 문희와의 결혼은 물론 이후엔 혼자 늙어 가는 보희까지 아내로 맞아들여 김유신 가문과의 돈독한 혈맹을 굳혔으며, 둘째 딸 요석을 상대등 알천의 막내아들과 혼인시킴으로써 정치적 입지를 결정적으로 확장했다. 요석의 저항이 만만치 않았지만 결국 알천 가문과의 혈맹은 김춘추가 보위에 오르는 데 가장 큰 힘이 된 셈이었다. 바닥에 바짝 엎드려 있던 시절부터 국왕의 자리에 오르기까지 그는 할 수 있는 모든 일들을 치밀하게 추진하면서 한 발 한 발 나아 왔다.

그런 마당에 분황사의 개혁이 자신과 신라의 앞날에 조금이라도 장애가 되어서는 안 될 일이었다. 왕실과 관계가 돈독한 황룡사뿐만 아니라 분황사도 아군으로 만들어야 한다. 그러기 위해선 회자되는 분황사 개혁의 배후부터 밝혀내야 하리라. 김춘추는 조만간 분황사에 잠행할 것이라 일러 두고 미리 채비를 해 두라 지시했다.

"별궁 공사는 어찌 되고 있는가?"

정무를 마친 후 김춘추가 내관에게 물었다. 정무를 볼 때의 침착함과는 다르게 김춘추의 눈빛에 분노와 착잡함이 동시에 떠올랐다가 사그라졌다.

대체 저 요석을 어찌해야 할 것인가.

쿵, 소리를 내며 신경질적으로 내전 바닥을 밟는 왕을 따라 네 명의 수호자가 함께 움직였다. 국왕의 경호가 이토록 삼엄해진 것은 김춘추가 일찍부터 왕궁의 온갖 음모에 직간접으로 관계한 정치인이기 때문이었다. 왕은 가장 믿을 수 있는 가문의 적자들로 자신을 경호하게 했고 그중 한 자리는 판단을 유보한 가문의 적자에게 줌으로써 자기 입지의 외연을 넓혀 갔다. 가장 측근에 선 수호자는 김준후 공의 자제 보현랑이었다.

31

·
·
·
·
·

　왕의 잠행이 있을 것이라는 이야기를 원효는 사복에게서 들었다. 공양간 아궁이 앞에 앉아 장작을 지피던 원효의 얼굴에 그늘이 얼비치다 사라졌다.

　"지랄한다, 심심이 파로 적 부쳐 먹다 뒤울에서 체하겠네. 그자가 왜 온다니?"

　흐응거리며 대안이 늘어놓을 말이 떠올라 원효가 훗, 혼자 웃었다. 웃음 끝에 원효의 얼굴이 서서히 굳어졌다. 왕이 온다……. 요석의 부친…… 신라의 왕을 너머 삼한 일통의 제왕이 되려는 사람. 요석의 이름이 떠오르자 찔린 듯 가슴이 욱신거렸다. 지난 3년간 충분히 무뎌진 줄 알았건만 아직도 이 모양인가. 입가에 애써 웃음을 지어 보았으나 원효의 얼굴은 이내 다시 굳어졌다.

3년 전 그때, 당항성에서 서라벌로 돌아오자마자 가장 먼저 한 일이 요석에게 편지를 쓴 것이었다. 무엇보다 어서 만나 서로의 건재함을 확인하고 싶었다. 얼굴을 보고 요석의 눈동자 속에 든 자신의 눈부처를 확인하고 싶었다. 서라벌에서 새로이 시작할 일들에 대한 포부와 계획을 나누고 요석의 의견을 듣고 싶었다. 그저 옆에 있다는 것만으로도 안심이 되는 존재, 요석은 그런 사람이었으므로.

거의 완전하다고 여겨지는 영혼의 도반. 둘 사이에 흐르던 떨림과 긴장감은 각자가 꿈꾸는 자신의 길에 대한 완성의 열정으로 바쳐졌고, 서로의 성장을 격려하는 뜨거운 마음이 둘 사이에 지속적인 인연의 고갱이를 만들며 늘 새로웠다. 그러한 마음의 정황을 무슨 말로 표현할 수 있을 것인가. 그런데 여인으로서 요석이 원효에게 요구하는 것은 아무것도 없었다. 요석은 부처로 살라고 원효를 격려했고 그것은 원효 스스로의 마음 길이 흘러가는 중심이기도 했으므로 갈등 없이 그 길에 매진해 왔다. 그랬다고 믿었다.

그러나 돌아온 서라벌에서 요석을 만나는 일은 예전 같지 않았다. 그동안 뜸하게 만나 온 것은 서로의 일정을 신경 써 만남의 횟수를 조절한 탓이었으나, 다시 돌아온 서라벌에선 만남 자체가 어려운 일이 되어 있었다. 김춘추 공의 정치 입지가 변한 것이 가장 큰 원인이었다. 김춘추

공 저택에 접근하는 것부터 쉽지 않았다. 그럼에도 다섯 차례 편지를 썼고, 사복은 분명 요석의 종자 휘소에게 그 편지들을 전했다. 그러나 요석에게서는 아무런 답신이 없었다. 원효가 요석에게 연락을 취하는 것 자체가 요석에게 부담이 되는 상황임에 틀림없었다.

갈피를 잡지 못한 채 분황사를 드나들던 중에 요석의 혼인 소식이 들려왔다. 서라벌 권력 실세인 김춘추 공의 딸 요석의 혼인은 귀족이거나 평민이거나 신분에 상관없이 저잣거리의 가장 흥미로운 화제였다. 신랑은 상대등 알천 공의 자제라 했다. 그때 원효는 처음으로 요석이 없는 삶을 떠올려 보았다. 캄캄한 암흑이었다. 심중을 알 길 없이 이대로 요석을 만날 수 없게 된다고 생각하자 참을 수 없는 고통이 밀려왔다. 몇 날 밤을 지새우다 어렵게 연통을 넣어 휘소를 직접 만났다. 원효와 요석의 편지를 품고 초개사를 오가던 휘소는 그새 많이 야윈 듯했다. 강퍅하게 각진 그 얼굴에 어린 그늘을 통해 원효는 요석의 상황을 미루어 짐작해야 했지만, 워낙 과묵한 그가 전한 한마디 말은 원효가 취해야 할 태도에 분명한 선을 긋고 있었다.

"스님께서 누이에게 다가가려 할수록 누이가 힘들어집니다."

이 한마디는 원효에게 현실을 보라고 요구하는 죽비였

다. 휘소에게 요석이 어떤 존재인지 알고 있다, 요석의 평안을 바라는 원효만큼이나 휘소에게 요석은 절대적인 존재라는 것을. 그런 휘소의 판단이었으므로 원효는 상황을 받아들여야 했다. 그간 요석이 보여 준 태도는 '승려' 원효라는 장애가 없었다. 오직 무애한 사랑이었다. 원효는 구도의 길에 동행한 도반이자 은애하는 이로서의 요석을 아무런 장애 없이 받아들일 수 있었던 것이 요석의 노력 덕분이었음을 그때 깨달았다. 내 사람, 완벽하다고 느낀 내 사람, 그런 요석으로 인해 어떤 어려운 고비가 닥쳐도 원효는 외롭지 않았다. 그간 이어져 온 이 완전한 관계가 요석의 노력으로 인해 가능했다는 것을 뒤늦게 깨달은 것이다. 자신이 한 일이 거의 없다는 것, 늘 요석에게 기대어 왔다는 것을. 요석에게 한없이 미안했고 자신이 할 수 있는 일이 없다는 고통이 원효의 내면을 참혹하게 할퀴었다. 시간이 흐를수록 명료해지는 한 가지는 이것이었다. 더 이상 요석에게 짐이 되어서는 안 된다는 것. 요석의 선택을 존중해야 한다는 것.

그 길로 분황사에 칩거한 원효는 일주문 밖을 나가지 않은 채 스스로를 새벽승이라 칭하며 절집의 온갖 허드렛일을 하기 시작했다. 원효를 따라 온 사복 역시 그리했다. 밥하기, 빨래하기, 장작 패기, 아궁이 지피기, 건물 보수하기,

채마밭 가꾸기, 법당 청소하기……. 절집에서 해야 하는 허드렛일은 끝이 없었다. 원효가 하는 일을 두루 함께 겪으며 사복은 이 모든 일들을 왜 꼭 손수 해야 하는지 타박조로 묻기도 했다. 그러면 원효는 웃으며 말했다.

"중생의 자리가 여기 아닙니까?"

그렇게 시간이 흐르는 동안 분황사 안팎에서는 새벽승에 대한 이야기들이 끊임없이 회자되었다. 오가다 원효와 마주친 수행승들이 원효가 하고 있는 허드렛일을 자처하기도 했다. 원효와 함께한 사람들은 서서히 일을 즐기기 시작했고, 분황사의 중들은 차츰 바지런해졌다. 원효는 공양간 아궁이 앞에서, 장작 패는 뒷마당에서, 빨래터에서, 함께 일하게 된 사람들과 자연스럽게 허드렛일의 의미를 나누었다. 그사이 분황사 전체가 묘한 신명으로 가득해지고, 그 신명은 구성원 모두에 의해 자발적으로 일어난 변화여서 전파력이 강했다. 분황사에 머무는 수행승들은 대개 왕실 사찰인 황룡사의 지나친 안락함에 거부감을 가지고 있었지만 그럼에도 대부분 절집의 허드렛일은 해본 적 없는 이들이었다. 신라의 승려란 그저 모든 것이 구족한 절집 법당에서 경전 공부에 매진하면 되는 존재였기 때문이다. 그런데 손수 허드렛일을 자처하며 모든 시공간에서 불법을 궁구하는 원효는 분황사라는 절집 전체의 체질을 밑바닥부터 바꾸어 가는 중이었다. 그렇게 3년이 흐르자 바야흐로 분황사에서는 모두가 모두에게 기대어 있다는 무아(無我)의 감각이 일상 속에서 자연스럽게 발현되었다. 그리고 그런 분위기는 법의 공기처럼 충만하게 분황사를 감싸 이제 분황사 일주문을 통과해 절집에 들어서기만 해도 마음과 몸이 편안해진다는 이야기들이 번져 갔다. 분황사는 사시사철 붐볐다.

"세상이 변했으면 좋겠습니까? 그렇다면 우리가 먼저 그 변화가 되어야 합니다. 나부터 변화해야 합니다!"

분황사의 소리 없는 개혁은 불법을 통해 세상을 좀 더 나아지게 하고 싶은 많은 수행자들을 분황사로 불러 모았다.

"부처의 가르침에는 통달하였으나 부처의 마음을 보지 못한다면, 그 법을 무엇에 쓰겠습니까?"

원효는 낮에는 더불어 일하고 밤에는 일반 수행자들이 경전을 보다 쉽게 이해할 수 있도록 책의 집필에 몰두했다.

그리고 이레에 한 번씩은 직접 법회를 열었다.

고충을 호소하는 백성들을 좀 더 구체적으로 돕기 위해 모전 탑 옆에 상설 천막을 세웠다. 어려움에 처한 백성들이 그곳에서 수행자들과 상담을 했고, 특별 기도를 받았다. 백성들은 그곳을 부처님 자비가 드높이 퍼져 가는 천막이라 하여 노피곰 천막이라 불렀다. 이제 노피곰 천막은 분황사의 개혁이 다다른 상징과도 같은 곳이 되었다.

분황사가 달라지면서 서라벌 도심에 미묘한 활기가 흥성거리기 시작했지만, 이런 활기에 대해 지적의 황룡사는 못마땅해할 수밖에 없었다. 부처님 도량이 남루한 거렁뱅이들로 붐빈다는 험담이 떠돌았음은 물론이고, 원효를 중심으로 한 분황사의 요승들이 반국가적 모의를 하고 있다는 정치적 험담까지 나도는 판국이었다.

분황사의 조용한 개혁이 계속되면서 소수지만 뜻 있는 서라벌의 귀족들과 먼 곳의 부호들 중에도 일부러 분황사를 찾아와 시주를 하는 사람들이 생겼다. 분황사는 이전보다 많은 시주를 받고 있었고 시주받은 것의 대부분을 다시 백성을 위해 사용했다.

그에 비해 황룡사의 시주는 눈에 띄게 줄어 황룡사 내부에선 작금의 상황이 황룡사 존립에 위기 상황이라는 말까지 나오고 있었다. 시주가 줄어들면서 그들은 "황룡사와 분황사의 전쟁"이라는 말까지 동원해 가며 왕실과 귀족들에게 사태의 다급함을 고하기에 이르렀다.

원효의 법회는 법당이 아니라 노피곰 천막에서 진행되었다. 이제 원효의 법회 날이면 서라벌뿐 아니라 전국에서 모여든 백성들로 분황사 경내가 오전부터 빼곡하게 들어차는 기현상이 일어났다. 노피곰 천막 가까이 앞자리를 잡기 위해 새벽부터 분황사로 향하는 사람들이 허다했고, 뜻 있는 귀족 가문 인사들의 참여 또한 늘었다.

"자리(自利)란 스스로를 이롭게 한다는 뜻이지요. 법의 삶을 삶으로써 스스로 행복함을 뜻합니다. 노력하고 수도 정진하여 공덕을 쌓아 그로부터 생기는 복락과 지혜의 이익을 누리는 것이지요. 그러면 이타(利他)란 무엇입니까. 다른 이들을 이롭게 한다는 뜻입니다. 법의 삶을 삶으로써 나만이 아니라 다른 이들 역시 행복할 수 있도록 돕는 것입니다. 자리이타는 자신의 이익과 중생의 이익을 함께 닦는 공덕을 말합니다.

이제껏 신라의 불교는 자족적 수행에 경도되어 있었으나 이제 신라의 불법은 대승의 세계로 나아가야 합니다. 자신의 구제를 위한 작은 수레에서 우리 모두의 구제를 위한 큰 수레의 세계로! 자리와 이타가 어느 한쪽으로 치우치지 않고 조화를 이루며 원만하게 실현되는 상태가 바로 불국토의 한 모습일 것입니다.

기억하십시오. 이 세상 어디에도 나보다 기꺼운 것은 없습니다. 그토록 소중한 것 남 또한 그럴지니 저 자신을 참으로 아끼는 이는 남을 해하지 않습니다.

기억하고 또 기억하십시오. 나는 고정된 나가 아닙니다. 나라는 실체가 따로 존재한다는 환각을 벗어나면 우리 모두가 나입니다. 당신이 바로 나입니다. 남과 내가 둘이 아닙니다. 귀족과 평민이 둘이 아닙니다. 본래적 깨달음은 나에서 남을 보고 남에서 나를 봅니다. 나의 이익과 남의 이익이 별개의 것으로 분리되어 있지 않습니다. 내가 나 자신과 내 가족과 가문을 소중히 여기듯 우리 모두가 그토록 소중한 존재라는 것을 깨달아야 합니다.

자리의 보살핌은 이타의 보살핌과 만나서 완전해집니다. 자리이타(自利利他)! 부처님 나라의 모습이 이러하니 기억하고 궁구하십시오."

서라벌의 하늘이 시리도록 푸른 날, 왕의 잠행에 앞서 사전 시찰을 나온 왕실 시위부 수장 보현랑이 노피곰 천막 뒤편에 장승처럼 선 채 원효의 법문을 듣고 있었다. 꿰뚫듯 원효를 바라보는 보현랑의 눈빛엔 고통과 분노가 이글거렸으나, 동행한 수행원들은 이를 눈치채지 못했다.

32

· · · · ·

　새벽 예불을 마치고 금당에서 나오는 원효의 얼굴에 수심이 가득했다. 얼마 전 다녀간 바유의 말이 내내 머릿속에서 떠나지 않았다.

　"나도 그렇지만 아미타림 사람 대부분은 이 좋은 분황사에서 머리 깎고 승려가 되지 못하네. 될 수가 없지 않은가?"

　그때 바유의 검푸른 눈 속 깊이 웅크린 검은 고독을 원효는 보았다.

　"사형……."

　원효가 뭔가 말을 하려다가 그만두었다. 그런 원효를 바라보며 바유가 말을 이었다.

　"애쓰는 것을 아네. 힘 빠지게 할 생각은 아니네만, 현실을 직시해야지. 자네도 이미 깨닫고 있을 거라고 생각하네. 분황사의 개혁이 아무리 수승하다 해도 서라벌 백성 모두를 끌어안을 수 없고, 더더욱 신라 백성 모두를 품을 수는 없는 일이야. 우리 같은 혼혈인들, 고구려와 백제의 유민들은 조정에서 율령을 공포해 합법으로 포용하지 않는 한 여전히 돗가비에 혼귀 같은 존재들이지."

그랬다. 분황사는 고통 받는 백성들과의 접점을 최대한 만들어 가려 하지만 그 교류의 최대치가 부처님 법의 포교에 앞설 수는 없다. 지금 분황사가 하고 있는 일은 분명 국가가 제도로써 안전한 토대를 만들어야 하는 일이었다.

길을 찾아야 한다……. 원효의 가슴이 다시금 뜨거워지고 있었다. 더구나 최근 들어 황룡사와 분황사 간의 갈등이 지나치게 잦아지고 있었다. 분황사의 개혁에 줄곧 못마땅한 시선을 보여 온 황룡사에 최근 여러 지역의 고승들이 집결하는 분위기였다. 고승들이 집결해 경율론 삼장(三藏)을 논하며 불법의 언어를 닦는다면 반가워할 일이겠으나 사복이 전하는 바에 의하면 그 배후가 의심스러웠다. 황룡사에서 준비되는 궐기가 어떤 형태로 드러날 것인지 염려되는 날들이었다. 며칠 전 곳간을 염탐하는 수상한 승려를 잡아 탐문한 예로 보아, 분황사의 약점을 잡으려고 황룡사 승려들이 간자를 들이는 지경에 이르고야 말았다.

원효가 한숨을 내쉬었다. 분황사의 개혁은 필요한 일이었으되 경계가 너무 뚜렷하여 지나친 적대감을 조장한 것은 아닌지 점검이 필요한 시기이기도 했다. 게다가 며칠 전 자신의 법회 날 왕의 잠행이 있었다는 이야기도 들었다. 분황사는 개혁 후 왕실로부터 독립된 재정을 꾸려 가고 있는데, 왕이 잠행했다는 것은 무슨 의미인가. 이래저래 석연치 않은 일투성이였다.

금당을 나온 원효가 공양간으로 들어서자 마침 가마솥에 쌀을 안치고 불을 때기 시작한 어린 사미 법인이 냉큼 일어나 반갑게 원효를 맞았다. 원효의 얼굴에서 그늘이 활짝 걷히며 한없이 따스한 미소가 피어올랐다. 늘 하던 대로 원효는 마른 칡넝쿨로 묶은 불쏘시개 뭉치들을 정돈하고 장작더미에서 땔나무들을 골라 옮겼다. 그리고 눈을 반짝거리는 어린 사미의 맨질한 머리를 쓰다듬어 준 후 공양간을 나올 때였다.

어디선가 사납게 기왓장 깨지는 소리 같은 것이 들려왔다. 급작스럽게 바깥이 소란스러워진 사정을 사복이 급히 달려와 전했다. 취객 한 사람이 경내에서 난동을 부리고 있다고 했다. 관원인 듯하다고 전했고, 언젠가 아미타림으로 찾아왔던 귀공자와 닮았다고 했다.

아미타림으로 찾아왔던 귀공자라면 보현랑을 뜻함인

가? 그러나 보현랑이 이 시각 이곳에 있을 리 없지 않은가.

"분황! 분황이라 하는가? 원효를 만나겠다!"

모전 석탑 노피곰 천막 쪽이었다. "분황"이라 소리쳐 부르는 그 목소리는 몹시 격앙되어 있었다. 염려하는 사복을 안심시켜 놓고 원효가 소리 나는 쪽으로 향했다. 하얗게 내린 새벽 서리로 마당이 반짝거렸다. 만월이 휘영하게 떠 서리 덮인 전각 지붕들과 마당을 은빛으로 도드라지게 하고, 차고 도도한 달빛은 서릿발을 디디며 쨍강거리는 소리를 내는 듯했다.

그때 원효 앞으로 검은 그림자가 돌연히 튀어나왔다. 몰래 뒤따르던 사복이 다급히 원효 앞을 막아 섰다. 사복의 어깨 위로 장검이 겨눠졌다. 다행히 검은 칼집에 든 상태였다.

"이제 경호까지 필요한 몸이 되셨나, 원효?"

찬 대기 속으로 술 냄새가 확 풍겼다. 달빛 아래 드러난 검은 그림자는 보현랑이 맞았다. 얼굴은 취기로 달아오르고 옷매무새는 흐트러져 있었다. 단 한 번도 상상해 본 적 없는 보현랑의 이런 모습에 원효는 몹시 놀랐으나 의아해할 여유조차 없었다. 사납게 칼집에서 장검을 뽑아 오른손에 쥐고 단검은 왼손에 쥔 채 보현랑이 원효를 다그쳤다.

"자, 어느 쪽을 쓸 테냐?"

취기로 인해 몸놀림이 무뎠지만 표정만큼은 분명하고도 일관되게 서늘했다. 원효는 그 서늘함 뒤에 스민 슬픔을 감지했다.

랑이여, 대체 무슨 연유이십니까?

침묵 속에서 원효가 외쳐 물었다.

"참, 그렇지. 성인군자 원효 스님께선 검을 잡지 않으시지. 하, 그렇지. 암, 그렇겠군."

반쯤은 혼잣말인 듯 중얼거리며 휘청, 걸음을 옮긴 보현 랑은 모전 탑 뒤의 대숲을 사납게 한 번 벤 후 원효의 발밑으로 장검을 내던졌다. 반원을 그리며 날아온 검 날에 붙은 댓잎 쪼가리들이 날카롭게 사방으로 흩어졌다.

그 순간 두 사람의 시선이 마주쳤고, 한동안 원효를 노려보던 보현랑이 큰 소리로 웃었다.

우시는가? 도대체 무슨 연유인가.

원효의 가슴으로 무거운 통증이 지나갔다.

"자네의 법회를 들은 적 있네. 세상 어진 소리는 혼자서 다 하시더군!"

비웃음을 넘어 적의가 가득한 차가운 목소리였다.

"연꽃 중의 연꽃, 서라벌 만백성이 분황이라 우러르는 천하의 원효! 10대부터 자넬 보아 왔다. 죽을 고비도 맞고 반역죄로 몰리기도 하며 바닥까지 가서도 결국 다시 만백

싱의 우러름을 받는 자리로 올라오는군! 정체가 뭔가, 그대는? 성인인가, 성인의 탈을 쓴 괴인인가? 나는 이제 그대의 진심을 믿을 수 없다."

사복이 물러간 자리에 단둘이 남은 원효와 보현랑 사이로 침묵이 흘렀다.

탑 그림자 고요한 마당은 달빛을 받아 얼음 호수 같았다.

긴 침묵 끝에 마당의 한쪽이 깨지며 시리고 깊은 물속이 열리듯 보현랑이 입을 열었다.

"한때 신의를 나눈 벗이었던 자로서 그대에게 묻겠다. 그대는 모든 중생을 구하고자 하면서 어찌 한 여인의 삶은 저토록 만신창이가 되도록 방치하는가? 그대가 구하려는 세상에 왜 요석은 포함되지 않는가 말이다!"

보현랑의 눈 속이 붉고 축축했다. 말을 뱉은 보현랑의 입가에 경련이 일었다.

이것이 도대체 무슨 말씀인가. 가슴 위로 큰 바위가 짓눌러 오는 것처럼 원효는 마음이 답답했다.

"알고 있지 않은가. 요석은 세상 그 누구보다 총명한 여인이다. 그토록 명민한 영혼이 왜 저리 갈가리 찢겨 고통의 나날을 보내야 하는가? 도대체 왜 요석이! 자리이타라고? 그대가 말하는 부처의 대비심은 한낱 여인의 몰락 따위엔 아무런 연민도 없어야 하는 것인가? 아, 그래, 그렇지, 그럴 법도 하겠지! 그대는 만백성의 우러름을 받는 위대한 승려이니 한낱 여인 때문에 그동안 쌓은 명망을 해치면 아니 되겠지. 대중의 눈은 무서운 것이니, 암, 그래, 그런 것인가? 대답해 보아라, 원효! 요석이다! 목숨을 바쳐서라도 너를 지키려 하는 요석이란 말이다!"

보현랑은 짐승처럼 포효하고 있었다. 사납고 고독했으며 더는 발 디딜 곳 없는 절벽 끝까지 자신을 밀어 가면서 보현랑은 원효가 한 번도 해 본 적 없는 질문을 던지고 있었다.

원효의 두 다리에서 맥이 풀렸다. 무언가 잘못되어 왔음을 처음으로 깨달았다. 애써 봉합해 둔 마음 깊은 데가 순식간에 균열을 내며 무너지는 느낌이 온몸의 전율로 전해져 왔다. 한차례 폭풍이 훑고 지난 자리처럼 새벽 달빛 속의 보현랑과 원효는 저마다 고독했다.

모전 탑 탑신에 기대선 보현랑은 더 이상 말이 없었다. 신라 진골 귀족 최고 가문의 귀공자이자 시위부 수장인 건장한 사내의 고독과 비애가 원효의 마음을 후벼 팠다. 보현랑의 맨얼굴 앞에서 스스로의 비겁함을 인정해야 했다. 그를 통해 원효는 결락된 자신의 마음 밭을 처음으로 정직하게 대면하고 있었다. 마음속에 오래도록 자리하고 있던 황폐한 닫힌 방 앞에서 원효는 두려웠다. 요석에 대한 마음이 지러지 않도록 익가므며 그깃을 분황사 새억과 수행이라는 이름으로 포장해 온 것은 아닐까. 그렇다면 이 마음이야말로 집착일 수 있다는 생각이 들이닥쳤다. 영혼의 도반이라 여긴 단 한 사람, 그 소중한 인연을 잃어버리고도 아픈 줄 모르고 산 세월, 허비할 시간이 없다고 스스로를 다그치며 살아온 삶이라니.

보현랑에게 무슨 말이라도 해야 할 것 같았다. 원효가 간신히 입을 떼었다.

"랑이여, 저는 그 혼인이 요석의 선택이라 생각했습니다."

그 순간, 보현랑의 주먹이 원효의 얼굴로 날아왔다. 원효의 입가에 피가 터졌다.

"이렇게까지 비겁한 사내였나, 원효? 모든 걸 자기 편한 대로 포장하는 게 그 잘난 유심론인가 보군! 서라벌 귀족 간에 정략결혼은 다반사다. 하물며 왕이 되려는 자가 아버지라면 오죽하겠나? 황룡사를 파하고 나오던 그대의 사자후를 생각한다면 서라벌 정치판 돌아가는 모양새를 모른다고 할 수 없을 텐데? 하긴, 요석이 정략결혼의 희생 제물이라 생각하면 마음만 괴로울 테니 그 잘난 유심론은 그걸 마다했겠지. 애써 아니라고 여기며 모른 척 도망가고 싶었겠지! 내가 틀렸나? 정직하게 들여다보아라, 원효! 너를 용서할 수가 없다. 내가 그토록 원했으나 얻을 수 없던 사람이다. 기억하겠지. 어떤 일이 있어도 요석을 지키라고 너에게 당부했었다. 그 요석이 지금 감금되어 미쳐 가는 중이다. 세상 누구보다 총명하던 바로 그 요석이 말이다!"

주먹을 꽉 쥔 보현랑의 손아귀에 재차 힘이 가해졌다. 고독하게 갈라지는 보현랑의 목소리가 원효의 귓속을 파고들었다.

"잘 들어라. 새 국왕은 무서운 분이다. 얼마 전 왕은 갓 스물 된 막내딸 지소를 환갑을 맞은 김유신 공에게 선물로 주었다. 거기는 그런 세계다."

보현랑이 고통스러운 눈빛으로 원효를 노려보았다. 차마 입에 담을 수 없는 말을 뱉어야 하는 자의 참담함이 고스란히 스민 눈빛으로 보현랑이 마지막으로 입을 열었다.

"왕은 요석이 후환이 되는 것을 방치하지 않을 분이다. 명이 내려졌다. 왕은, 요석을 독살하라 이르셨다."

·
·
·
·
·

33

완성된 별궁으로 김춘추가 요석을 데리고 간 날은 비가
왔다. 입춘 직후에 내리는 비는 아직 차고 스산했다. 비단
쓰개를 덮어쓴 요석이 금강송으로 지은 별궁을 바라보았
다. 지우산을 요석의 머리 위에 받쳐 준 채 휘소는 묵묵히
땅바닥만 보았다.

"참으로 우아한 감옥이군요."

건조하게 뱉은 요석의 한마디에 김춘추가 미간을 찡그
렸다.

"경거망동하지 말거라. 너는 왕의 여식이다."

못마땅한 듯 한마디를 뱉은 후 김춘추가 내전으로 돌아
갔다. 월성 서편 구석에 세워진 별궁은 낙성식을 하지 않
는다고 하였다. 궐내에 전각이 새로 세워질 때 조촐하게라

도 낙성식을 하는 것이 궁궐의 법도건만 관례에서 비껴난 첫 번째 건물이 이 별궁이 될 터였다.

쓰개 바깥으로 드러난 요석의 메마른 눈빛을 일별하며 휘소는 가슴에 품은 서신 한 장을 가만히 쥐어 보았다.

그동안 참으로 많은 생각을 했다. 어떨 때는 요석이 정말 미쳐 가는 것 같아 가슴 졸였고, 어떨 때는 누이가 그저 미친 척하고 있다는 생각이 들어 안도하기도 했다. 그런 세월이 지속되자 이제 휘소는 어느 쪽이 누이의 진짜 모습인지 가늠하기 어려웠다.

요석이 퀭한 눈으로 별궁의 대들보를 손으로 쓰다듬었다. 보슬비에 촉촉이 젖은 대들보에 한동안 이마를 대고 있던 요석이 말했다.

"좋은 냄새가 나는구나. 아미타림 산채에서도 이런 냄새가 났단다."

메마르게 웃는 요석의 얼굴이 바스락거리는 지화 한 잎 같았다. 휘소가 들고 선 지우산을 가만히 밀친 요석이 빗속에서 쓰개를 벗고 그대로 비를 맞았다. 요석의 얼굴은 이제 빛도 그늘도 아무것도 드러내지 않았다.

"세월이 많이도 흘렀네. 이렇게 견디다 보면 금방 갈 것 같기도 해."

훗, 웃는 요석을 향해 휘소가 절박하게 말했다.

"춘추 공의 마음을 괴롭게 하넌 아니 됩니다! 어떤 일을 당할지 모르는 일이오니, 제발!"

휘소의 간곡한 말에 요석이 빙그레 미소 지었다. 메마른 나뭇잎 한 장처럼 요석의 입술이 바스락거렸다.

"이렇게 견디는 인생이 무슨 의미가 있나 싶거든……. 그래서…… 재촉하는 거야……."

휘소가 가만히 숨을 삼켰다.

"그런데 휘소야……. 아미타림은 어떠하냐?"

'아미타림'을 말하는 순간, 퀭하게 꺼진 요석의 눈빛에 순간이나마 생기가 스치는 것을 휘소는 보았다.

여전히 그들뿐인가. 아미타림과 원효 스님. 그들만이 누이를 살려 낼 수 있는 것인지도……. 휘소가 가슴에 품은 서신을 다시 한 번 가만히 만져 보았다.

*

월성 별궁에서의 첫날 밤이었다.

새로 짠 침상에 누운 채 요석이 흐읏, 웃었다. 마치 돌아가기 직전 선덕여왕처럼 누워 있구나, 하는 생각이 들었다.

전하. 그곳에서 평안하십니까? 소녀는 죽은 채 살아 있나이다.

요석이 천장을 바라보며 중얼거렸다. 죽은 채 살아 있는 세월. 상대등 알천 공의 며느리이자 그 막내아들 소파용의 아내로 아무런 존재감 없이 그저 숨만 쉬고 살았다. 소파용은 착한 남자였다. 요석의 마음을 얻지 못해 자책하는 그가 안쓰러워 정이 생겨나기도 했다. 가끔 얼굴을 보고 미소 지었다. 그러나 그뿐, 소파용과의 인연은 길지 못했다. 아버지 김춘추가 시아버지 알천 공의 추대로 왕위에 오른 지 2년째 되던 해. 북쪽 30여 개 성을 잃은 신라가 백제의 조천성을 공격함으로써 반격을 개시한 전쟁이 있었다. 공격은 신라가 먼저였으나 백제의 역습을 받아 처참히 전멸한 전투에서 소파용은 영원히 돌아오지 못했다.

요석을 진심으로 아낀 소파용은 전쟁에 나가기 전 요석에게 말했다.

"혹시라도 내가 변고를 만나면 그대는 이 집안사람이 아니요. 자유롭게 살아요. 그것이 부처님 뜻이라 나는 믿소."

이 말을 들으며 요석은 다짐했었다. 그가 돌아오면 그의 아내로 살자고. 과거의 요석을 모두 잊고 다시 살기 시작하자고. 그런데 그는 죽고, 요석에게 남긴 말은 유언이 되었다. 나가지 않아도 되는 전쟁에 출정한 남편이었다. 서라벌 최고 귀족의 자제가 전쟁터 최전방까지 직접 들어가는 것은 전례가 없는 일이었다. 자신으로 인해 힘들어하던 소

파용이 죽음 앞으로 사서해 밀이긴 짓만 같이 요서은 고통
스러웠다. 죽은 것이나 진배없이 사는 자신의 나쁜 기운이
그에게 영향을 미친 것 같아 괴롭기도 했다. 못할 짓을 너
무 많이 한다는 생각이 사무쳤다. 상복을 벗은 후부터 요
석은 조금씩 삶의 끈을 놓기 시작했다. 덧없는 순간의 그
모든 가면들이 지겨웠다.

그 무렵부터 알천의 막내며느리 요석 공주가 미쳐 간다
는 소문이 서라벌 귀족들 사이에 돌기 시작했다. 소문은
점점 커져 갔고 결국 김춘추는 요석을 월성으로 불러들였
다. 후환의 씨앗을 미리 차단해야 했기 때문이다.

내일은 선덕여왕 능에 나가 하루를 보내리라 생각하며
잠깐 잠들었다 눈을 떴을 때, 휘소가 곁에서 물수건을 이
마에 얹어 주고 있었다. 고열이 심한 채 요석은 이틀째 잠
에서 깨지 못한 상태였다.

"새로운 아침이 온 것이냐?"

열에 떠 갈라지는 목소리로 요석이 나지막이 물었다. 새
로운 아침, 이라고 말하는 요석의 목소리는 마치 다시 눈
을 뜨게 된 것이 원망스럽다는 듯해서 휘소는 울컥 화가
치밀었다. 간신히 마음을 다잡으며 품속의 편지를 다시 보
듬어 보았다.

이 편지가 누이를 살리는 데 일조할 것인가, 아니면 죽

음을 재촉하는 데 일조할 것인가.

선불리 판단 내리기 어렵지만 더는 지체할 수 없다는 생각이 들었다. 김춘추의 생일 연회에서 요석이 그토록 날선 태도만 취하지 않았어도 이런 지경까지는 되지 않았을 텐데, 생각했지만 다 부질없는 후회였다. 서라벌 귀족들이 모두 모인 국왕의 생일 연회에서 요석의 입을 통해 쏟아져 나온 말은 이러했다.

"평민의 여자가 낳은 딸이니 저도 평민이지요. 평민인 딸을 상대등 성골 집안과 혼인시켰으니 제대로 남는 장사를 하셨군요, 전하! 그 덕에 왕위는 평화롭게 취하셨으니, 아버님의 복덕과 은혜가 하해 같사옵니다. 은혜가 크시고 위엄은 드높으시니 아버님께서 저를 광녀 취급하신들 아무도 개의치 않을 겁니다. 집안의 피가 대대로 문란하니 설혹 아버님이 저를 광녀로 몰아 희롱하신들 누가 뭐라 하겠습니까?"

연회가 파한 그날 깊은 새벽, 김춘추가 시위부 수장 보현랑을 은밀히 부르는 것을 휘소는 보았다. 그리고 다음 날, 보현랑은 휘소를 불러 왕의 명을 전해 주었다. 요석을 살라라. 언제든 시행할 수 있게 준비해 놓으라는 명이라 했다.

휘소는 자신이 요석을 지킬 힘이 없음을 절감하고 있었

다. 어찌할 것인가. 누이는 어쩌면 아버지의 그런 명령을 기다려 왔는지도 모른다. 요석은 죽음이 두렵지 않을지 모르고, 지긋지긋한 가면의 삶이 속히 끝장나 주기를 바랄지도 모르지만, 요석이 그렇게 죽어 가는 것을 휘소는 두고 볼 수 없었다.

저녁이 되자 요석의 열이 내렸다. 미음을 권했지만 요석은 수저를 들지 않았다.

이윽고 휘소는 마음의 결정을 내렸다. 사흘째 품고 다니던 편지를 요석에게 내놓았다.

*

분황사 승려 사복이 전해온 편지라는 말을 듣는 순간, 요석이 가쁘게 숨을 들이쉬었다. 가슴에 두 손을 포갠 채 '원효'라고 서명된 편지의 겉봉을 내려다보는 동안, 주체할 수 없이 흐르는 눈물이 요석의 얼굴을 적셨다. 이윽고 편지를 개봉하는 요석의 두 손이 사시나무처럼 떨렸다.

"무어라 이 마음을 다 전해야 할지 모르겠습니다. 곧 만나게 될 것입니다. 부디 본래면목 그대로 강건하시길. 하나만 기억해 주십시오. 두 번째 화살을 맞지 마십시오."

편지는 간결했으나 행간에 스며 있는 무수히 많은 이야

기를 요석은 고스란히 읽을 수 있었다. 원효의 탄식과 참회와 눈물이 간격 없이 요석에게로 전해져 왔다. 생생한 필체를 쓰다듬으며 방금 읽은 편지를 읽고 또 읽었다.

"두 번째 화살을 맞지 마십시오."

언젠가 원효가 보내온 편지에서 본 적 있는 문장이었다. 솟구치는 생각들을 일필휘지로 적어 보내던 초개사 시절, 원효의 편지들은 때로 철필을 긁어 쓴 듯 가슴을 후벼 팠다. 어떤 글자는 종이를 찢고 비상할 듯 힘찼고 어떤 글자들은 종이에 다정하게 스미어 자비 행선 중인 듯했다. 불경을 읽다 경을 풀이하며 써 보낸 편지들엔 원전보다 명쾌하게 가슴을 파고드는 원효의 음성이 생생했다. 한때 매일같이 펼쳐 보던 그 편지 꾸러미를 찾아 요석은 오랫동안 잊었던 붉은 비단 보자기를 찾아 풀었다.

"살아가면서 사람들은 슬프고 괴로운 일을 당할 수밖에 없습니다. 이러한 첫 번째 화살은 피할 수 없이 닥칩니다. 살아 있으므로 어쩔 수 없이 겪어야 하는 일들이 있는 것이지요. 그러므로 슬픔과 괴로움은 그 자체로는 번뇌가 아닙니다. 슬프고 괴로운 일을 당했을 때 충분히 슬퍼하고 괴로워한 후, 빠져나오면 됩니다.

문제는 슬픔과 괴로움 그 자체에 끌려가며 자신 속에 번뇌를 쌓을 때 생깁니다. 슬퍼한 후 슬픔을 해방시키지 못

하고 슬픔에 사로잡혀 사신을 깊속으로 데려가는 경우가
많습니다. 두 번째 화살에 맞는 겁니다.

부처님께서는 이런 두 번째, 세 번째 화살을 맞고 괴로
워하는 중생을 너무도 많이 보셨으므로 깊이 안타까워하
시며 이 화살을 맞지 않을 수 있는 지혜를 이미 전하셨습
니다. 중생이 고해로부터 행복을 찾아낼 수 있도록 주어진
것이 부처님 말씀입니다."

옛 편지에 고스란히 녹아 있는 원효의 활달함, 따뜻함,
중생을 향한 애정, 그 모든 숨결을 요석은 코앞에서인 듯
느낄 수 있었다.

아, 두 번째 화살을 나는 너무도 깊이 맞았구나.

뒷장까지 이어진 원효의 편지글엔 오늘 같은 날을 미리
대비하기라도 한 듯이 이런 내용이 적혀 있었다.

"아무런 부족함 없이 귀하게 자란 어린 붓다께도 슬픔
이 많았을 겁니다. 타고난 명민함으로 존재 자체의 슬픔을
직감했을 테니까요. 목도한 중생의 삶에 가득한 고(苦)가
그 위에 더해졌겠지요. 그때부터는 괴로웠을 겁니다. 만약
괴로움이 없었다면 여래는 출가하지 않았을 것이고, 목숨
을 걸고 수행하지 않았을 것입니다.

얼마나 다행입니까. 앞선 붓다께서 결국 고(苦)의 근본
문제를 해결하지 않았습니까. 우리는 선물을 받은 거예요.

그러니 그대는 행복해져야 합니다. 첫 번째 화살은 피할 수 없이 맞아도 나의 내부로부터 쏘아진 두 번째 화살은 맞지 말아야 합니다."

한 눈을 찡긋 감으며 환하게 웃는 원효의 얼굴이 떠올랐다. 아…… 요석이 깊은 숨을 들이쉬고 천천히 내쉬었다.

함께했던 시간들은 짧디짧았으나 그 모든 순간들은 백 년처럼 충만했다. 단 한순간의 기억만으로도 영원을 살 수 있을 것처럼.

문득 아미타림의 아이들과 미소 수행을 시도하던 때가 떠올랐다. 고통이 많은 부모를 따라 힘들게 살아온 아이들이 대부분이라 아미타림에 적응하는 것을 어려워하는 아이들을 불러 모아 어느 날 요석은 원효와 나누었던 이야기를 들려주었다.

"하루는 탁발하는 부처님께 돈 많은 부자가 마구 욕을 했단다. 육신이 멀쩡한데 왜 남에게 밥을 빌어먹느냐고, 부자가 삐기면서 부처님께 아주 거친 욕을 했다지."

처음엔 어수선하던 아이들이 부처가 욕먹은 이야기를 듣자 요석에게 집중하기 시작했다.

"거친 욕을 들은 부처님은 빙긋이 웃으셨대."

눈을 반짝이며 듣는 아이들도 있고 아닌 척 딴청을 피우며 듣는 아이들도 있었다.

"부처님께서 그 부자 귀족에게 이렇게 물으셨단다.

'당신 집에 가끔 손님이 오십니까?'

'물론이지.'

부자가 대답했지. 부처님이 다시 물었어.

'당신 집에 손님이 와서 음식을 대접했는데 손님이 그 음식을 먹지 않았다면 그 음식은 누구의 것입니까?'

'그거야 당연히 내 것이지!'

그러자 부처님이 빙긋이 웃으며 말하셨대.

'좀 전에 당신이 욕한 것을 내가 받지 않으면 그 욕은 누구의 것이오?'"

아이들은 어리둥절하다가 쿡쿡, 웃기 시작했다. 아이들 속에서 슬그머니 미소가 번졌다. 그때를 생각하는 요석의 입가에도 가만히 미소가 배어 나왔다.

아, 이런 귀한 기억들을 왜 여태 잊고 살았을까. 님께서 나를 걱정하신다. 님께서 내게 본래면목을 찾으라 하신다. 그래…… 나는 요석이다…….

원효의 얼굴이 떠오르고, 긴 손가락이 다가오고, 환한 미간에서 따뜻하게 흐르는 기운이 나비처럼 건너온다. 요석의 눈에서 눈물이 흐른다. 손가락으로 눈물을 닦는다. 손가락에 묻은 눈물을 가만히 내려다본다. 하하 소리 내어 웃는다.

흙 같은, 돌 같은, 피 같은 눈물이 아직 내 몸속에 남아 있었구나.

원효. 그 한마디 이름이 눈물방울처럼 어룽지며 몸과 마음 깊이 스며들었다. 오랜만에 찾아든 깨끗한 기쁨이었다. 요석은 가만히 눈을 감았다. 마치 어둠으로 눈의 광채를 닦듯이.

*

다음 날 눈뜨자마자 소세를 마친 요석은 지필묵을 꺼내 편지를 썼다. 그리고 서둘러 휘소를 불렀다. 휘소에게 편지를 전하며 요석이 문득 걱정스럽게 물었다.

"어디 아픈 것 아니냐, 휘소야? 네 안색이 좋지 않구나."

휘소는 다급히 고개를 저었다. 괜찮다는 표정을 지어 보이며 요석의 편지를 받아 드는 휘소의 가슴이 뛰었다. 참으로 오랜만에 들어보는 요석의 다정한 말이었다.

당황한 듯 기쁜 기색이 역력한 휘소가 편지를 품고 나가자, 요석은 별궁에 드리워진 모든 휘장을 차례로 걷어 올렸다. 밀창을 활짝 열자 시원한 공기와 함께 이른 아침의 영롱한 햇빛이 쏟아져 들어왔다.

요석은 유리 주전자에서 깨끗한 물을 한 잔 가득 따라

마셨다. 그리고 햇빛 가득한 창가에 경대를 꺼내 놓고 긴
머리채를 풀어 천천히 머리를 빗기 시작했다.

34

．
．
．
．
．

　다급한 걸음으로 분황사 일주문을 막 벗어난 원효 앞으로 빠른 그림자가 달려와 멈추었다. 휘소였다. 한쪽 무릎을 땅에 댄 자세로 휘소가 원효 앞에 예를 표하고는 품에서 편지를 꺼내 원효에게 전했다.

　요석(曜夕). 편지 봉투에는 눈에 익은 요석의 필체가 가지런했다. 원효의 눈가가 시큰하게 더워졌다. 그 자리에서 서둘러 편지를 여는 원효를 뜨거운 눈으로 응시하던 휘소는 월성 쪽으로 다시 빠르게 달려갔다. 자리에 우뚝 선 채로 요석의 편지를 펼쳐 든 원효를 향해 일주문으로 들어서는 사람들이 반갑게 인사를 했지만, 원효는 인기척마저 느끼지 못하는 듯했다. 편지를 골똘히 들여다보던 원효의 입가에 경련이 일었다. 이윽고 심호흡을 하며 편지를 품속에 다시 넣었을 때, 사복이 원효를 빌견하고 달려왔다.

"단의 묘로 가야겠소."

원효가 사복을 향해 말했다. 사복은 사레 든 듯 마른기침을 하며 원효를 쳐다보았다.

단의 묘에 올라 임금 뵙기를 청한다면 국왕 김춘추와 맞대면할 수 있으리라. 대면한 후엔 어떤 패로 요석을 구할 것인가. 요석의 출궁을 허락받는 대신 왕에게 내가 줄 수 있는 것이 무엇인가. 가능성이 전혀 없지는 않다. 국왕 김춘추는 분황사의 개혁에 관심을 가지고 있고 분황사를 왕의 편으로 활용하고 싶어 하지 않는가. 하지만 이러한 거래라면 공사를 구분하지 못하는 만용 아닌가.

원효의 머릿속으로 수많은 생각들이 얽히며 떠올랐다. 하지만 지체할 시간이 없었다.

왕은 때를 보아 은밀히 요석을 암살하라 명했다 하지 않는가. 어차피 내겐 선택지가 많지 않다. 지금 당장 요석을 구해 낼 수 있는 길은 국왕을 직접 대면하는 길밖에 없다.

"일심(一心). 마음을 전해 받았으니 두려울 것이 없습니다. 소녀의 힘으로 일어서겠습니다. 님께선 순리대로 하소서. 님의 마음을 알았으니 기다리는 일도 이제 힘이 됩니다. 염려치 마소서."

요석은 자신의 형편을 알리는 편지 말미에 그렇게 쓰고

있었다. 승려인 원효의 상황을 헤아리고 있다는 듯이.

요석⋯⋯!

불안한 중에도 다행인 것은 요석이 스스로를 지킬 마음을 내기 시작했다는 것이다. 원효가 요석의 편지 내용을 상기하며 고개를 끄덕거렸다. 다음 순간 원효가 세차게 고개를 저었다. 사복을 돌아보며 원효가 급히 말했다.

"대안 스님을 모셔와야겠소."

"지금 말씀입니까?"

한시가 급하다고 재차 강조한 후 원효는 일주문 밖 서편 대로 쪽으로 성큼 걸음을 내딛었다. 사복은 아미타림으로 가기 위한 여장을 챙기기 위해 분황사 안으로 급히 들어갔다. 원효는 휘소가 사라진 월성 쪽의 송림을 바라보며 걸었다. 대로 저 멀리 한 무리의 승려들과 군인들이 황룡사 쪽으로 행진해 가는 것이 보였다. 승려와 군인이 주축인 행렬 뒤를 귀족들의 가마가 뒤따르고 있었다.

삼한 일통.

앞장선 거대한 깃발이 펄럭거렸다. 금장을 두른 깃발 속에 박혀 있는 글자를 보며 원효의 눈 속 깊이 세찬 파도가 일렁거렸다.

피비린내가 또 몰려오고 있구나.

새 국왕과 김유신의 연합은 강고했으며 그들은 전쟁을

통한 삼한의 통일을 성선(聖戰)이라 칭했다. 당나라에 구원병을 요청하는 행보가 더욱 잦았으며 그 어느 때보다 규모가 큰 전쟁을 계획하고 있다는 소문이 돌았다. 국왕은 '부국강병'을 소리 높여 강조했다.

"신성한 나라인 신라의 위업으로 부국강병을 이루자! 누가 호랑이를 타고 앉아 삼한의 모든 산야를 발밑에 꿇어 앉히고 천하를 누빌 것인가. 성전이다! 삼한 일통으로 위대한 하나의 신라를 세우자!"

껍데기만 남은 이런 말에 열광하는 것은 전쟁을 통해 챙길 것이 있는 다수 귀족들과, 신라의 신성에 대해 맹목적인 소수 귀족, 그리고 순수한 뜨거운 피를 가진 젊은이들이었다. 대다수 젊은이들은 이런 말에 열광했다.

김춘추는 진심으로 위대한 왕이 되고자 했다. 조부로부터 이어진 불명예를 깨끗이 씻어 내고 진흥 대제처럼 추앙 받길 원했다. 진흥 대제는 신라를 진정으로 사랑하기도 했지만 전쟁 자체를 즐긴 사람이기도 했다. 김춘추도 그와 비슷했다. 승부를 가름하고 정복하는 일은 뚜렷한 성취욕을 자극했고 그런 성취는 가장 큰 만족감을 주는 것이었다. 김유신 또한 김춘추와 닮은 데가 많았다. 멸망한 가야국의 후손이라는 불명예를 일거에 씻어 내고 보다 거룩한 성취를 통해 신성한 신라의 가문을 대대로 이어 가고자 했다. 맹렬한 공격성을 가진 두 사내는 과거와 현재를 관통하며 연결되었다. 부국강병의 나라! 그 사명은 삼국 통일로부터 시작될 것이었다.

새 국왕이 누차 강조해 온 성전의 타당성은 이미 뜨거운 함성이 되어 황룡사를 중심으로 결집되고 있었다. 왕의 심중을 파악한 황룡사의 자장은 그 뜻을 드높이 받들어 법회를 열었다.

"불제자여, 단결하라! 부처님의 가피 아래 이 나라 모든 젊은이들이여, 궐기하라!"

삼한 일통은 불국 통일이라는 배후를 가지게 되면서 한층 탄력을 받았다. 황룡사는 성전 수행을 촉구하는 의견들을 집결시켜 궐기함으로써 국왕의 의지에 힘을 실어 주었다.

승려와 군인 무리가 앞세워 들고 가는 깃발을 바라보다가 원효가 시선을 돌려 푸르른 서라벌의 하늘을 올려다보며 외쳐 말했다.

"자, 서두릅시다!"

원효의 목소리가 그물을 빠져나가는 새의 파문처럼 허공중에 퍼졌다.

서라벌 도심은 웅성거리고 있었다.

사흘 전, 단의 묘에 올랐던 원효의 이야기로 서라벌 공기는 아궁이 속에서 뜨거운 연기가 퍼져 가듯 달아올랐다. 잊고 있던 기억이 다시금 살아난 듯 시장 통 한쪽에서 단의 노래가 들려오기까지 했다. 기묘한 열기 속에 서라벌 토박이들은 오래전 치러 냈던 비두골의 거사를 기억해 냈다. 그리고 한 맺힌 가슴을 다독여 주던 노래를 기억했다.

"오다 오다 오다, 오다 서럽구나, 서럽구나 우리네여, 공덕 닦으러 오다. 단아 단아 서럽구나, 서럽구나 우리네여, 울지 마라 단아, 너를 잊지 않으리니."

그들은 또한 기억했다. 가진 것 없는 천한 신분의 소녀 단이의 설움을 풀어 주기 위해 서라벌 백성들과 함께했던 젊디젊은 수행자 원효를. 그로부터 오랜 세월이 흘러 비두골의 거사에 함께했던 청년들은 결혼을 하고 아이를 낳아 기르며 신라의 백성으로 열심히 살면서 중년에 이르렀으나 생활은 늘 힘들고 곤궁했다. 백성의 삶은 비두골의 거사가 있던 그때보다 조금도 나아진 것이 없건만, 대문과 기와에 금칠을 하는 귀족들의 금입택과 곳간은 점점 늘어났다. 백성은 여전히 조세와 부역과 전쟁에 동원되는 대상일 뿐이었다. 그런 중에 대대적인 전쟁이 또 벌어질 기미였다.

그동안 단의 묘는 그저 관천대로 사용되고 있었다. 여전히 사람들은 그 앞을 지나다녔지만 이제 단이를 떠올리는 사람은 찾을 길 없고, 선덕여왕이 약조한 대로 그곳에 올라가 백성의 삶을 호소할 만큼 용기 있는 백성도 없었다.

그런데 그곳에 다른 누구도 아닌 원효가 오른 것이었다.

단의 묘 맨 상부에 우뚝 선 원효는 두 장의 큼직한 광목 두루마리를 양손에 각각 늘어뜨려 들었다. 거기에는 각각 "수허몰가부(誰許沒柯斧)"와 "아작지천주(我斫支天柱)"라고 쓰여 있었다.

관천대에 사람이 올랐다는 보고를 받은 관리가 허겁지겁 나와 원효가 늘어뜨린 두루마리의 글귀를 장계에 옮겨 적었다. 그 광경을 삼삼오오 모여든 사람들이 보았고, 문자는 입말로 옮겨졌으며, 곧이어 이런 노래가 퍼져 갔다.

수허몰가부…… 아작지천주…… 수허몰가부…… 아작지천주…….

뜻을 알 수 없는 노래는 삽시간에 퍼져 나가 거지들은 이 노래를 주고받으며 구걸을 하고 아이들은 자치기나 말타기 놀이를 하며 이 돌림노래를 불렀다. 노래가 익숙해지자 이제 노래의 뜻이 백성들 속에서 여러 형태로 해석되며 옮겨지기 시작했다.

"누가 자루 빠진 도끼를 빌려주겠는가. 내가 하늘을 괴는 기둥을 깎겠다."

이것은 도대체 무슨 뜻인가. '자루 빠진 도끼'가 무엇을 말하는지 '하늘 괴는 기둥'이 무엇을 말하는지 서라벌은 온통 추측으로 분분했다.

"원효 스님이 드디어 춘정이 동한 거 아냐?"

"망측한! 춘정이 동해서 단의 묘에 올라 그런 글자를 보이셨단 말야?"

"자네들 혹시 과부가 된 요석 공주 소문 아는가?"

"아, 남녀 일이란 게 하늘 알고 땅만 알지. 선덕 임금님 시절부터 두 분이 그렇고 그런 관계였다잖아. 자루 빠진 도끼에 기둥! 아, 딱 그거구만, 아니면 대체 뭐겠어?"

첫날은 그런 해석이 승세를 잡았다.

그러나 둘째 날은 상황이 달랐다.

백성들은 뜻밖에 민첩했고 누구도 생각지 못한 여러 가지 해석들을 마구 쏟아 내더니 빠른 속도로 합의된 해석 하나를 이끌어 냈다.

"이거네. 지천주!"

"아 다르고 어 다르지 않은가. 떠받칠 하늘이 아니라 떠받친 하늘! 자, 이렇게 되면 어찌 되는 것인가?"

"누가 자루 없는 도끼를 주겠는가. 내가 하늘을 받친 기둥을 찍어 버리겠노라!"

"하늘을 떠받친 기둥을……."

"찍어 내 버리겠다고……?"

"하늘을 떠받치고 있는 질서를 끊어 내 버리고 새로운 질서를 만들겠다는 것 아닌가!"

"고귀한 하늘입네 에헴거리며 자기네 배 속만 차리는 저기를 싹둑? 에헤라 좋구나, 생각만 해도 시원쿠나!"

"그런데 왜 하필 자루 없는 도끼라지?"

"우리 아냐, 우리! 가문도 혈통도 돈도 없고 그저 맨몸뚱이 하나로 사는 우리네 말이지!"

백성들은 거리로 흘러나오며 원효의 노래를 불렀다.

"자루 없는 도끼를 주오. 하늘 받친 기둥을 찍어 내 버리겠소."

노래가 된 사자후는 백성들 속으로 빠르고 깊이 스며들었다.

황룡사의 승려들은 이번에도 '요승'이라는 말로 원효를 질타했지만, 백성들은 통쾌해하며 원효의 노래를 부르고 또 불렀다. 서라벌 백성들의 심상찮은 움직임을 간파한 귀족과 관료 들은 자기 집 대문을 걸어 잠그기 시작했다. 황룡사는 네 개의 문에 번을 세웠다.

원효의 노래로 서라벌은 온통 흥성거렸으나 분황사 원효의 처소는 조용했다.

서라벌 도심을 막 통과해 온 대안이 벌컥 문을 열고 원효의 처소에 들어선 참이었다. 방문이 여닫히는 것도 알아채지 못할 정도로 원효는 집필에 몰입해 있었다. 원효 옆에서 먹을 갈던 사복이 대안을 올려다보며 목례를 했다. 사복의 이마는 흐르는 땀으로 번들거렸다. 사복이 먹을 가는 속도보다 원효가 붓에 먹물을 찍어 가는 속도가 더 빨랐기 때문이다. 무아지경으로 몰두한 원효의 달필은 설원을 내달리는 준마처럼 거침이 없었다.

대안이 그 광경을 팔짱을 낀 채 내려다보았다. 이윽고 원효가 파하, 긴 숨을 쉬며 붓을 놓을 때, 사복도 따라 긴 한숨을 내쉬며 이마의 땀을 닦았다.

때때로 걷잡을 수 없는 말들이 쏟아져 나와 손이 미처 머릿속 말들을 따라가지 못할 때 원효는 사복에게 먹을 갈아 달라고 부탁하곤 했는데, 이런 시간이 오면 사복은 마치 원효와 함께 경전 한 권을 주파한 것 같았다. 그렇게 묶여진 경전 주석서들을 원효는 "우리가 함께 쓴 책"이라 불렀다.

"호랑이를 잡으려면 호랑이 굴로 들어가야 한다."

세 사람이 함께 대면하자마자 대안이 처음 던진 말이었다.

"이제 곧 그 시각이 오리라 가늠하고 있습니다."

원효가 침착하게 대답했다.

"그 굴도 굴이거니와 저 굴도 마찬가지다. 중생 속에 부처님 모실 생각일랑 털끝만큼도 없는 저 탐욕스러운 중들 말이다. 전쟁에 미친 왕의 나팔수 노릇이나 하고 있는 황룡사의 입들을 먼저 단속해야 한다."

"통하겠습니까? 전쟁과 반전. 상충하는 두 견해가 전면에서 맞부딪히면 혹여 피를 부르지 않을지……."

군인과 승려들이 함께 행진하며 성전의 궐기를 외치는 황룡사 분위기를 떠올리며 사복이 불안한 얼굴로 물었다.

"이편과 저편을 모두 아우를 수 있는 부처님 법이 있으니 가능합니다. 그리고 이번엔 반드시 결과를 얻어야 합니다."

마치 혼잣말을 하듯 원효가 침착하게 말하며 대안을 마주 보았다.

"스승님의 유지를 받드는 일을 모색해 주십시오. 때가 왔습니다!"

대안이 원효의 눈부처를 들여다보며 고개를 끄덕였다.

"염려 말거라. 어제 아침 이미 김준후 공을 통해 궁에 전달했느니라. 곧 조처가 있을 게야."

대안과 원효와 사복, 세 사람이 의미심장한 시선을 나누는 그 시각, 분황사 일주문으로 요란한 말발굽 소리를 내며 국왕의 파발이 도착했다.

"어명이오! 분황사 승려 원효는 국왕 폐하의 명을 받으시오!"

기다리고 있었다는 듯이 원효가 성큼성큼 걸어 나왔고, 대안과 사복이 그 뒤를 따라 나왔다. 정황을 살피러 온 휘소가 탑 뒤에 몸을 숨겼다가 빠르게 월성으로 내달려 갔다.

*

원효만 남긴 채 모든 이들을 퇴하라 명한 왕은 좌우 폭 가장자리에 용과 봉황을 수놓은 12폭 십장생 병풍 앞에 앉아 있었다. 신성한 그 모든 불로장생의 존재들 속에서 신라의 임금은 기이하게 고독한 풍채를 드러낸 채 말없이 원효를 내려다보았다.

"가까이 오라."

국왕의 목소리는 낮고 날카로웠다.

세 걸음씩 세 번에 걸쳐 임금 앞에 나아가는 것이 대전의 예의라 했다. 세 걸음을 걷고 잠깐 섰다가 다시 세 걸음을 걸었다. 병풍 뒤에 잠복한 국왕의 용자들이 원효의 걸음을 날카롭게 꿰뚫고 있음이 느껴졌다. 벼려진 무기가 뿜어내는 찬 기운이 선뜩하게 끼쳐 왔다.

"어쩌하냐. 대전이 처음은 아닐 테지만 나 김춘추가 있는 대전은 각별할 것이다. 삼한 일통의 위업을 이룰 대전이다."

잠깐 말을 끊고 쏘듯이 원효를 내려다보는 국왕의 시선을 맞받으며 원효가 고요한 침묵을 지켰다. 자리에서 일어선 국왕이 말을 이었다.

"나를 위해 염불을 해 다오."

원효가 다소곳이 목례를 한 후 품에서 목탁을 꺼내었다. 스스럼없고 단순한 동작이었다. 원효의 움직임을 주시하는 병풍 뒤의 인기척은 날카로웠다.

딱, 따그르르…… 목탁이 울렸다.

"그만!"

국왕이 소리쳤다.

"가까이, 더 가까이 오라."

원효가 국왕을 향해 세 걸음 더 가까이 간 후 멈추어 섰다. 병풍 뒤의 인기척이 이제 옆으로 이동했다. 병풍 뒤에 하나, 병풍과 연결된 주렴 뒤에 하나, 그리고 원효의 등 뒤쪽 대전의 출입문 쪽에도 하나.

이분이 요석의 아버지인가. 원효가 가만히 한숨을 쉬었다. 국왕의 얼굴에는 자비도 온화함도 없었다. 위대한 군수가 뇌실 원하는 왕은 성작 위내람의 내용에 무지한 일굴이었다. 원효를 훑어 내리는 국왕의 시선에는 허무가 배어 있고 전쟁이 아니면 채울 수 없는 지독한 허기가 흘렀다. 고통에서 벗어나기 위해 더 큰 고통으로 자신을 얽어매는 형벌을 스스로에게 내린 분이여. 원효는 국왕의 얼굴을 안타까이 바라보며 부디 그의 내면에 지혜가 열리기를 축원했다.

원효를 내려다보는 국왕 김춘추는 기분이 나빴다. 분황사에 잠행해서 본 원효는 사자후 같은 법문으로 심장을 움찟하게 만드는 기골이 큰 사내였다. 부처의 행위를 하면 부처가 된다는 그의 법문을 들으며 분황사에 모인 백성들은 기묘하게 기운차지고 술렁거렸다.

'위험한 자다.'

왕은 단박에 알아보았다.

'저자는 지금 백성이 신라의 주인이라고 말하고 있지 않은가? 나 김춘추가 주인인 신성한 국가의 왕경 한복판에서!'

잠행 이후 김춘추는 원효를 속히 처단해야 할 대상이라고 판단했다. 그만큼 선동적이고 위험한 기운을 뿜던 그가 지금 기이한 존재감으로 왕을 혼란스럽게 하고 있었다. 왕은 미간을 찌푸리며 신경질적으로 손가락을 까닥거렸다.

눈앞의 원효는 우유부단해 보일 정도로 부드럽고 시종 따뜻하기 그지없는 미소를 띤 채 왕의 의도와 무관하게 스스로 편안했다. 그런 사내가 국왕인 자신을 슬픈 눈으로 바라보며 목탁을 꺼내 염불을 하려고 할 때, 국왕은 뭐라 설명할 수 없는 불쾌함을 느끼며 심사가 뒤틀린 것이다.

"자루 없는 도끼를 준다면 그것으로 하늘을 찍어 내시겠다?"

원효가 말없이 빙그레 웃었다.

그 웃음에 그만 모욕감에 휩싸이고 성마른 분노가 솟구친 국왕은 왼손에 들고 있던 금종을 신경질적으로 흔들었다.

병풍 뒤에서 두 명의 시위부 장교가 바람처럼 나타나 원효와 국왕 사이에 들어섰고, 그중 한명은 원효 쪽으로 바짝 걸음을 옮기며 검을 잡았다. 그와 동시에 원효의 등 뒤쪽 출입문으로 누군가 들어와 우뚝 서는 인기척이 났다.

보현랑이신가? 등 뒤의 인기척에 주의를 기울이는 원효의 얼굴에 복잡한 표정이 서렸다가 사라졌다.

"분부하소서!"

원효 바로 옆에 밀착해 검을 잡은 이가 말했다.

원효의 얼굴은 미동 없이 고요했다.

검의 위협에 전혀 동요하지 않는 원효를 내려다보던 국왕은 신경질적으로 손가락을 까닥거리며 수염을 문지르다가 옥좌 깊이 몸을 묻으며 밀렸다.

"물러가 있으라."

좌우의 장교들이 물러간 후 왕이 출입문 쪽을 향해 외쳐
말했다.

"보현은 대기하고 있으라. 오늘이 그날일 듯하다."

원효의 얼굴에 순간적인 긴장이 어리는 것을 일별한 후,
국왕이 하문했다.

"자루 없는 도끼에는 새 자루를 끼워야 하지. 자루를 끼
우지 않고는 도끼질을 못할 것이 아니냐?"

"백성들의 도끼에는 자루가 없습니다. 도끼날밖에 가진
것이 없는 백성들, 온몸으로 도끼날인 백성들, 의지할 혈통
도 권세도 없는 백성들. 자루 없는 도끼라야 진정한 새 하
늘을 열 수 있는지도 모르옵니다. 백성들 스스로 찾아낸
의미가 그것이라 여깁니다."

원효를 쏘아보는 국왕의 미간이 또 한 번 성마르게 꿈틀
거렸다.

현실적인 부와 권력의 질서는 도끼를 움직이는 자루이
다. 그런데 지금 이자는 기존의 질서와 무관한 자리에서
새 하늘이 열린다는 말을 하고 있지 않은가. 부와 권력으
로부터의 단절, 그것을 결핍과 소외가 아니라 자유와 해방
이라고 받아들이는 사유의 역전은 국왕의 심장에 소름이

돈게 했다.

이자를 어떻게 처리할 것인가.

국왕은 원효를 노려보며 침을 삼켰다.

"네가 원하는 새 시대란 어떤 것이냐?"

"모든 중생이 번뇌를 벗고 해탈에 이를 수 있는 큰 수레의 시대를 그리워합니다."

"과인 또한 그러하다. 삼한 일통의 위대한 신라가 그런 시대를 열 것이다."

"부처를 이루는 일에 국경의 경계는 의미가 없습니다."

"그렇지 않다. 신라의 부는 신라의 부, 백제의 부는 백제의 부일 뿐. 신라가 살고 부유하기 위해선 고구려, 백제를 쳐야 한다."

"세 나라가 한 나라가 될 수도 있고, 세 나라가 다섯 나라가 될 수도 있지만, 백성이 평안하지 않은 땅이 불국토가 될 수는 없는 일이라 새기고 있습니다."

국왕이 용상을 쾅, 치며 벌떡 일어났다. 원효는 조용히 말을 이었다.

"왕이시여, 지금 필요한 건 전쟁이 아닙니다. 부처님의 연기론을 기억하소서. 연이라는 타자를 나라는 존재의 조건으로 삼는 원리가 연기입니다. 삼라만상은 서로 의존하여 생깁니다. 국가의 존재도 그러하다고 소승은 여깁니다.

삼한은 그 각각의 존재로써 서로를 존재하게 하는 것입니다. 고구려, 백제를 필멸해야 할 대상으로 보면 우리 또한 저들에게 필멸당해야 할 대상이 됩니다."

"그만! 그 입 다물라! 너는 반역죄에 해당하는 말을 하고 있다."

원효는 여전히 침착하고 부드럽게 말을 이었다.

"통촉하소서, 임금이시여. 할 일이 너무나 많습니다. 농사를 살펴 백성의 삶을 보살펴야 합니다. 자연재해를 대비해야 하고 아픈 이를 돌보아야 합니다. 수출을 장려해 신라 바깥과 소통해야 합니다. 이 많은 할 일을 두고 전쟁이라니요. 남의 것을 빼앗아 내 곳간을 채우는 일은 부처님 법에 어긋납니다. 하물며 남의 나라 것을 빼앗아 이 나라 귀족과 왕족의 곳간을 채우는 일이라면 부끄러워 차마 입에 올리지 못할 일입니다."

국왕의 인내심은 한계에 다다라 있었다.

"너는 마치 임금처럼 말하는구나."

그 순간, 물러나 있던 용자들의 검이 번뜩였다.

왕이 손을 들어 제지하는 신호를 보냈다.

"나는 전쟁에서 큰딸과 사위를 잃었다. 신라만 전쟁을 꾀하는 것이 아니다. 고구려, 백제가 다 마찬가지 아닌가?"

그랬다. 백제의 의자왕은 신라에 대해 공격적인 전투태

세로 일관했다. 의자왕 역시 김춘추만큼이나 전쟁에 목마른 임금이었다. 전쟁광이면서 사치한 의자왕의 거듭되는 대신라 공격은 전쟁에서 거둔 승리 못지않게 백제의 국력을 소진시키고 백성의 삶을 도탄에 빠뜨리고 있었다. 고구려와 백제의 연합은 신라를 고립시켰고 고립된 신라는 당나라와의 연합을 꾀하여 반격에 나서지 않을 도리가 없기도 하였다.

"잘 들어라, 원효! 정치란 백성의 삶에 일희일비해서는 안 되는 것이다. 백성이란 그냥 있는 것이다. 누가 백성의 지배자가 되는가, 이것이 중요할 뿐. 백성에겐 정의가 없다. 백성에겐 국가가 없다. 그들은 어디에서건 목숨만 부지하면 된다고 생각하지 않는가. 너희들의 그 한심한 아미타림처럼 말이다."

원효는 김춘추의 말들이 뼛속까지 아팠다. 지배하는 이들은 천년 후에도 마찬가지 이야기를 할 것이다. 그러므로 더더욱, 이 뿌리 깊은 고통을 막기 위해서 백성이 깨어 있어야 한다. 권력의 질주에 놀아나지 않기 위해 스스로 부처임을 각성해야 한다. 시급한 것은 바로 이것이다.

"돌아가라. 내 용건은 끝났다."

갑자기 왕이 피곤한 말투로 말했다.

그때였다. 출입문 밖에서 다급한 목소리가 들려왔다.

"폐하. 요식 공주께서 알현을 청하십니다."

국왕과 원효의 눈빛이 공중에서 얽혔다. 마치 이 순간이 오기를 원하기라도 했다는 듯 외나무다리에서 만난 것처럼 둘 모두 한 치의 양보 없는 팽팽한 시선이었다. 동일한 패가 던져졌으나 원하는 것은 서로 달랐다.

"별궁에 감금된 여인이 어찌 대전에 든다는 것이냐. 근신을 명하노라!"

왕은 원효와 시선을 맞춘 채 바깥을 향해 성마르게 말했다. 원효의 눈빛이 흔들리는 것을 왕은 간파하고 있었다. 왕의 입가에 묘한 웃음이 스쳐 갔다. 그만 놓으려던 먹잇감을 다시 챙기려는 듯 왕이 용상 앞쪽으로 몸을 당기며 원효를 향해 물었다.

"한 가지만 더 확인하겠다. 삼한 일통의 성전에 반대하는 무리들이 분황사를 중심으로 모여든다 하던데, 그대가 지도자인가?"

"수행자는 모두 하나씩의 고유한 우주입니다. 누가 누구를 지도할 수 없습니다."

용상의 팔걸이를 탕, 치며 왕이 일어섰다. 왕의 반응을 따라 검들이 번쩍였다.

"분황사가 반전의 기치를 들게 될 것은 어쩔 수 없는 대세입니다. 만약 소승이 분황사를 떠난다면……."

국왕이 원효를 내려다보며 웃었다. 차디찬 웃음이었고, 다음 말을 재촉하는 시선이었다.

"그렇게 된다면 폐하께서 원하시는 방향으로 상황이 흘러갈 수도 있을 것입니다."

국왕이 웃음을 터뜨렸다.

"나와 거래를 하겠다는 심산이냐, 원하는 것은?"

"요석 공주를 출궁시켜 주소서. 허락하시면 요석 공주와 함께 서라벌을 떠나겠습니다."

"요석을 내어주면 서라벌을 떠나겠다? 왜인가?"

"……"

"요석을 사모하느냐?"

"……"

"수행승 원효에게 묻는다. 부처님 제자의 계율을 저버리고 한낱 계집을 사모하느냐고 물었다."

"그렇습니다."

"부처가 중생을 사랑하듯이 말이냐? 아니면 사내로서 말이냐?"

"저의 목숨과도 같이 사모합니다."

"요석을 내어주면 서라벌을 떠나겠다? 으하하. 내가 크게 밑질 것은 없겠구나. 그런데 말이다. 서라벌을 떠나 줘야 할 만큼 네가 대단한 존재인가?"

국왕이 소동하듯 사십게 웃었다. 이어시 손에 쥔 금종을
세 번 끊어 울렸다.

잠시 후 김준후 공이 대전으로 들어왔다.

"백고좌 법회가 열흘 뒤 황룡사에서 열린다 하였나?"

"그렇습니다, 전하."

"그 괴이한 경전은?"

"명하신 대로 두 권의 사경을 마쳤습니다."

왕이 손짓했다. 김준후 공이 원효에게 다가왔다. 김준후
공이 전하는 경전을 받는 동안, 두 사람의 시선은 부딪치
지 않았다.

"신라 불법의 수준이 어느 정도나 되는지 과인도 몹시
궁금하다. 원효는 들으라! 백고좌 법회에 참석할 것을 명
한다. 내 거기서 그대의 이름이 허명인지 아닌지 판단할
것이다. 그 경전의 풀이를 명하노라. 한 권은 그대에게, 한
권은 황룡사에 보내질 것이다. 당의 사신단이 배석할 것이
다. 그 경의 풀이를 당의 황제가 궁금해한다고 하니, 당의
사신단으로 하여금 황룡사와 그대 중 승자를 가리게 할 것
이다. 그대가 승자가 된다면 요석의 출궁에 대해 숙고해
보도록 하겠다."

과연 김춘추다웠다. 황룡사 승려들의 반대가 불 보듯 뻔
했지만 왕은 개의치 않았다. 왕으로서는 어떤 결과가 나오

든 잃어버릴 것이 없는 거래였다.

왕은 손짓으로 원효를 물리며 대전 출입문에 대기하고 있던 보현랑을 가까이 오라 불렀다.

국왕 가까이 다가가는 보현랑과 대전을 나가는 원효가 서로를 스쳤다.

둘의 시선이 잠시 서로 얽혔고 두 사람 모두 안도의 한숨을 쉬었다.

원효를 다루기 위해 요석이 필요함을 왕이 깨달았으니 최소한 백고좌 법회까지 요석의 목숨은 안전할 것이었다.

.
.
.
.
.

35

황룡사 경내와 담장 바깥에 구름처럼 사람들이 몰려들
었다. 그 무수한 시선 속에 법석에 나앉은 나이 든 승려들
이 경을 해설하느라 비지땀을 흘리고 있었다.

"대국이 남북조시대를 지날 때 위나라 북쪽으로 들어오
신 달마 존자의 이입사행설이 본경에 드러나는 바이나 워
낙 심오하고 문체가 독특하여 전후 맥락을 살피기에 어려
움이 많사옵니다."

"이 경은 이제 막 대국에서 번역되어 들어온 경으로 추
정되옵는데, 정확한 내용을 알기 위해서는 대국에 유학승
을 파견해 공부해 오게 하심이……."

"자은 문중에서 나온 것이 아닐까 사료되옵고……."

"아니옵니다. 난해한 유형을 미루어 따지자면 현장 문중

아니겠습니까?"

「금강삼매경」을 두고 황룡사 승려들이 백고좌 법회에서 치르고 있는 곤경은 황룡사의 한계를 보여 주는 것이기도 했다. 황룡사 승려들의 중론은 당나라 장안으로 유학승을 파견해 이 경이 어느 문중에서 나온 것인지 정확히 파악한 후 그 문하에 들어 제대로 공부를 해 와야 비로소 경의 신묘한 뜻을 풀이해 낼 수 있다는 것으로 모아졌다. 저마다 알고 있는 지식들을 편편이 짜깁고 소장한 경전의 한 대목씩을 인용해 가며 이런저런 문중들을 왈가왈부하다가 역시 장안으로 사람을 보내 인증받아야만 알 수 있으리라고 왕에게 아뢰는 것으로 분위기는 흘러가고 있었다.

왕은 어떤 표정도 드러내지 않은 채 침묵했다. 왕의 뒤편에는 당에서 온 사신단과 당으로 곧 출발하게 될 신라의 사신단이 함께 배석해 있었다. 심기를 전혀 읽을 수 없는 딱딱하게 굳은 표정과 일관된 왕의 침묵으로 인해 백고좌 승려들은 더욱 황망해하며 법석의 갈피를 잡지 못하고 있었다.

그때 힘차고 맑은 목탁 소리가 울렸다.

경내에 운집한 귀족들과 담장에 매달려 있던 백성들의 이목이 순식간에 한쪽으로 쏠렸다. 남루한 잿빛 승복을 입은 원효가 백고좌 법회의 화려한 법석으로 걸어 들어오고 있었다. 화려한 색색 비단의 양년 속에 원효가 실진 해신 무명옷은 기이한 존재감으로 경내를 침착하게 만들었다.

원효의 등장을 본 몇몇 황룡사 고승들의 얼굴이 흙빛이 되었다. 걸어 들어오는 원효와 거의 동시에 왕실의 시위부 수장이 은밀히 나타나 국왕 뒤편에 자리하는 것을 국통 자장은 놓치지 않고 간파했다. 국왕의 명령으로 원효의 백고좌 법회 참석을 전달받은 후, 황룡사 내부에서는 원효의 참석을 결단코 막아야 한다는 중론이 일었다. 그에 따라 비밀리에 취한 몇 가지 조처가 있었고, 그것은 밖으로 새 나가서는 절대 안 되는 일이었다. 그런데 마치 시위부 수장이 원효를 보호해 들어오는 듯한 이 형국은 도대체 어찌 된 일인가. 계획대로라면 원효는 지금 감금되어 있어야 마땅했다. 황룡사의 지시로 일을 도모한 용자들이 모두 국왕의 시위부 수장에게 제압당했다는 것인가. 자장의 등줄기로 식은땀이 흘렀다. 사태를 파악하기 위해 자장이 재빨리 왕의 표정을 살폈으나 여전히 속내를 파악할 수 없는 얼굴이었다.

원효는 국왕 김춘추 앞에 이르러 아무런 망설임 없이 곧바로 본론을 이야기했다.

"이 경을 꿰뚫는 본질은 이러합니다. 첫째는 공(空)의 철학인 중관(中觀)과 마음의 철학인 유식(唯識)을 화쟁하고 회

통하려는 것입니다. 둘째는 대승선(大乘禪)의 두루 알림입니다. 셋째는 진속불이(眞俗不二)를 설파하는 원융(圓融)한 불교의 길을 제시함입니다. 이 세 가지 원리는 시각(始覺)을 통해 본각(本覺)으로, 본각에서 시각으로 두루 통하여 마침내 '비로소 깨달아 감'도 '본래적 깨달음'도 불일불이한 깨달음〔覺〕의 바다로 융화됩니다."

그 뜻은 광대하되 말의 집중력은 예리한 화살촉처럼 좌중을 꿰뚫으며 명사수의 화살처럼 날아들었다. 담장 밖에 매달린 백성들은 무슨 소리인지 알 수 없는 표정인 채로 원효의 맑고 우렁찬 음성을 듣는 것만으로도 환호했고, 경내의 귀족들과 백고좌 법석에 앉은 승려들은 원효가 사용하는 언어의 정확하고도 고도로 수련된 표현에 전율했다.

"개인의 고통과 집단의 고통의 원천은 탐욕, 성냄, 그리고 어리석음입니다. 이로 인해 연기의 세계가 오염됩니다. 오염을 어떻게 제거할 것인가. 수행을 통해 탐욕, 성냄 그리고 어리석음을 씻어내야 합니다. 부처님께서도 계정혜(戒定慧) 세 가지 수행의 방법을 제시하셨습니다. 행동을 정화하는 계율 수행, 마음을 정화하는 참선 수행, 관점을 바꾸어 바로 이해하게 하는 지혜 수행이 그것입니다. 무엇보다도 연기의 세계를 있는 그대로 보는 마음의 경지를 얻는 지혜 수행이 중요합니다. 이것이 바로 관(觀) 수행입니다. 정신 차리는 일부터 시작합니다. 정신 차려 집착하지 않고, 정신 차려 휘말리지 않고, 정신 차려 빠져나옵니다. 모든 것이 변화한다는 무상의 가르침과 모든 것에는 실체가 없다는 무아의 가르침을 이해하는 것입니다. 국왕께서도 또한 국왕이라는 실체가 있다는 환각에서 깨어나야 합니다."

국왕 김춘추의 미간이 꿈틀거렸다. 국왕의 눈빛이 깊고 예리하게 번뜩이며 원효를 쏘아보았다. 그 눈빛을 정면으로 응대하며 원효가 임금 앞으로 뚜벅뚜벅 걸어가 몸을 숙여 절하였다.

"이 경이 설한 수행의 핵심은 관행(觀行)입니다. 한 맛으로 보아〔觀〕 수행(行)하는 일미관행(一味觀行)! 지혜와 수행이 한 가지 맛으로 통일되는 것은 우리의 마음이 바로 일심(一心)이기 때문입니다. 부처의 깨달은 마음도 그리고 중생의 미혹된 마음도 모두 우리 일심에서 펼쳐지는 겁니다. 깨달은 중생이 부처가 되고, 미혹된 부처가 중생이 되는 것도 모두 한 마음의 문제일 뿐입니다. 부처님께서 연기법을 설파하였듯이 모든 것은 상호 의존합니다. 그렇지만 인간의 숙명적인 무지인 무명(無明)에 사로잡히는 순간 우리는 세상에 고정불변의 실체가 있다는 환각에 빠집니다. 이 환각으로 인해 상호 의존하는 세계는 서로 대립하고 갈등

하는 세계로 보이게 됩니다. 어리석음이 끝내 우리 마음을 탐욕과 성냄의 아수라장으로 만들어 버린 겁니다. 벗들이여, 가엾고 가여우니 부디 돌아오소서. 막히고 갈라져 서로 대립하는 세계에서 벗어나 모든 것이 상호 의존하는 세계로, 한 몸처럼 세상과 만나는 세계로 돌아오소서! 벗들이여. 가엾고 가여우니 부디 돌아보소서. 여러분의 한 마음에 부처가 있다는 사실을."

원효가 목탁을 쳤다. 이윽고 노래했다.

"하나가 된 마음자리는 있음과 없음이라는 환각을 여의어 오직 맑으며, 세 가지 공(空)의 바다는 성스러운 진리와 속됨을 녹여 말끔하네. 유무나 진속의 둘로 나누는 분별을 말끔하게 녹였으나 그렇다고 둘로 나눈 분별을 그냥 합친 하나도 아니며, 오직 맑아 둘로 나누는 환각을 여의었으나 그렇다고 둘로 나눈 분별의 중간도 아니네. 있음 아님이 없음에 머물지 아니하며, 없음 아님이 있음에 머물지 아니하네. 하나가 아니지만 둘로 나누는 분별을 녹였으므로, 성스러운 진리가 아닌 것이 일찍이 속된 적이 없으며 속됨이 아닌 진리가 일찍이 성스러운 진리가 된 적이 없네. 둘로 나누는 환각을 녹였지만 중간이 아니기 때문에 있음과 없음의 현상이 만들어지지 않는 바가 없고, 옳고 그름의 뜻이 두루 미치지 아니함이 없네. 이와 같이 깨뜨림이 없되

215

깨뜨리지 않음이 없으며, 세움이 없되 세우지 않음이 없으니, 가히 이치가 없는 지극한 이치요 그렇지 않으면서도 크게 그러한 것이라 할 수 있네. 이것이 이 경전의 핵심 도리이니, 벗들이여 통하소서. 서로 열려 통하고 연결되게 함으로써 중생을 이롭게 하는 것이 진정한 금강삼매라네."

원효의 목소리는 천의무봉한 노랫가락에 경전의 내용을 실어 보냈다. 좌중은 가지고 있는 지식의 정도에 따라 저마다 다른 수위로 이 해설을 들었으며, 그 각각의 수준이 모두 아름다운 신이를 경험하고 있었다.

모두가 한결같이 원효의 입만 바라보는 상황을 냉정하게 관찰하던 국왕의 시선이 날카롭고 성마르게 꿈틀거리더니 금빛 가사를 두른 자장에게 가서 꽂혔다. 재촉하는 국왕의 시선을 느낀 자장은 자신이 취해야 할 태도를 타진하고는 곧장 입을 열었다.

"이토록 수승한 해설을 할 수 있다면, 그대는 이 경이 당나라 장안 어느 문중에서 나온 것인 줄 알고 있으리라 사료되오. 어떱니까?"

자장이 국왕을 향해 다시 한 번 말하였다.

"소승이 보기에 이 경전은 그 경지가 매우 드높고 완전하오나, 원효의 해설에는 편협한 대목이 있다고 여겨집니다. 진정 제대로 공부했다면 이 경전의 출처를 알려 줄 수 있을 것이오니, 폐하께서 직접 하문하여 주시옵소서!"

시종 싸늘한 표정의 국왕이 입을 떼어 한마디 했다.

"어디냐?"

원효가 국왕을 바라본 후 다시 자장과 시선을 맞춘 후에 입을 열었다.

"안타깝고 안타깝습니다. 어찌하여 수승한 경전은 모두 당나라 장안에서만 만들어진다고 생각하십니까?"

자장을 향해 말문을 연 원효가 다시 국왕을 바라보며 아뢰었다.

"왕이시여. 이 경전「금강삼매경」은 신라의 경전입니다!"

담장 바깥의 백성들 사이에선 탄성이 흘러나왔지만, 경내의 귀족들과 승려들은 당혹스럽다는 듯 술렁거렸다. 그 술렁임을 더욱 선동하듯이 자장이 격노한 음성으로 입을 열었다.

"신성한 백고좌 법회를 어지럽히는 자, 원효를 벌하소서! 폐하께서 내리신 경전의 내용은 그 깊이와 넓이가 신묘하여 필시 대국에서 온 것이 분명하거늘, 신라에서 만들어졌다는 세 치 혀의 놀림으로써 대국을 욕보이고 있사옵니다. 만에 하나 원효의 말을 액면 그대로 받아들인다면 폐하께서 내리신 이 경전이 위경이란 것이니, 폐하의 위엄을 욕보이는 저자를 엄히 문초하소서!"

자장의 말을 듣는 내내 국왕 김춘추의 얼굴은 어떤 표정
도 드러내지 않은 채 고독하게 번들거렸다.

원효가 조용하고 겸손한 태도로 자장에게 물었다.

"대덕이시여, 위경이라 함은 무엇을 뜻합니까?"

자장은 원효의 질문을 못 들은 척 무시하며 국왕에게 말
했다.

"폐하! 경전에도 규범과 질서가 있는 법. 천축국에서 만
들어지고 중국에서 번역된 경전만이 진경으로 간주되어
신라에 들어옵니다. 애초에 중국에서 만들어진 것이면 위
경이옵니다. 그런데 원효가 말하는 바, 이 경이 중국도 아
니고 신라에서 만들어진 것이라면, 위경이라는 말을 쓸 자
격조차 없는 줄 아뢰옵니다!"

승기를 잡았다는 듯 자장의 얼굴은 근엄하게 빛나기 시
작했다. 황금빛 가사에 둘러싸인 균형 잡힌 자장의 신체는
그 자체로 타고난 귀족임을 증명하는 듯했다. 그런 자장의
얼굴을 바라보며 원효가 안타까운 눈빛으로 다시 입을 열
었다.

"천년도 더 전에 사신 부처님의 육성을 그대로 전하는
경전은 거의 없습니다. 대부분의 경전은 부처님 가르침을
믿고 따르는 후대 사람들이 쓰고 전하는 것입니다. 소승

은 세상에 참으로 많은 종교가 있다는 것을 알고 있습니다. 어떤 종교에선 오직 절대자의 말씀과 계시만이 중요합니다. 그러나 불교는 절대자가 시혜를 베풀듯 구원을 베푸는 계시의 종교가 아닙니다. 불교는 만백성이 스스로 부처임을 알아 부처로 살 것을 가르치는 종교입니다. 그러므로 부처님의 가르침에 참되게 부합하는 것은 그 누구의 가르침이건 불경에 수용됩니다. 불교의 경전들은 계시하고 받드는 불변의 완결형이 아니라, 깨달음이 만인에게 열려 있는 진행형임을 말해 줍니다. 하오니 불경의 양이 점점 많아지는 것은 자연스러운 이치이자 가치 있는 일입니다. 후대에 불경에 편입되는 경전들에 대해 천축국에서 만들어진 것은 진경, 중국이나 그 밖의 곳에서 만들어진 것은 위경이라 하여 가치를 무시하려는 경향은 참된 불교도의 자세가 되기엔 매우 미흡하다 아뢰옵니다.”

갑론을박하던 황룡사 승려들이 복잡한 표정을 지으며 원효와 자장과 국왕을 번갈아 가며 주목했고, 법석 뒤편 담장 회화나무 옆에선 걸승처럼 보이는 대안이 팔짱을 낀 채 그 광경을 지켜보았다.

“소승은 당으로 유학 떠난 도반인 의상 스님을 통해 당에서 나온 모든 경을 받아 보고 있사온데, 당에서는 아직 이런 이름의 경이 세상에 나온 바 없는 줄 아뢰옵니다. 소승이 보건대 이 경은 분명 신라 땅을 지키며 사는 숨은 고승들께서 지은 신라의 경전이 틀림없습니다. 짐작하건대 이 경전은 법흥 대왕 시절의 순교자 이차돈과 도반이신 도명 스님께서 초안을 잡으시고 오랜 시간에 걸쳐 세상에 법우를 뿌리며 백성과 함께 해 온 혜공 스님께서 그 면면을 쇄신 보충하여 이루어 낸 신라 불교 경전의 꽃이자 주춧돌이라 여겨지옵니다. 이렇듯 활달하고 깊고 넓은 경이 수입해 들어온 것이 아니라 이 나라 신라에서 주체적으로 만들어졌다는 것은 신라의 도처에 뛰어난 고승들이 존재함을 엽엽하게 드러내 주는 바라 하겠으니, 나라의 동량이 이리 풍성함을 감축드리옵니다. 폐하!"

지켜보던 백성들 사이에서 감탄의 탄식이 터지며 황룡사 경내로 가득 번져 왔다. 심상치 않은 분위기를 제압하고자 자장이 위엄 가득한 목소리를 높였다.

"통촉하소서, 폐하! 원효의 망발이 극에 달하였나이다. 대국 사신단 앞에서 신라의 경전 운운하고도 위경이 아니라고 우기는 저자를 당장 하옥하소서! 불경죄를 저지른 죄인을 엄히 다스려 대국 사신단께 사죄함이 마땅한 줄 아뢰옵니다!"

사자좌에 앉은 고승들이 당의 사신단과 왕의 얼굴을 번갈아 바라보며 원효를 벌할 것을 무언으로 재촉했다. 무표정으로 일관하던 왕이 사신단 쪽으로 시선을 옮기는 순간, 사신단 수장이 먼저 일어서더니 격한 표정으로 왕 앞으로 걸어 나왔다. 자장의 입가에 미소가 떠오른 순간이었다.

"사신단 정사(正使) 이율, 전하의 홍복을 진심으로 감축 드리옵니다!"

이윽고 정사 이율의 입에서 흘러나온 말에 사자좌 고승들의 표정이 어리둥절했다. 자장이 서둘러 이율 앞으로 나서려는 순간이었다. 이율이 왕에게 다시 고했다.

"유수한 불법문을 장안에서 수없이 들어왔으나 오늘 이 자리에서 승려 원효가 펼쳐 준 법문은 본관에게 큰 감동을 주었나이다. 서라벌에 활불이 있음을 대국 황제께 성심으로 전해 아뢰겠나이다! 또한 이 자리에서 분명히 고하건대, 천축국에서 만들어진 경전만이 진경이고 그 외는 모두 위경이라는 단견은 대국에선 이미 철폐일로에 있나이다. 중화로 들어오면 모든 것은 중화의 것! 이와 같은 맥락에서 대국의 아량은 신라의 경전을 인정하고 높이 치하하는 바입니다. 청컨대 이 수승한 경전을 본관이 당으로 가져갈 수 있게 윤허해 주소서. 이 경전에 붙인 승려 원효의 주석서를 함께 가지고 갈 수 있다면 대국 황제께서 더욱 기뻐하시리라 사료됩니다."

이어서 사신단 정사 이율이 원효 앞으로 걸어가 허리를

싶이 눅어 실하었나. 사상과 사사와의 능러들은 기침 소리 하나 내지 못하고 사색이 되었으며 국왕은 여전히 차갑고 무표정했다. 원효의 압승이었다.

"하루 말미를 주시면 청하신 주석서를 완성해 드리겠습니다. 당으로 떠나기 전 분황사로 오셔서 가져가시기 바랍니다."

원효의 말에 자장이 재빨리 이율의 표정을 살폈다. 주석서를 갖다 바치겠다는 것이 아니라 분황사로 직접 와서 가져가라는 건방진 말에 사신단 정사가 어찌 반응할 것인가. 자장이 원한 반전은 일어나지 않았다. 사신단 정사 이율은 원효에게 크게 감동한 터라 수승한 경전 「금강삼매경」의 주석서를 얻기 위해서라면 마땅히 분황사로 직접 가리라고 흔쾌히 응답했다.

*

비두골 광장으로 모여든 백성들이 낮밤을 가리지 않고 소요를 일으킨 지 벌써 사흘째에 접어들었다.

수허몰가부…… 아작지천주…… 수허몰가부…… 아작지천주……. 백성들은 손에 손을 잡고 노래를 부르며 단의 묘를 중심으로 모여들었다.

"우리는 전쟁이 싫다!"

누군가 외치자 우레와 같은 박수가 터졌다. 감히 입 밖에 내지 못하던 말이었으나 한 번 말문이 터지자 걷잡을 수 없는 파도처럼 말들이 넘쳐흘렀다.

"자네도 들었나? 황룡사에서 벌인 우리 원효 스님 법문 말일세."

"아암! 귀족 스님도 아니고 유학파 스님도 아니신데 백고좌 법회를 극락정토로 만드셨지!"

백성들은 원효를 자랑스러워했다. 젊고 거침없던 20대 수행승에서 불혹의 나이에 접어들기까지 오랜 세월을 거치며 만들어진 원효에 대한 백성들의 신망은 사리가 분명한 것이었다. 정권이 바뀔 때마다 원효는 왕족의 부름을 받았으나 권력과 거리를 둔 채 백성의 편에 있어 온 수행자였다. 백성들은 원효가 어떤 패를 집든 자신들에게 유익한 패를 집을 거라는 신뢰를 가지고 있었다. 단의 묘가 단적으로 보여 주듯이 그간 원효가 백성의 마음을 대신 읽어 내 준 세월의 힘이 그러했다.

법회에 참석하지 못한 백성들은 생업이 끝난 밤이 되자 손에 손을 잡고 첨성대로 모여들었다. 밤을 밝힐 등잔이 곳곳에 놓인 비두골은 다시 광장이 되었다. 단의 묘가 처음 지어질 때는 비천한 신분의 힘없는 백성이 당한 억울한 죽음을 위로하기 위해 사람들이 보냈으나, 이제 섬성대는 전 쟁 반대의 목소리가 서서히 커져 가는 광장이 되고 있었다.

"전쟁을 일으키는 사람들은 백성이 아니라 귀족 나리들 입니다. 그 판에 백성들만 죽어납니다. 신라건 백제건 나리 들은 왜 그렇게 전쟁을 좋아합니까? 전쟁이 아니라 다 같 이 먹고살 궁리를 합시다!"

"옳소!"

"원효 스님이 임금님 앞에서 말씀하셨습니다. 지배하는 나리들 눈이 아니라 지배당하는 백성의 눈으로 세상을 보 아야 한다고요!"

"옳고말고!"

"우리 같은 백성들, 힘없고 약한 사람의 눈으로 세상을 보아야 진정한 자유를 얻는다 하셨습니다. 중생의 시각으 로 세상을 보아야 진정한 대비심을 깨닫게 된다고 말입니 다!"

"옳지! 에고, 나무아미타불……."

원효를 통해 자신들의 처지를 토로하던 백성들은 이제 자신의 말을 스스로 하기 시작했다.

"수허몰가부 아작지천주."

"자루 없는 도끼!"

"그렇지, 그렇고 말고!"

"저 고귀하신 귀족 나리들보다 우리 같은 백성들이 백 배 천배는 더 많소. 한 명이 혼자 기름지게 먹고 비단 휘감고 평안히 사는 게 부처님 길이오? 100명이 굶고 있는데?"

"안 되지! 백성들 모두가 골고루 평안해지는 길을 찾는 게 부처님 나라 아니겠소?"

"아무렴, 나무아미타불!"

사흘째 밤부터는 첨성대를 중심으로 큰 원을 그리며 원무가 이어졌다. 누가 그러자고 앞선 게 아니었으나 한밤중 맑고 밝게 돋은 달 아래 신라의 백성들이 손에 손을 잡았다. 춤과 함께 노래가 퍼졌다.

"돋으샤 세 개의 달님이시여. 지금 여기에 달님 돋으샤 아으 다롱디리 지금 거기에 또 달님 돋으샤 아으 다롱디리 거기에 돋은 지금의 달님이여 지금에 돋은 여기의 달님이여 아으, 아으, 아으 다롱디리 신라의 백성을 지켜 주소서."

단의 묘를 중심에 둔 비두골 광장은 낮밤을 가리지 않고 마치 시장을 옮겨 놓은 듯 흥성거렸다. 나라의 징집 명령에 반대하며 "전쟁 반대"를 외치는 이들의 얼굴에서는 두려워하거나 전전긍긍하는 기색은 찾아볼 수 없었다. 비두골은 마치 잔칫집 마당처럼 노래와 춤이 넘쳐났다. 때마침 만월을 향해 가는 달은 밝고 청명했으며 밤공기 속에 봄꽃 냄새가 숨 막힐 듯 진동했다. 한차례 떠들썩하게 흥이 오르고 나면 숨을 고르듯이 누군가 차분한 선율로 비파나 금을 탔다. 신라 사람들은 어디서든 춤추고 노래하는 것을 즐기는 이들이었으니, 춤과 노래가 이어지는 곳에 자연히 음식 냄새가 풍겼다. 의기투합한 사람들이 화로를 만들고 무쇠 솥을 옮겨 와 보리죽을 끓여 서로 나누어 먹었다.

*

"어찌하오리까, 폐하!"

비두골 상황을 보고한 후 왕의 명령을 기다리는 법당군단 부장은 애타는 얼굴이었다. 결단을 재촉하는 그를 향해 왕은 오른손 손바닥을 보이며 조용히 하라 이른 후 용상 뒤로 몸을 깊이 파묻고 이마를 짚었다. 검은 그림자가 가득 드리운 무겁고 서늘한 얼굴이었다.

화랑의 낭도들에게 일제히 동원령이 내려진 것은 말할 것이 없고, 화랑도를 거쳐 간 적 있는 모든 남자들이 동원되고, 각 마을의 젊은이들이 선발 차출된 상황이었다. 황룡사의 성전 동참 제안으로 전국의 사찰에서 수좌들이 무기를 만들어 온 지도 벌써 다섯 달이 훌쩍 지났다. 애국의 길을 기꺼이 맞이하여 솔선하는 것이 신라의 수행자와 백성들 모두가 가져야 할 마땅한 도덕으로 칭송되며 전쟁을 치를 모든 준비가 착착 진행되고 있던 차였다.

그런데 원효라는 돌발 상황이 터져 나온 것이다. 원효를 통해 입을 가지게 된 백성들이 전쟁에 대해 불편한 심정을 입 밖에 내어 표현하기 시작하자, 더 이상은 명령에 따라 마소처럼 동원되어 죽고 싶지 않다는 공공연한 불만이 마른 들판에 들불 번지듯 퍼져 가는 형국이었다.

어찌할 것인가. 왕은 평소보다 신중했다. 모든 계산이 한 번에 맞아떨어져야 한다. 당 사신단은 하루 전에 분황사로 찾아가 원효가 지은 「금강삼매경론」 세 권을 챙겨 당으로 떠났다. 직접 갈 것 없이 궁으로 가져오도록 명하겠다고 했으나 사신단 수장은 극구 분황사로 가 원효의 주석서를 직접 받겠다고 했다. 활불이라……. 정사 이율이 입에 올린 말이 내내 국왕의 심기를 불편하게 했다. 훗! 이윽고 김춘추의 입가가 비틀려지며 차가운 웃음이 흘러나왔다. 계산이 끝난 왕의 얼굴엔 기묘한 여유가 감돌았다. 내관에게 밀지를 쓸 준비를 시키고 대전을 한 바퀴 천천히 걸었다. 용자들이 따라 움직였다. 계산에 착오가 없음을 다시 확인한 김춘추가 고개를 끄덕이며 만족스러운 얼굴로 짧은 밀지를 작성했다. 왕이 금종을 울려 김준후를 불렀다.

"보현은 아직인가?"

이제 곧 돌아올 시각이 되었다고 김준후가 짧게 대답했다.

왕의 밀지를 가지고 김준후가 분황사로 떠나자 왕은 놀연 수라를 들겠다고 했다. 내관이 명을 받고 총총히 사라졌고, 하명을 기다리던 법당군단 부장이 망연해하자 왕이 큰 소리로 웃었다. 칼바람 같은 웃음소리였다. 법당군단 부장이 흠칫하자 왕은 더욱 뜻 모를 얼굴로 대전이 떠나갈 듯 점점 더 크게 웃었다. 부장이 몸 둘 바를 몰라 엉거주춤한 사이 이윽고 웃음이 잦아들며 차갑고 무표정한 얼굴로 돌아온 왕이 말했다.

"잠시 기다려라. 곧 하명할 것이다. 그사이 나는 임금의 밥을 먹어야겠구나."

퇴청하는 왕을 보위해 용자들이 사라지자 검기가 빠진 대전이 금세 적막해졌다.

*

갑옷과 칼로 무장한 보현랑이 대전으로 들어서며 왕에게 장계를 올렸다.

"처리했느냐?"

"네!"

왕은 짧게 물었고, 보현랑 역시 짧게 대답했다.

속내를 알 수 없는 굳은 얼굴로 보현랑이 올린 장계를

훑어 본 국왕은 휘소를 불러 요석을 데려오라 했다. 조급히 나갔던 휘소가 요석과 함께 조심스레 대전을 밟았다.

"떠나라!"

요석이 대전에 들어서자 국왕은 단 한 마디를 하였다. 요석은 아마도 마지막 대면이 될 아버지의 얼굴을 묵묵히 바라본 후 큰절을 두 번 올리고, 말없이 대전을 나섰다. 왕은 딸 앞에서 아무런 표정도 띠지 않았고, 요석 역시 아버지 앞에서 어떤 표정도 드러내지 않았다.

"채비 후 출궁 전갈을 기다려라. 궁을 나가 가장 먼저 가야할 곳이 비두골이다."

왕이 휘소에게 말했다. 머리를 조아린 채 휘소가 그 명을 들었다.

"나를 보거라."

어려서부터 지금껏 단 한 번도 김춘추와 눈을 마주쳐 본 적 없는 휘소였다. 주춤하던 휘소가 왕의 명을 따라 얼굴을 들었다. 휘소의 눈을 정면으로 내려다보며 왕이 덧붙였다.

"잊지 마라. 너희를 감시할 용자들이 함께 움직인다는 것을."

왕이 차게 말했고 휘소가 고개를 숙여 예를 표한 후 뒷걸음으로 대전에서 물러났다. 대전 문을 나설 때 보현랑과 휘소의 눈빛이 잠시 얽혔으나 왕은 눈치채지 못했다.

"요석 공주를 서리 내보내시면……."

불안한 듯 법당 군단 부장이 뱉은 말에 왕이 답했다.

"신라의 활불을 처리하기 위해 요석은 제법 쓸 만한 칼이구나."

한바탕 웃음을 다시 터뜨린 후, 왕이 옥좌 옆 상아 협탁 위에 놓인 흑단 상자에서 편지 두루마리를 꺼내 들었다. 여러 번 펼쳐 본 듯 대충 접어 놓은 두루마리를 펼친 채 옥좌에 몸을 묻은 왕이 한동안 그 편지를 노려보다가 이윽고 홋, 웃었다. 편지를 접어 상자 속에 던지고서 왕이 법당군단 부장을 향해 입을 열었다.

"원효가 서라벌에 있는 한은 백성의 동요를 막을 수 없다."

"하오니 김유신 공께선 속히 원효를 처단함이 옳다 하셨습니다."

법당군단 부장이 신속하게 답했지만, 왕은 차가운 목소리로 말을 이었다.

"만약 원효가 비두골에서 죽는다면 백성의 동요는 더욱 커질 것이다."

"하오시면?"

왕이 용상 깊숙이 몸을 묻고 잠시 침묵했다. 그 얼굴엔 옴짝달싹할 수 없는 먹잇감을 앞에 놓은 맹수가 그것을 물어뜯기 직전의 여유가 흘렀다.

"서두를 것 없다. 원효 스스로 제 무덤을 팔 것이니."

무슨 말인지 알아듣지 못한 법당군단 부장이 왕의 얼굴을 쳐다보았다.

"이제 곧 백성은 동요할 것이고 스스로 흩어질 것이다."

백성의 움직임을 예견하는 왕의 목소리엔 기묘한 흥분이 느껴졌다. 보현랑이 빠르게 왕의 얼굴을 일별했다.

"백성의 우둔함은 군주에겐 큰 즐거움이지."

한바탕 기분 좋게 웃은 왕이 정색을 하며 덧붙였다.

"모든 것은 알아서 흘러갈 테지만 만에 하나 실기하면 아니 되니 우둔한 백성을 독려해야 할 필요가 있다. 삼한일통 깃발과 애국 기치를 높이 든 청장년들을 비두골로 보내라."

법당군단 부장은 그제야 말귀를 알아들었다.

"사태가 정리되면 원효를 서라벌 바깥으로 추방토록 하라. 짐의 명이 없는 한 다시는 서라벌에 발을 들여놓지 못하게 하라."

법당 군단 부장이 서둘러 대전을 빠져나갔다. 대전은 금세 깊은 침묵 속에 잠겼다. 어디선가 한 차례 검이 칼집에서 달그락거리는 소리가 들릴 뿐이었다.

"그들이 서라벌을 벗어난 후 자객을 붙일 생각이시옵니

까?"

보현랑이 표정을 읽을 수 없는 얼굴로 물었고, 국왕은 옥좌에 깊숙이 몸을 기댄 채 잠시 침묵했다.

"글쎄다……. 그대의 생각은 어떠하냐?"

왕의 물음에 결국 아무런 대답도 하지 못한 채 보현랑이 머리를 조아렸다.

차고 날카로운 시선으로 보현랑을 내려다보던 왕이 이 윽고 입을 열었다.

"그만두어라. 어차피 그들이 깃들 곳은 사라지지 않았느 냐."

왕의 목소리가 탁하게 갈라지며 흡흡, 웃음소리를 냈다. 오랫동안 고독을 견딘 무엇인가가 벗어 놓고 간 거대한 빈 고치에서 새어 나오는 바람 소리 같은, 몹시 기이한 웃음 이었다. 이어서 왕은 협탁 위의 흑단 상자를 보현랑에게 주며 눈앞에서 불태우라 명했다. 용자들이 소각용 도기를 대령했고 보현랑이 두루마리 편지가 든 흑단 상자를 도기 속에 넣어 불태웠다. 그것은 사흘 전 당나라의 의상에게서 도착한 것이었다.

"왕이시여, 나당 연합의 주춧돌은 매우 순조롭게 진행되 고 있습니다. 필히 이루어 갈 것이니 당의 사정은 염려치 마소서. 하옵고 한 가지 긴한 청이 있습니다. 소승이 최근

들은 바 분황 원효의 안위가 위태롭다 하더이다. 청컨대 그의 목숨을 살려 주십시오. 하오시면 나당 연합의 성사는 물론이요, 소승이 신라로 돌아간 후에도 약조하신 국사자리를 내어놓고 신라 변경에 화엄십찰을 건립하여 삼한 일통 대업을 완수하실 왕께 견마지로를 다하겠나이다. 부디 소승의 청을 들어주시길 간청하나이다. 저는 일개 승려요, 원효 그는 부처이기 때문입니다."

의상이 당에서 보내온 편지가 불타는 것을 김춘추와 보현랑 모두 저마다의 침묵에 휩싸인 채 바라보았다. 대전 안에 가득 차오른 검은 연기가 서서히 문밖으로 빠져나갔다.

7 부

발원, 지지 않을 꽃을 위하여

내가 보니 원효의 가르침은 어디로 간들 통하지 않음이 없네.
모든 냇물은 바다로 흘러들어가고,
만상은 하나의 하늘 아래 있는 것과 같네.
넓구나! 크구나! 이름을 붙일 수도 없이.

自我觀之, 無往不通.
百川共海, 萬像一天.
廣矣大矣, 莫得名焉.

— 김부식(金富軾, 1075~1151), 『동문선(東文選)』

閣

邑
郡
從
名

老
別
踰
歷
來

36

.
.
.
.
.

"요석을 주마."

밀지를 펼친 순간, 왕의 목소리가 마치 코앞에서 대면한 듯 생생하게 들렸다.

"단, 네가 원하는 것이 요석임을 비두골에 모인 백성들 앞에 분명히 보여라."

삼한의 제왕이 되려는 자, 김춘추의 계산은 명민했고 그가 원하는 것이 무엇인지 원효는 분명히 간파했다. 추락. 서라벌 백성에게 각인된 승려 원효의 명망이 산산이 부서지는 것. 만백성 앞에서 파계를 자인하라는 것. 그렇게 되면 원효는 왕에게 아무런 위협이 되지 못한다. 반전의 기치가 흘러나오기 시작한 백성의 소요 역시 원효의 추락과 함께 사그라질 것이었다.

'시파계어중 (視破戒於衆)'

원효는 왕의 밀지를 덮고 잠시 숨을 골랐다. 두려운가. 원효는 스스로에게 물었다. 자신의 목소리를 듣기 위해 온 정신을 집중해 내면에 귀를 기울였다.

밀지를 가지고 온 김준후 공은 왕의 속내를 간파하고 있었다. 밀지를 전한 후 김준후 공이 갑자기 원효에게 허리를 숙여 반배를 했고, 원효가 급히 그를 말렸다.

"전하의 명이 무엇일지 짐작 가능합니다. 하지만 지금 흔들려선 아니 됩니다, 원효 스님! 그대는 숙부가 못 이룬 꿈을 필히 이룰 재목이니 국사가 될 날까지 내가 도울 것이오. 왕은 야심찬 분이나 불국토의 이해가 부족합니다. 신라가 진정한 불국토가 되기 위해 원효 스님의 원력이 필요한 때요. 부디 원효 스님을 향한 서라벌 백성의 성심을 어여삐 여기소서."

그간 보아 온 원효라면 능히 신라를 불국토로 완성할 수 있으리라는 확신이 김준후 공에게는 있었다. 왕의 계략에 의해 원효가 백성의 신망을 잃는 일이 발생하지 않기를 진심으로 바랐다. "성심을 다해 숙고하겠습니다."라는 말로 원효는 김준후 공을 안심시켜 보냈다.

김준후 공을 보낸 후 금당에서 잠시 생각을 정리했다. 혜공이 떠올랐다. 스승님이라면 어찌하실 것인가. 시장 바닥에서 편안하게 선정에 들던 혜공이 떠오르고 그날 본 요석의 얼굴도 오롯하게 떠올랐다. 요석과 함께 여왕의 지밀로 가던 길, 소녀를 기억하지 못하시지요? 라고 묻던, 그리고 이어진 요석의 목소리…… 만났습니다, 저는……. 막막하고 애달픈 통증이 밀려왔다. 이토록 긴 시간 요석이 감당해 온 고통이 사무쳤다. 저의 목숨을 나누어 살리소서, 살리소서, 붓다여. 법당 군단 비밀 병영에서 초주검이 되어 돌아온 그를 맞이하던 요석이 떠오르자 원효의 감은 눈에 눈물이 고이기 시작했다. 님께선 순리대로 하소서. 요석은 편지에 그렇게 썼다. 순리란 무엇인가. 원효가 눈을 떴다. 맑고 흔들림 없는 안광이었다. 원효가 일어나 뚜벅뚜벅 금당을 걸어 나왔다.

금당 밖에는 대안이 기다리고 있었다. 왕의 밀지가 도착했다는 사복의 전언을 받고 원효가 내릴 결정에 대해 노심초사하는 중이었다. 초조한 낯빛이 고스란히 드러난 대안의 두 손을 맞잡고 원효가 싱긋 웃었다.

"대안 스님답지 않으십니다. 원효, 여기 있습니다."

원효가 금당 마당 흙바닥에서 대안에게 삼배를 했다. 맑고 깊게 타오르는 원효의 눈빛을 보자 대안은 모든 것을 간파했다. 승려로서 그간 받아 온 백성의 추앙과 사랑, 그 모든 것을 버리고 세상 가장 고독한 자리로 추락해 내려가려는 원효를 대안이 아프게 바라보았다. 삼배를 마치고 우뚝 선 원효에게 다가가 승복 무릎과 팔꿈치에 묻은 황토흙을 천천히 털어 주었다. 이윽고 대안이 고개를 끄덕였다.

"혜공이 살아 있어도 네가 옳다 했을 게야. 그래, 너는 원효다!"

대안이 팔을 벌리더니 느리고 긴 춤사위를 펼쳤다. 우뚝 선 원효가 부신 듯한 눈으로 춤추는 대안을 보았다. 흐잇, 헷! 풀어라, 풀어! 대안의 그림자 속에서 혜공이 따스하게 원효를 향해 웃었다. 어느 틈에 항사사에서 추던 혜공의 춤과 노래가 분황사 금당 마당을 가득 채우며 너울거렸다.

'부디 당부하네. 너는 혼자 있을 때에도 너를 위해 춤추어라. 스스로를 위한 춤이 저잣거리로 흘러들어 저마다의 백성을 깨울 수 있다면! 중생 스스로 저마다의 춤을 추며 천지간 손잡게 할 이 누구이시냐.'

허리를 깊이 숙여 대안을 향해 다시 한 번 합장 인사를 드린 후 원효가 일주문을 향해 걸어가는 동안, 대안의 춤이 금당 마당을 가득 채우며 원효를 배웅했다.

*

원효가 비두골로 가는 길에 많은 백성들이 원효를 따랐

다. 원효가 오고 있다는 소식을 전해 들은 비두골의 백성들은 기대와 흥분으로 수런거렸다. 원효 스님이 오고 계시니 곧 무언가 방향을 잡으리라. 늘 백성을 위해 헌신하며 가르침을 주는 분 아니신가. 모여 있긴 했으나 갈피를 잡지 못하던 백성들은 이제 곧 원효가 들려줄 말을 기대하며 한껏 고양되었다.

비두골에 들어선 원효는 곧장 단의 묘로 걸어갔다. 단의 묘 정상에 오른 원효가 '수허몰가부 아작지천주' 두루마리를 다시 펼쳐 들었다. 백성들은 원효가 뜻하는 바를 추론하느라 삼삼오오 모여 수군거렸다.

"백성들이 좀 더 모이기를 바라시는 것 아니겠나."

"장터에 가서 사람들 좀 모아 올까나."

"근데, 가만…… 분위기가 어째……."

"그렇지? 그런 뜻이 아닌 것 같기도 하고."

백성들 사이에서 추론이 계속되는 사이, 삼한 일통 깃발을 펄럭이며 한 무리의 청년들이 비두골로 몰려들고, 변복한 법당 군단 부장과 간자들이 백성들 속에 섞여 들었다.

"자네 아는가? 원효 스님이 저 두루마릴 펼치고 기다리는 게 여인네라 하네."

"뭐라?"

"과부 요석 공주 말이네. 알천공 며느리!"

"남편 삽아녁은 과부시."

"저거 보게나, 자루 없는 도끼라니! 승려가 돼 가지고 저게 대체 쯧쯧!"

백성들 속에서 간자들이 주고받는 말에 발끈한 백성들의 말싸움이 시작되었다.

"말이면 다 말인감? 우리 원효 스님은 그럴 분이 절대 아니시다!"

"춘정 동한 중이 뭘 못 해? 늦바람이 무섭지, 암!"

"입 닥치지 못하오? 씨앙!"

"이자가 얻다 대고 쌍욕이야?"

비두골은 금세 난장판이 되어 백성들은 원효가 한 마디 해 주길 기다렸다. 하지만 원효는 아무런 말이 없고 백성들의 의문은 점점 커져 갔다. 법당 군단 부장의 은밀한 신호가 떨어지자 삼한 일통 깃발을 휘두르며 온 무리에서 본격적인 성토가 시작되었다.

"성전을 앞둔 신국 신라의 앞날이 한낱 요승으로 인해 추락하는구나. 전국의 승병들이 궐기해 나라를 지키고자 일어서는 때에 알량한 춘정에 못 이겨 저런 부끄러운 짓거리를 하고 있는 저자가 과연 신라의 승려라 할 수 있는가?"

몰려온 무리의 청년들이 야유를 쏟아 내며 주먹을 높이

쳐들었다.

"저자는 승려가 아니다!"

무리의 목소리가 점점 커지자 원효를 옹호하는 백성들의 목소리도 동시에 커졌다.

"우리 원효 스님은 결코 그럴 분이 아니다!"

"스님, 한 말씀 하세요! 이자들이 망측한 입을 나불거립니다요!"

원효를 욕보이는 것이 자신의 수치라고 여기는 순정한 백성들이 단의 묘 주위를 한 겹 두 겹 에워싸며 원효를 향해 말했다. 삼한 일통 깃발이 그 사이를 헤집고 들며 날카로운 성토가 계속되었다.

"저자가 저기 오른 것이 전쟁 반대를 위한 것이라면 대역 죄인이다! 여자 때문이라면 파계한 죄인이다! 어느 쪽이어도 죄인이니 끌어내려라!"

"오래전에도 저자는 백제 군사를 치료하겠다고 나서지 않았나? 대역 죄인 원효!"

전쟁이 싫은 백성들과 성전을 수행해야 한다는 이들이 섞여 원효의 파계에 대해 왈가왈부하는 동안, 그 모든 광경을 내려다보는 원효의 눈빛은 고독하고 서늘했지만 침착하고 맑았다. 이 자리가 그동안 자신도 모르게 만들어진 명예를 버리는 과정이자 백성의 자리로 내려가는 길이

기도 힘을 원효는 알고 있었다. 단의 묘 위에서 원효는 아무런 걸림이 없었다. 고독했으나 자유로웠다. 요석, 그대만 무사히 오시면 됩니다! 원효는 바람 속에서 오직 요석을 불렀다. 자신의 목숨을 나누어 원효를 살려 달라 기도하던 요석의 목소리가 심장 속에 생생했다.

노을이 내리고 있었다. 붉은 노을이 으깨진 선혈처럼 하늘 바깥으로 스며 나왔다. 어린 날 압량 집에서 바라보던 노을이 떠올랐다. 사람은 왜 태어나고 죽는가. 생사의 문제가 궁금하고 어머니가 그립던 시절, 한 점 핏방울 같은 생명에 대해 끝없이 궁금증이 일던 그때로부터 여기까지 왔다. 노을빛 하늘을 바라보며 원효는 애타게 요석을 불렀다. 지금 나의 생명은 요석 그대요, 그대를 살릴 수 없다면 나는 아무것도 아닌 존재입니다. 아무것도 바라는 것이 없고 두려운 것도 없었다. 요석을 살려야 한다는 것, 그것만이 지금 이 순간 원효의 모든 것이었다.

"저기 여자가 온다!"

"여자가 온다!"

휘소와 함께 요석이 비두골로 들어섰다. 휘소가 어깨를 감싸 안은 요석은 금방이라도 스러질 듯 가냘팠지만 안색이 맑고 눈빛이 살아 있었다. 백성들이 길을 텄다.

님이여, 고독한 자리에 계신 님이여.

요석의 꼭 다문 입술이 파르르 떨렸다. 요석의 두 눈에 맑은 눈물이 고이고 있었다. 아무것도 더는 생각할 수 없었다. 님이 저기 계신다. 님이 나를 보고 계신다. 오직 그것만이 그 순간 요석의 전부였다.

미동 없이 서 있던 원효가 두루마리를 접더니 움직이기 시작했다.

반신반의하던 백성들 속에서 기묘한 적막과 실망감과 탄식이 흘러나왔다.

단의 묘 밑으로 내려온 원효가 저만치 걸어오는 요석을 바라보았다. 7년 만의 해후였다. 한 걸음 한 걸음…… 열 걸음 남짓 걷는 동안이 오로지 영원이었다. 원효의 눈에서도 요석의 눈에서도 눈물이 흘러내리고 있었다. 원효가 두 팔을 벌려 요석을 안았다. 요석의 어깨를 굳게 안았던 손으로 파리하게 야윈 요석의 얼굴을 감싸 눈부처를 보았다.

님이여, 다행입니다.

순간, 돌팔매가 날아들었다. 삼한 일통 깃발을 든 무리에서 날아든 돌팔매를 보며 백성들은 흠칫했다. 아무리 그래도 원효 스님 아니신가. 탄식과 머뭇거림이 혼재하는 중에 깃발이 더욱 휘날리며 누군가 새된 목소리로 외쳤다.

"원효가 파계했다!"

"파계승!"

야유와 함께 돌이 두어 개 더 날아들었다. 설마 하던 백
성들이 조금씩 깃발 아래로 모여들며 원효를 비난하는 목
소리가 점차 커져 갔다. 더 많은 돌팔매가 원효와 요석을
향해 날아가기 시작했다. 무리 가장자리로 물러나 발을 구
르며 원효를 안타까워하는 이들도 있었으나 소수였다. 돌
팔매가 점점 심해지고, 차마 원효를 비난할 수 없는 소수
의 사람들은 비두골을 빠져나갔다. 국가의 대업인 성전에
반대해 온 원효의 파계행을 임금에게 고해 능지처참시켜
야 한다고 외치는 사람들은 점점 더 난폭해졌다. 요석을
안은 원효를 다시 휘소가 방어하며 돌팔매를 막고 있었지
만 역부족이었다.

그때 무리를 가르며 왕실 시위부의 깃발이 나타났다. 왕
실 깃발을 본 무리가 길을 트자 다급히 달려온 듯 숨 가쁜
보현랑이 모습을 보였다. 보현랑이 준비해 온 말에 원효와
요석이 올랐고, 휘소가 그들을 경호해 빠르게 무리를 빠
져나갔다. 의심스러운 눈초리를 한 사람들이 여전히 파계
승의 처단을 외쳤으나, 대부분 왕실의 찬란한 황금빛 깃발
아래 순순히 길을 텄다.

·
·
·
·
·

　김준후 공 저택의 사방위에 은밀히 매복시킨 가병들의 경비가 삼엄했다. 보현랑이 가병들의 경비 상태를 점검하고 집안에 들어서자, 월성의 동태를 파악하러 간 휘소로부터 전갈이 왔다. 오늘 밤은 무사히 지나갈 성싶었다. 고요한 만월이었다. 별당 보초를 서던 가병들을 중문으로 이동시킨 후 처소로 향하던 보현랑이 잠시 망설였다. 안심하기엔 왕의 성정을 너무나 잘 아는 보현랑이었다. 어차피 잠들기 어려운 밤이기도 했다. 보현랑이 발길을 돌려 중문 누각에 자리를 잡고 종자를 불러 차를 청했다.

　"백련을 다오."

　어린 시절, 요석이 놀러오면 여기 중문 누각에서 백련차를 마시곤 했다. 세상에 대한 궁금증이 많고 책 읽기 좋아하던 어린 요석은 차담 후엔 늘 보현의 손을 잡고 별당으로 가자고 재촉했다. 보현이 어린 시절 글공부를 하던 별당엔 더 이상 보지 않는 책들이 가득했고 요석은 그곳에서 책 보는 것을 특별히 좋아했었다. 멀리 별당 쪽을 바라보던 보현랑이 천천히 시선을 거두어 하늘을 올려다보았다.

쓸쓸하긴 하여도 다사로운 눈빛에 달빛이 스민 듯 여릿한 미소가 떠올랐다.

백련 차향이 공기 중에 퍼져 경계 없이 흘러갔다. 흑청빛 하늘 중앙에 흰 연꽃 한 송이가 환하디 환한 만월로 새로 피어난 듯한 밤이었다.

너는 내 심장이니.

깊은 숨을 내쉬며 보현랑이 오른손을 들어 가만히 가슴에 얹었다.

*

요석의 입술이 원효의 입술 위에 겹쳐졌다.

아득해진 원효가 두 눈을 꽉 감은 순간, 고요한 벌판 위로 잠자리 떼가 날아올랐다. 요석의 숨결이 벌판 가득히 번져 오고 원효의 온몸에서 솜털들이 일어나며 불쑥 눈물이 솟구쳤다. 기억한다. 언젠가 아미타림 산채에서 원효의 입술에 닿았던 요석의 입술을. 말할 수 없이 따뜻하고 보드라운 요석의 입술이 자신의 이마와 두 눈과 입술에 닿았던 찰나, 순간이 그대로 영원인 그 아득함을. 전장에서 후송된 부상자였던 그때, 요석의 따스한 입맞춤이 원효에게 상기시킨 것은 목숨의 슬픔과 아름다움이었다. 전쟁의 상처가 가득 남겨진 폐허 위를 날고 있는 잠자리 떼의 고요한 비상…… 여기저기 널브러진 시신들 위로 잠자리 떼가 사랑을 나누며 날아다니던 풍경…… 어떤 잔인함 속에서도 기어코 사랑을 나누는 존재가 있다는 듯이, 그것이 목숨 가진 존재의 슬픈 운명이자 위엄이라는 듯이, 그것이 삶이라는 듯이……. 그때 요석이 꿈결처럼 속삭였다.

'저는 성심을 다해 넘어지고 성심을 다해 일어날 겁니다. 곁에 있든 없든 제가 언제나 당신과 함께임을 잊지 마세요. 당신은 내 사람입니다. 내 사람만으로 머물러서는 안 되는 내 사람입니다. 저 역시 그러합니다. 저는 당신 사람입니다.'

모든 지나간 일들이 아득했으나 요석의 숨결만은 그날보다 더욱 생생했다.

머뭇거리던 원효의 입술이 열린 순간, 요석의 더운 숨길이 원효의 몸으로 밀려들어 왔다. 삽시간에 온몸에 자욱한 열기가 휘돌았다.

안아 주십시오. 더, 더 꼭 안아 주십시오. 원효의 품을 파고들며 요석이 입속에서 궁굴린 말들을 원효는 마음으로 전해 들었다. 눈물이 배어 나오며 심장이 아팠다. 입 밖에 내놓지 못한 말들이 요석의 몸을 더욱 뜨겁게 이끌고, 몸 속에서 회전하던 말들이 격류가 된 숨결로 원효의 몸으로 흘러들었다. 오래전 죽은 고목처럼 저는 텅 비었습니다. 이 텅 빈 몸이 원하는 유일한 것이 있다면 오직 님입니다. 요석은 격렬하게 원효의 몸을 탐했다. 이 마음을 삿되다 하지 마십시오. 오늘은 오직 내 사람이 되어 주십시오. 바닥까지 내려간 삶이었다. 죽음과도 같은 바닥이었다. 더 이상 떨어질 바닥이 없는 바닥, 떨어진대도 받아줄 이 아무도 없는 바닥이었다. 혼불 없이 그저 텅 빈 몸으로 살았습니다. 죽어서 살았습니다. 요석이 울었다. 원효의 등을 꽉 껴안은 채 벼랑에 매달린 듯 온몸을 붙여 오며 요석이 흘리는 눈물이 원효의 심장을 찢었다. 이렇게는 아니 되겠습니다. 살아야겠습니다. 안아 주십시오. 더 꼭 안아 주십시오. 요석은 한 치의 틈도 없이 뜨겁게 원효의 몸을 원했고, 가두어 둔 시간의 지층 속으로 온몸을 밀어 넣듯이 원효의 몸으로 자욱하게 밀려들었다. 봉인된 시간을 풀어헤쳐 살과 피와 뼈로 가져오려는 듯 격렬하고 아득한 요석의 몸을 원효가 받아 안았다.

몸이 영혼과 다르지 않았다. 불일불이했다. 원효의 몸은 원효의 영혼이었다. 사랑해 주십시오. 다 가지겠습니다. 지난 세월과 앞으로의 세월까지 모두 이 밤에 가지겠습니다. 이 순간이 저의 영원입니다. 폭풍우가 몰아쳐 오듯 격렬히 원효에게 내달려 오는 요석을 껴안으며 원효는 온몸, 온 마음으로 요석에게 화답했다. 영혼이라 일컬을 수 있는 시공의 모든 인연들이 요석의 몸과 함께 새로워졌다. 처음 만나는 밤이었고 사람의 역사가 시작된 이래 수천수만 년 거듭 만나 온 밤이기도 했다. 길고 긴 입맞춤이 이어졌다. 원효는 푸른 바다처럼 자신을 펼쳐 포말을 일으키며 내달려오는 요석의 온몸, 온 영혼을 껴안았다. 온 정성을 다해 만지고 쓰다듬고 입 맞추었다. 살과 뼈와 사랑의 액체들이 뒤섞인 불일불이한 몸의 우주 속에서 몇 번이고 빛이 폭발했고 충만한 어둠이 태어났다. 비리고 달큰한 파도가 수차례 물마루를 이루며 넘실거렸고, 몸이 펼쳐 준 길을 따라 요석이 가슴에 쌓아 둔 이야기들이 은하처럼 풀어져 흘러갔다. 한 물마루에서 다른 물마루까지 포말의 수평이 아득히 펼쳐지고 요석의 신음과 숨결과 환희에 찬 탄성이 물방울들로 흩어져 솟구치다가 다시 수평을 이룰 때, 님이여…… 요석이 가끔 중얼거렸고, 그때마다 눈물이 터졌으며, 그 눈물을 원효의 입술이 따스하게 핥아 갔다.

광내한 격정의 순간들을 주재하며 깎아지른 벼랑처럼 뜨겁던 요석의 몸이 점차 침착해졌다. 단애를 흠뻑 적신 불붙은 물의 시간, 서로의 몸속에서 목숨으로 태동하던 완벽한 합일이 수차례 거듭되며 벼랑이 무너지고 온몸의 뼈와 살이 공기처럼 흩어졌다. 온몸이 공기이자 빛이자 숨결인 채 요석과 원효가 서로를 지극히 아껴 맞아들이는 동안, 시간과 시간이 포개지며 두 몸은 둘이자 하나의 몸으로 새 우주를 이루었다. 원효가 지나온 시간과 요석이 지나온 시간이 서로에게 스며들었고, 원효의 몸속에서 요석은 처음으로 자신의 나신을 보았다. 뭉클한 노을빛 구름들이 몸 구석구석에서 일어나고 스러졌다. 저녁노을과 새벽노을이 한 몸에서 피어올랐다. 아, 님이여. 나는 이대로 죽어도 좋겠습니다. 이런 말이 요석의 입속을 맴돌 때, 요석은 깨달았다. 나는 이제 살 수 있겠구나. 요석의 입술이 벌어지며 하아, 가쁜 숨이 흘러나왔다. 요석을 꽉 끌어안은 채 아끼고 아끼며 쓰다듬던 원효가 그 탄성을 들으며 안도했다. 원효의 가슴 위로 요석이 몸을 포갰다. 심장소리가 북소리처럼 들려왔다. 뜨거운 몸을 식히려는 듯 요석의 등을 원효가 가만가만히 쓸어 주었다. 요석의 입가에 미소가 번졌다. 원효도 그러했다.

원효의 품에서 요석이 잠깐 잠에 들었다. 짧고 깊은 잠이었다. 잠에서 깬 요석이 원효와 눈을 맞추었고 서둘러 원효의 손을 찾아 깍지를 끼었다. 단 한 순간도 아까워 어쩔 줄 모르는 그 손을 맞잡고 서로를 향해 누운 채 눈부처를 바라보았다. 님의 품에서 든 첫잠입니다. 요석이 수줍게 웃었다. 거울처럼 원효가 웃었다. 요석의 이마와 두 눈과 콧등과 두 뺨과 입술에 차례로 입 맞춘 원효가 가만히 몸을 일으켰다. 따라 일어나려는 요석을 그대로 누인 채 머리끝에서 발끝까지 요석의 나신 단 한 군데도 빼놓지 않고 원효의 뜨거운 입술이 지나갔다. 다시 몸이 열리고 몸이 섞였다. 꽃이 피고 꽃의 은하가 열렸다. 불일불이한 우주가 일렁이며 흙의 냄새와 물의 냄새와 불의 냄새와 바람의 냄새가 중심으로부터 흘러넘쳤다. 그와 함께 무한히 텅 빈 허공이 역동했다. 몸의 모든 변방에서 꽃들이 떨리며 피어났다. 환희롭고 길고 긴 밤이었다.

요석이 깊고 짧은 두 번째 잠을 자고 깼을 때 원효는 잠들어 있었다. 여명이 터 오고 있었다. 자신을 껴안은 채 잠든 원효의 팔을 조심히 옮겨 놓고 요석이 침상을 벗어났다. 별당 거실에는 백련차와 다과가 준비되어 있었다. 요석이 유독 좋아하는 백련차를 유리 다구에 준비해 놓은 것은 보현랑의 배려일 터였다. 여명이 터 오기 시작한 별당 마당을 요석이 잠시 바라보았다. 요석이 별당 한켠에 놓인 숯 화로에서 불 주전자를 옮기려 할 때 잠에서 깬 원효가 침상을 나와 요석의 등을 감싸 안았다. 귓등에 닿는 원효의 숨결을 느끼며 요석의 가슴이 한없이 벅찼다. 하고픈 말이 같다는 것을 그들은 알고 있었다. 몸과 몸이 만나는 첫날이자 마지막 날임을 요석과 원효 모두 알고 있었고, 이미 충만했다.

원효가 옮긴 물 주전자에서 더운물을 따라 요석이 백련차를 우리는 동안, 두 사람은 아무 말 없이 다만 서로를 바라보았다. 백련향이 별당에 가득 퍼지고 여명이 어둠을 조금 더 젖힌 시각이었다. 다탁 건너편 책장 맨 위에 『천자문』이 놓여 있는 것을 본 요석이 활짝 웃었다. 요석의 눈길을 따라 원효의 시선도 책 위에 머물렀다.

"이 별당에서 처음 글을 배웠습니다. 초심을 일깨우는 책이지요."

말문을 연 요석의 손을 원효가 꼭 잡아 왔다.

"초심…… 저에게도 그렇습니다."

"좀 더 이야기해 주십시오."

요석이 말갛게 웃으며 채근했다. 남산에서 처음 만난 열세 살 소녀로 돌아간 듯한 얼굴이었다. '먹어요, 그럼 나아요.' 불쑥 진달래꽃을 내밀던 소녀 요석을 떠올리며 원효가 빙긋 웃는 사이, 요석이 의자를 옮겨 원효 곁에 바싹 몸을 붙여 기대어 왔다. 단 한 순간도 떨어지고 싶지 않다는 듯이.

"처음 글을 배우던 때 이 천자문은 제게 한없는 신비였습니다. '이 책은 경전에서 가려 뽑은 1000개의 글자로 이루어졌다.'라는 숙부의 첫마디가 떨어진 순간 저는 이 책에 반했지요. 먼 옛날 중국 양나라 무제의 명을 받은 주흥사가 칙찬한 것이라든지, 동진의 명필가 왕희지의 필적 가운데 천자를 뽑아 사언 일구의 총 250구로 이루어졌다든지, 중첩된 글자가 한 글자도 없이 딱 골라진 1000자라든지 하는 설명도 귀에 들어오지 않았지요. 천지현황(天地玄黃) 우주홍황(宇宙洪荒). 맨 처음 나오는 이 여덟 글자 앞에서 나는 숨이 멎을 것 같았답니다. 하하하."

원효의 웃음소리가 온몸을 시원하게 했다. 온몸으로 원효를 느끼며 요석이 원효의 말을 받았다.

"천지현황. 하늘은 무한하고 광대무변하니 그 빛은 깊고 깊어 어둠과 같고, 땅은 아득하여 때로 검기도 하고 누르기도 하며 그 모양은 아득한 티끌과 같으니, 하늘과 땅은 영원하고 커서 그 크기와 깊이를 짐작할 수 없다……."

지난 세월을 모두 일깨워 새 아침을 빚으려는 듯 아스라하고도 총명한 목소리였다.

"그때 저는 거대한 혼돈에 빠졌습니다. 무한, 광대무변,

디끝, 끝이 없는 넝원……. 그렇지요. 하늘과 땅의 기운이 아직 나뉘기 전, 어둠과 적막의 세계……. 공간은 있었으나 열리지 않았고 시간은 있었으나 흐르지 않았던 시절……. 저는 그 글자들 앞에서 '죽음'이라는 말을 처음으로 떠올렸습니다. 시작도 끝도 없는 막막함이란 죽음과 같은 것일까, 하고요."

원효의 목소리가 차향에 실려 부드럽게 파동을 일으켰다. 본래 달변에 가까운 원효가 처음 듣는 느릿느릿한 말투로, 자주 쉬어 가면서 말을 했다.

"혼돈이 나를 흔들었습니다. 아니지요. 정확하게는, 혼돈에 대한 인식이 나를 깨웠습니다. 천지현황 우주홍황. 그 여덟 글자 앞에서 나는 불가사의하게도 어머니를 떠올렸습니다. 그리고 물었지요. 어머니는 죽은 것이라서 내 곁에 없다는데…… 죽음이란 것은 과연 무엇인가……. 내가 기억할 수 없는 어머니…… 어머니의 태중에 있을 때 나는 어떤 나였을까……그때에도 나는 나였을까……. 생명은 있으나 태어난 것은 아닌 그 오묘한 시공간……그 혼돈에 대해 처음으로 골똘하게 되었지요. 목숨이란 왜 태어나는 것일까……. 태어나서 무엇을 하기 위해 목숨은 세상에 오는 것일까…… . 삶의 의미, 어둠과 영원, 광대한 적막, 억겁, 빈 것, 물(物)이면서 물(物) 아닌 세상의 광휘…… 그런 언어로 자라날 씨앗들이 처음으로 내 속에서 싹튼 때가 바로 그때입니다."

요석이 온 마음으로 고개를 끄덕였다. 요석 역시 그러했기 때문이다. 요석이 원효의 손을 이끌어 그 손등에 길게 입 맞추었다.

"꿈만 같습니다. 이렇게 가까이, 만지고 있다는 것이."

문득 뱉은 요석의 말에 화답하듯 원효가 요석의 어깨를 꽉 안았다. 원효의 얼굴은 부드럽고 환했다. 그 얼굴을 요석이 눈부시게 바라보았다. 처음 볼 때 열여덟 살이던 원효의 얼굴이 불혹의 나이 위에 겹쳐 보였다. 많은 질문을 품은 청년의 얼굴, 서늘하고 외로워 보였으나 따뜻하던 그 얼굴.

"학문에 대한 열정은 세상에 대해 내가 품었던 그러한 궁금증을 해결하기 위한 탐험이었습니다. 그렇게 유가, 도가, 석가모니에 이르면서 세상의 지식과 지혜를 빨아들였지요. 저 여덟 글자는 세상의 지혜를 향한 혼돈이자 질서의 문을 열어젖히게 했어요."

그리하여 다다른 곳에서 갑자기 멈춰 서 버린 원효를 보는 일이 아련하고도 울컥하여 요석이 가만히 눈물을 삼켰다. 잠시 침묵이 흘렀다.

"소녀가 짐이 되고 말았습니다."

어느새 요석의 눈통사에 눈물이 그렁하게 맺혀 왔다. 맑고 당찬 요석과 섬세하고 여린 요석이 한순간에 드나들었다. 원효가 요석의 어깨를 산처럼 다시 그러안았다. 흘러넘친 눈물 한 줄기를 서둘러 닦아 내는 요석을 안고 가만히 그 등을 쓰다듬으며 원효가 긴 고백을 했다.

"그대가 나를 품어 준 오랜 시간이 없었다면 나는 지금의 내가 되지 못했을 겁니다. 그대가 목숨을 나누어 살려 준 원효 아닙니까. 파하되 파함이 없습니다. 새로운 삶으로의 전환이며 옛 삶의 변혁이기도 합니다. 여태 나는 최선을 다해 살았다고 생각했지만, 채우지 못한 결여가 있음을 알았습니다. 그대가 나의 스승이고, 그대가 나의 붓다입니다. 그대는 중생 속에서 중생이 되어 화택(火宅)을 통과해 왔습니다. 나는 중생 바깥에서 중생을 가르치고자 살았습니다. 장애가 없이 무애에 이르고자 했습니다. 그대는 온몸으로 나를 깨우쳤어요, 요석! 그대가 내게 준 이 삶이 나는 정녕 기쁩니다. 나는 진정 자유로워졌어요."

원효의 목소리가 요석의 온몸으로 스몄다. 가슴 저 아득한 곳으로부터 법고 소리가 들려오는 듯 먹먹했다. 연옥을 헤맨 자가 태어나 얻을 수 있는 모든 행복을 폭설처럼 한 번에 다 맞이하는 느낌이었다. 이 순간 세상이 멈춘다 해도 두려울 것 없다 여겨지는 시간이었다.

"새로운 순례의 시작입니다. 열여섯 살 나이로 서라벌 행을 결심할 때 나는 새벽이라는 아명을 버리고 원효라는 이름을 스스로에게 주었습니다. 그때 숙부가 남긴 이 시가 내게 힘을 주었습니다.

머리와 가슴에 횃불을 밝혀라. 그것이 청년의 일.
밝힌 횃불을 꺼뜨리지 않도록 힘써라. 그것이 노년의 일.
기억하라. 머리와 가슴에 횃불이 없는 자는 이미 죽은 사람.
젊어서는 너무 이글거려 괴롭고
늙어서는 자꾸 꺼지려고 해서 괴롭구나.
괴로워도 횃불이 없는 자는 산 자가 아니네.
님하, 머리와 가슴에 횃불을 잘 보호하여
대해 청산을 관통하라. 그것이 인간의 길.

이제 나는 나에게 소성이라는 이름을 주려 합니다. 나는 원효라는 큰 그릇이 아니라 소성이라는 작은 그릇입니다. 큰 그릇과 작은 그릇이 있으되 부처의 본래면목을 깨달음에 있어 한 치의 차별 없이 본래 한마음임을 다종 다기한 작은 그릇들인 백성들과 함께 입증해 보일 것입니다."

온몸을 울리며 나오는 원효의 목소리를 그의 품에 기대

어 들으며 요석이 비소 지었다. 오래전 남산의 아미타여래
상과 비천상들이 보여 주던 환하디 환한 미소였다. 길게
숨을 들이쉬고 뱉는 아득한 숨길 끝에 요석이 원효의 얼
굴을 두 손으로 감싸고 원효의 입술을 마지막으로 찾았다.
길고 긴 입맞춤 끝에 요석이 말했다.

"저는 이제 석 잠째 잠을 잘 것입니다. 소녀가 잠에서 깨
기 전에 님은 길을 떠나실 것입니다. 잠에서 깨면 밝은 아
침일 것이고, 저의 새 삶도 시작될 것입니다."

요석의 목소리를 들으며 원효의 심장 한쪽이 저릿하게
아팠다. 요석이 원효를 향해 미소 지었다. 그리고 문장을
읽듯 또박또박 심장에 남은 말을 마저 꺼냈다.

"님이 저를 치유했습니다. 저는 다시 완전해졌습니다.
이 밤으로 충분하고 또 충분합니다. 저는 요석입니다. 요석
답게 살아갈 것이니, 염려하지 마십시오."

요석의 말을 들으며 원효가 마지막으로 요석을 꽉 끌어
안았다.

완전한 하루였고 영원이었다.

*

날 밝기 전 길 떠나는 원효를 보현랑이 서라벌 외곽까지

수행했다.

    아침이 밝자 요석은 휘소와 함께 아미타림으로 길을 떠났다.

660년 압량주

．
．
．
．
．

　도타운 햇살이 동구 서편 팽나무 고목 아래 들어찼다. 몽당한 수수비로 나무 밑을 싹싹 쓸고 있는 훤칠한 중년사내 곁에 마을 아낙들, 노인들, 아이들이 띄엄띄엄 모여들며 비질이 끝난 곳에 멍석이며 풀자리를 펼쳤다. 집집마다 앉을자리와 나눠 먹을 음식들을 내와 널찍한 법석이 만들어지는 중이었다. 사내가 손차양을 만들며 동구 안쪽을 바라보았다. 이엉을 갈아 씌운 금빛 초가지붕들이 도톰한 조가비를 덮은 듯 소담했다. 마을은 이처럼 사람 손을 금세 타니, 집집이 모두 살뜰히 보살펴지고 있음을 초가만 봐도 알 수 있는 때가 오면 이제 곧 떠나야 하는 시간이기도 했다. 사내가 흐뭇하게 미소 지으며 비질을 서둘렀다. 저녁빛이 내리기 시작하면 채마밭 일을 마친 사내들이 돌아오고, 마을 사람 모두가 함께 모여 노니는 잔치가 시작될 것이었다.

후우이이…… 쯔쯔쯔…… 입으로 여러 가지 새소리를 내며 한 무리의 아이들이 몰려왔다.

"너도 꽃!"

"나도 꽃!"

"너도 꽃!"

돌림노래처럼 아이들이 매기고 받았다. 그중 체구가 가장 큰 소년이 네 살배기 곱사등이 어린 소녀를 위해 풀자리를 깔아주었다. 전쟁에서 부모를 잃고 조부모와 사는 곱사등이 소녀가 환하게 웃었다. 사내가 소년과 소녀를 바라보며 미소 지었다. 이 마을에 들어와 지낸 서른 날 동안 가장 많이 변한 것이 아이들이었고, 그중에서도 곱사등이 소녀를 대하는 아이들의 태도였다. 팽나무 밑에 동그랗게 자리를 잡은 아이들이 주령구 놀이를 시작했다.

사내가 아이들과 친해지려고 시작한 주사위 놀이는 본래의 술 주(酒)자 대신 구슬 주(珠)를 써서 주령구 놀이라 했다. 화랑도 시절 낭도들이 주흥을 돋우며 놀던 주령구는 정사각형 면 여섯 개와 육각형 면 여덟 개를 가진 14면체 놀이구였다. 진달래꽃 흐드러진 계곡 아래서 낭도들과 더불어 놀던 주령구 놀이에는 재미난 규칙이 많았다. 금성

작무(禁聲作舞), 노래 없이 춤추기. 중인타비(衆人打鼻), 여러 사람이 코 때리기. 음진대소 (飮盡大笑), 받은 술잔 다 마시고 크게 웃기. 임의청가(任意請歌), 마음대로 노래 청하기. 공영시과 (空詠詩過), 시 한 수 지어 읊기. 삼잔일거(三盞一去), 술 석 잔 한 번에 마시기. 유범공과(有犯空過), 덤벼드는 사람이 있어도 참기. 자창자음(自唱自飮), 혼자 노래 부르고 마시기……. 이후 오랜 시간이 흘러 사내가 다시 주령구를 본 것은 아미타림에서였다. 후송되어 쉬던 오두막 바깥에서 미소 수행을 하던 소녀가 요석 낭주가 가르쳐 준 놀이라며 보여 준 주령구에는 면마다 모두 다른 꽃들이 그려져 있었다. 가난하고 미천한 부모들이 겪은 아픔을 똑같이 겪은 터라 상처가 많은 아이들이 스스로를 귀하게 여길 수 있도록 마음을 달래는 여러 가지 방법들을 요석은 고안해 냈고 꽃그림 주령구도 그중 하나였다. 아미타림에서 본 주령구 놀이는 새로운 마을에서 아이들과 친해질 때 요긴했다. 참나무 삭정이를 하나씩 구해 오라 해 아이들과 함께 14면 구슬을 직접 깎고 끌질을 해 기름을 먹이고 반들반들한 면마다 소원이나 하고 싶은 일을 새겨 넣으라 했다. 주춤하는 아이들에게 사내가 먼저 시범을 보인 주사위에는 면마다 모두 다른 작은 꽃들을 새겨 넣었다.

"나는 꽃!"

"너는 꽃!"

"나도 꽃!"

"너도 꽃!"

"이쁜 사람 껴안아 주기!"

"이쁜 사람?"

"단이!"

주령구를 던지며 노는 아이들이 한목소리로 부른 단이
는 곱사등이 소녀의 이름이었다. 아이들이 돌아가며 곱사
등이 소녀를 껴안았다. 안는 아이도 안기는 아이도 모두가
환했다.

사내가 마을에 처음 들어와 정한 거처는 마을에서 가장
누추한 집이었다. 초가를 언제 씌웠는지 짐작 가지 않을
만큼 지붕이고 담이고 모두 무너져 가는 집에 단이는 조부
모와 살았다. 마을 사람들도 그저 혀를 차기나 할 뿐 집집
마다 오십보백보인 형편에 누굴 돕고 말고 할 처지가 아니
라 여기며 서로 피하는 형국이었다. 어른들의 왕래가 없으
니 아이들도 자연히 그 집을 꺼렸고 게다가 바깥출입이 전
혀 없는 곱사등이 소녀는 실재보다 흉측하게 아이들 상상
속에서 부풀려졌다. 마을 일들을 솔선해 돕고 집집마다 요
긴한 일손이 되어 주며 마을 사람들과 무람없이 섞여 지내
는 동안 사내는 해 저물녘이면 아이들에게 천자문을 가르

쳤다. 팽나무 고목 아래건 아이들 공부를 위해 방을 내준 집이건 사내는 늘 소녀 단이를 업고 다녔다. 처음엔 꺼리던 아이들이 자연스럽게 단이와 친해졌다. 마을 사람들이 어디서건 사내를 반기게 된 동안 단이 역시 자연히 양지로 나온 셈이었다. 너희는 모두 천상천하유아독존 한단다. 갸우뚱하는 아이들에게 사내가 다시 말했다. 너희들 모두가 주인공이란다. 너도. 너도. 너도. 단이도. 들판에 가득 피어나는 꽃들을 보려무나. 계절에 따라 모두 다른 꽃이 피지. 색깔과 모양과 향기가 모두 다른 꽃들이란다. 너도 꽃. 너도 꽃. 너도 꽃. 단이도 꽃. 진달래는 진달래대로 어여쁘고 민들레는 민들레대로 어여쁘지. 그렇지, 모든 꽃은 생겨난 그대로 어여쁜 거지! 그러니 보아라. 너희는 모두 꽃씨들이니, 피어나기만 하면 된단다. 저마다 가진 본성대로 활짝! 그렇지. 모두 다른 꽃들이 여기 이렇게 모여서 피는 이 마을을 화엄이라 한단다. 한 꽃송이부터 시작한단다. 꽃인 나와 꽃인 너와 꽃인 단이와…… 아하, 화엄!

밭일과 산일을 마친 남정네들이 나무 밑에 합류하며 떠들썩하다가 잠시 후 고요해졌다. 마을 사람들을 일일이 반기며 인사하던 사내가 자리를 잡고 좌선을 시작하자 그 둘레로 사람들이 모여 앉았다. 사내를 따라 좌선하며 백성들이 시나브로 엄숙해진 무렵, 돌연 사내의 목소리가 부드럽

세 좌승을 깨웠다.

"중생과 부처의 거리가 너무 멀구나.

아득한 거리를 어찌하면 좁힐까.

이보시게 벗님아. 그대가 부처일세.

그대 속의 부처를 어찌 깨울까.

그대가 기뻐져 어화둥둥 춤을 추면

부처님이 하품하며 깨어나기 딱 좋지!"

사내가 좌중의 고요를 흔들어 깨우자 아이들이 제일 먼저 까르르 웃음을 터뜨렸다. 등을 쭉 펴 기지개를 켜고 하품 하는 시늉을 하는 아이들을 보며 좌중이 한바탕 웃고 난 후 누군가 들고 나온 뿔 나발 소리가 우렁차게 울려 퍼지고 또 누군가는 요고를 두드렸다. 기지개 켜며 일어나 어깨춤 추는 사람들 속에 섞여 사내가 아이들과 노래를 불렀다.

"깨우시게, 어여 깨우시게. 맞으시게, 어여 맞으시게. 나무아미타불!"

"나도 꽃, 너도 꽃!"

"너도 꽃, 나도 꽃!"

어느 마을에서건 아이들은 가장 발랄한 놀이꾼들이었다. 떠들썩한 한바탕 노래와 춤이 이어지는 동안 아이들은 돌, 나무토막, 솔방울, 숟가락 등 손에 잡히는 아무것이나

악기로 두드렸다. 사내가 아이들과 어깨동무를 한 채 호리
병박을 두들기며 춤추고 노래했다. 노인들이 둘러서 추임
새를 넣었고 남정네들이 간간이 섞여들었으며 아낙들이
어깨를 들썩이며 음식을 장만했다.

 "보게나, 두 소매를 이렇게 흔들어 털어라. 마음의 장애
를 모두 털어 버리듯이. 다리를 이렇게 들었다 놓아라. 그
렇지, 세 번! 삼계로부터 벗어나리. 몸을 이렇게 움츠려 보
아라. 내 앞의 당신이 바로 내 스승이니 공손히 대하겠다
는 뜻이란다. 등을 이렇게 구부려 보아라. 등 구부려 일하
는 백성이 나라의 주인이라는 뜻이란다. 일하고 거둬들이
는 백성이 주인이다. 내가 나의 주인이다. 너의 주인은 오
직 너다. 천상천하유아독존! 어제의 너는 오늘의 너, 오늘
의 너는 내일의 너. 세 개의 달은 하나의 달이지. 일심으로
통하는 차별 없는 달. 붓다의 달이라네."

 한바탕 원무가 끝나면 아낙들이 준비한 음식을 나누어
먹으며 구수하게 퍼지는 사내의 이야기를 경청했다.

 "인생사 시름을 완전히 벗어던질 수는 없지만 시름이
깊을수록 내 속의 부처님이 어떤 몰골인가 잘 살펴야 합니
다."

 모여 앉은 사람들이 고개를 끄덕이며 '나무아미타불'로
추임새를 넣곤 했다. 출가하는 붓다의 고뇌와 깨달음 이후

다발 순례 등 부처의 생시 이야기를 사내가 들려줄 때 백성들은 생생한 부처의 모습에 감동하곤 했다. 좌중을 서너 차례 웃고 울게 한 후 이윽고 사내의 이야기가 마무리되는 동안 마을 사람들은 한순간도 집중을 흩트리지 않았는데, 사내의 이야기 솜씨가 빼어난 탓도 있었지만 서른 날 넘게 한 마을 사람으로 이런저런 일을 하며 지내 온 이가 부처님 이야기를 이처럼 생생하게 들려주는 것이 놀랍기 때문이기도 했다.

"저 분이 대체 뉘신데 저런 유장한 법문을 펼치는 겁니까?"

팽나무 아래 모인 마을 사람들 뒤편에 섞여 있던 훤칠한 청년이 옆 노인에게 조그만 목소리로 물었다.

"글쎄나, 소성이라 한다던가. 이 마을 사람들은 모두 소성처사라 부르지."

"살뜰한 작은 그릇이지. 얼마나 일을 잘하는지!"

마을 사람들이 저마다 한마디씩 보태고 싶어 야단이었다.

"암만! 우리 집 초가 이엉 새로 얹어 놓은 모양새 좀 봐. 10년 묵은 체증이 쑥 내려갔다오."

"암만, 암만, 우리 어머님은 나무아미타불 염불로 화병을 고쳤다네! 작은 그릇 거사가 매일 지극정성으로 염불을 일러주셨거든."

작은 목소리로 조용히 주고받던 소성거사에 대한 이야 기들이 이제 웅성웅성 커지고 있었다. 청년이 고개를 끄덕 이며 조용히 무리를 벗어났다.

*

"형님!"

다음날 저녁 원효가 마을을 벗어날 때 수파현이 그 뒤를 따랐다.

"예 있는 줄 어찌 알고?"

"하하, 형님 계신 곳이 우리가 있는 곳입지요."

"우리 수파현, 말이 많아졌구나."

원효가 허물없이 뱉은 말에 수파현이 쑥스러운 듯 머리 를 긁적였다.

"대안스님이 곧 입적하실 것 같습니다."

찾아온 용무를 수파현이 전했다.

"요석 낭주께서 알려드리라 하셨습니다. 오셔도 아니 오 셔도 하나의 마음이라 하셨고요."

먼 하늘을 바라보던 원효가 심상하게 대답했다.

"가자. 뵙고 보내드려야지."

수파현이 반색을 하며 원효 곁에서 걸음을 맞추어 걸었다.

"형님, 그고 짜은 이비니림이 섬섬 않아지면…… 그때면
신라 백성들이 골고루 화평할 수 있을까요?"

"글쎄다. 한 발 한 발 이렇게 가고 있을 뿐."

침묵 속에 함께 걷는 수파현은 그날을 떠올리고 있었다.

'랑이여, 저 같은 것 때문에…….'

'살아만 있거라. 살겠다는 의지를 버리지 말거라. 미움
없이 살 수 있는 땅이 있을 것이다.'

'그 땅은 어디에 있습니까?'

'찾아내겠다. 모순이 들끓는 바로 거기에서.'

그때 수파현을 업고 사지를 벗어나던 원효의 등, 그 느
낌이 고스란했다. 문득 고개를 돌려 수파현이 원효를 바라
보았다.

"아까 마을 동구에서 아이들과 헤어지며 부르던 노래
말입니다. 아미타림에서도 그 노래를 자주 부릅니다. 오래
전 신라 최고의 가객이 봄맞이 노래로 지어 불렀다지요?"

아무 말 없이 고개만 끄덕이는 원효의 얼굴에 미소가 어
렸다. 그 얼굴을 바라보다 수파현이 가만가만히 노래를 읊
조렸다. 새로 태어난 빛인 듯 저녁노을이 내리고 있었다.
아침을 품은 저녁의 빛 속에 많은 이야기들이 오고, 오고,
또 오고 있었다.

손잡고 너를 보네.

너의 눈 속에 든 나를 보네.

전쟁터인 세상에 유록이 새로 돋고

너를 사랑하니 나는 살아야겠구나.

나의 눈동자 속에 든 너의 눈부처

너의 눈동자 속에 든 나의 눈부처

껴안아 끝내 살아남으리.

본래 붓다를 잃지 않으리.

(끝)

소설가의 데뷔 기회를 박탈당한
철학자의 행복한 넋두리
── 왜 나는 원효를 다룬 소설 쓰기를 포기할 수밖에 없었는가?

강신주(철학자)

1

엄청 싸웠다. 대학원 시절, 특히 석사 과정 때에는 웬만한 일이면 그저 논쟁했고 반드시 그 싸움에서 이기려고 했다. 하긴 지적인 호승심이 없으면 어떻게 철학자를 꿈꿀 수 있다는 말인가. 당시는 가장 똑똑하다고 자처하던 치기만만한 젊은이들이 주로 철학과 대학원에 들어오려고 했던 시절이었다. 그러니 우리의 싸움은 정말 유치한 감정 싸움으로 귀결될 만큼 치사한 적이 많았다. 돌아보면 정말

하찮은 주제로 싸우고 또 싸우고 토라지고 삐치기를 반복했다.

그중 아직도 기억에 생생한 것이 바로 원효와 의상이란 두 구도자 중 누가 우월한지 싸웠던 경험이다. 원효(元曉, 617~686)와 의상(義相, 625~702)! 그들은 누구인가? 7세기 신라를 넘어 동아시아 전체를 통틀어 불교 이념에 가장 정통했던 승려들 아닌가. 그때도 마찬가지지만 지금도 나는 확신한다. 만일 두 사람 중 어느 한 사람이라도 한반도가 아니라 당시 동아시아 불교의 중심지였던 중국 당나라나 불교의 발생지였던 인도에서 태어났다면, 그들은 지금보다 수십 수백 배 관심과 숭배의 대상이 되었으리라는 것을. 그래서 20년 전 대학원 시절 논쟁은 어쩌면 '아빠가 좋아 아니면 엄마가 좋아?'라는 식의 쓸데없는 논쟁이었는지도 모를 일이다. 그렇지만 당시 나는 의상을 깎아내리고 원효를 높이 올리는 데 여념이 없었다.

그럼 지금은 어떠냐고? 미안하지만 아직도 나는 원효가 의상보다 탁월하다고 믿는다. 그래서일까, 불교에 관심이 있는 사람들을 만나면 원효와 의상 중 누가 좋으냐고 넌지시 물어보곤 한다. 만일 원효가 좋다고 하면, 내 눈에는 그 사람이 너무나 영민하게만 보인다. 반대로 의상이 더 탁월하다고 말하는 사람이 있다면, 나는 그 사람이 멍청하다고 판단하고 상종조차 않으려고 한다. 혹여 의상을 좋아하는 사람이 내가 나름 인정하는 사람이라면, 안타까워진 나는 무슨 수를 써서라도 그가 의상을 버리고 원효를 따르도록 만들려고 한다. 그러니 또 갈등이 불가피하다.

아쉽게도 과거 대학원 시절만큼 치열한 싸움은 더 이상 벌어지지 않는다. 과거에는 원효가 의상보다 탁월하다고 내가 강변할 때, 나와 생각이 다른 선후배들은 정말 죽자고 내게 덤벼들었다. 그렇지만 어느새 50줄에 가까워진 내 주변의 사람들은 그저 피식 웃으며 내 주장을 흘려버리고 만다. 그들의 속내는 불을 보듯 환하다. '나름 책도 많이 쓰고 유명한 양반이 어린애처럼 왜 그럴까. 아마도 다른 일로 우리에게 시비를 걸어 스트레스를 해소하려는 모양이네. 말려들지 말아야지.' 쩝쩝.

의상을 폄하하고 원효를 높이려는 이유, 아니 높여야만 하는 이유는 분명하다. 의상이 권력 지향적이었다면 원효는 민중 지향적이었고, 의상이 가문과 신라 왕실의 후원으로 유학을 다녀온 진골 출신의 해외파 학자였다면 원효는 스스로의 힘으로 깨달음의 경지에 오른 육두품 출신의 국내파 학자였기 때문이다. 다분히 원효를 좋아하는 건 내 삶의 역사와도 밀접한 관련이 있다는 건 숨길 수 없는 사실이다. 가진 것과 배운 것이 없어서 힘들게 살며 우리 부모는 나를 키웠다. 그러니 내가 의상보다 원효에 친밀감을 느꼈던 건 어쩌면 너무나 당연한 일 아닌가.

그렇지만 이 정도의 이유만으로 원효를 좋아한다면, 정말 나는 치졸한 철학자, 자격지심에 빠진 사람밖에 안 될 것이다. 의상보다 원효를 높게 평가하는 진정한 이유는 철학적이고 인문학적인 데 있다. 철학이 진짜와 가짜, 그러니까 진리와 오류를 따진다면, 인문학은 인간의 자유와 사랑에 대한 찬가다. 원효와 의상은 모두 불교의 가르침을 따르려고 했다. 결국 그들이 전한 불교의 가르침 중 어느 것이 가짜이고 어느 것이 진짜일까? 동시에 그들의 불교 사상 중 어느 것이 인문학적 가치에 부합되는지? 우리가 대답해야 할 것은 바로 이것이다.

진골 출신답게 의상은 신라 왕실의 이익을 우선했다. 여기서 그는 중생들을 구제하리라는 승려로서의 서원(誓願)을 교묘하게 배신하게 된다. 국가가 강해져야 중생도 구원할 수 있다고 그는 확신했고 그렇게 살았던 사람이다. 그러니까 의상에게 언제든지 그리고 얼마든지 중생의 구제는 유예될 수 있는 것이었다. 한마디로 그는 신라가 있어야 신라인이 가능하다는 생각을 품고 있었던 것이다. 불행히도 의상은 국가 불교의 버팀목이었던 셈이다. 그러니 의상은 가짜일 수밖에 없다.

또한 인간의 자유와 사랑보다는 국가의 안정과 번영을 강조했기에 의상의 불교 사상은 인문학적이라고도 볼 수 없다. 당나라로 유학을 다녀온 뒤 의상이 만든 화엄 10개 사찰을 보라. 양양에 있는 낙산사나 영주에 있는 부석사를 통해 짐작할 수 있듯이 의상의 10개 사찰은 모두 신라 외곽, 그러니까 고구려나 백제와 인접한 지역에 세워졌다. 신라의 왕을 중생을 구제하는 법륜성왕으로 전제한 뒤, 의상은 국경 외곽에 불교 국가의 초소처럼 사찰을 건립했던 것이다. 그는 음지에서 일하고 양지를 지향한다는 안기부적 소명 의식의 화신 아니었을까. 어쩌면 그가 세운 사찰들은 종교적 기능과 함께 정치적이고 군사적인 기능도 담당했을지도 모를 일이다. 사실 그가 신라로 들여온 화엄 사상을 보면, 국가 불교를 품고 있던 의상의 속내가 더 잘 드러나지 않는가.

화엄은 '일즉다(一卽多), 다즉일(多卽一)'의 이념을 표방하는 불교다. 그러니까 개체는 전체이고 전체는 개체라는 생각이다. 박정희 독재 정권 시절 개개인의 '체력은 국력이다'라는 파시즘적 교훈이 떠오르지 않는가. 아니 그냥 공식처럼 외우면 된다. 화엄은 전체주의 사상과 일정 정도 공명하고 있다고. 당나라 제국도 통일 신라 제국도, 그리고 현대 일본의 제국주의도 그렇게 화엄 불교를 좋아했던 것도 다 이유가 있었던 셈이다.

반면 원효는 중생을 구제하리라는 승려로서의 서원, 혹은 자비를 실천해야 하는 보살이 되어야 한다는 서원을 한 시라도 잊은 적이 없었다. 아니 잊기는커녕 그 서원을 자신의 온몸으로 감당해서 심화시키는 데 한 치도 게을리하지 않았다. 그는 진짜 승려였다. 의상과 함께 당시 동아시아 최고의 불교 이론가였지만, 원효는 항상 민중들이 알아들을 수 있게 불교의 가르침을 설파했다. 저잣거리의 춤도 노래도 서슴지 않았고, 친숙하게 가르침을 베풀기 위해 술과 여자도 마다하지 않았다. 궁궐처럼 화려한 사찰, 주지 방에서 세상을 관조하기보다는 민중들과 거친 옷과 음식을 함께하며 그들과 동고동락했던 사람, 그가 바로 원효였다.

"집착의 대상을 모두 없애서 열반에 머물 수 있지만, 커다란 자비의 마음으로 인해 열반마저도 없애 머물지 않는다."

원효의 주저 『금강삼매경론(金剛三昧經論)』에 등장하는 말이다. 혼자서 열반에 들었다고 희희낙락하는 사람이 어떻게 중생을 구제할 수 있다는 말인가. 그렇다. 진흙탕에 빠진 사람을 건지기 위해서는 온몸에 진흙이 묻는 것을 감내해야 하는 법이다. 옷을 깨끗이 하는 데 집중하는 사람은 흙투성이의 사람을 만질 수도 없을 것이다. 그러니 열반에 머물려고 하는 사람이 어떻게 집착에 빠진 중생들의 마음을 구원할 수 있다는 말인가? 그러니 불교를 떠나 원효가 가진 절절한 인문 정신에 나는 항상 고개를 숙일 수밖에 없었다.

국가 권력의 비호로 화엄 10개 사찰을 건립하고 그 사찰의 주인으로 권위를 행사했던 의상. 반대로 서라벌 저잣거리 땀 냄새와 술 냄새가 난무하는 곳으로, 더 낮고 더 냄새나고 더 역한 곳, 내려갈 수 있는 가장 낮은 곳까지 내려갔던 원효. 그렇다. 의상과 원효의 차이는 아주 간단한 비유로 설명할 수도 있겠다. 물에 빠진 사람들의 아우성을 보면서 재난 구조 정책을 근본적으로 바꾸어야 한다고 역설하는 사람과 물에 빠진 사람들의 아수라장에 뛰어들어 그들을 묵묵히 구하려는 사람 사이의 차이라고나 할까. 말로 하는 불교와 말로 하는 자비는 몸으로 하는 불교와 몸으로 보여 주는 자비와는 질적으로 다른 것이다.

숭배와 존경을 받으며 중생들 앞에서 그들을 이끌려고 했던 의상, 그리고 스님이라는 자리마저 버리고 중생들의 옆에 혹은 그 뒤에 있었던 원효. 스님으로 존경받기는 쉽지만 평범한 사람으로 존경받기는 어려운 법이다. 그랬다. 의상은 스님으로 죽었지만, 원효는 스님으로 죽지 않았다.

그렇지만 원효는 의상보다 더 커다란 존경을 받았던 사람이다. 한 사람의 중생이라도 구원할 수만 있다면 스님이란 존경의 자리, 혹은 안정적인 지위마저도 기꺼이 버리려고 했던 남자, 그가 바로 원효였으니까. 자비를 실천하기 위해 중생 가까이 가기 위해. 자신이 누누이 강조했던 '진속불이(眞俗不二)'를 원효는 정말 그대로 실천했던 것이다. 정말 미련하고 우직한 사람이다. 어떻게 이 남자를 우리가 사랑하지 않을 수 있겠는가? 이래서 나는 원효가 좋다.

2

불교에서는 불법승(佛法僧), 즉 부처, 불교의 가르침, 그리고 스님을 세 가지 보물, 즉 삼보(三寶)라고 부른다. 스스로 구원할 수 없다면, 이 삼보를 귀하게 여겨야 한다. 밝은 불빛을 내는 등잔을 가까이하며, 그 밝음의 은덕을 입게 되는 것과 마찬가지로 말이다. 그러니까 이 세 가지 것을 보물처럼 여기면 그것만으로 자신이나 가족에게 평화와 행복이 찾아온다는 것이다. 우리나라에도 이 전통은 그대로 유지되고 있으니, 그래서 아직도 간혹 어느 부유한 할머니 보살이 자신의 재산을 털어 법당을 만들어 스님을 모시고, 그의 수행을 돕는다는 미담이 우리 귀에 들리는 것이다.

옛날 옛적 중국에서도 비슷한 일이 전해진다. 중국 명나라 때 만들어진 『지월록(指月錄)』은 흥미로운 이야기 하나를 전해 준다. 어느 노파가 공덕을 쌓기 위해 젊고 능력 있는 스님 한 분을 모셨다고 한다. 그 스님을 위해 노파는 법당도 근사하게 만들고 사시사철 승복도 갖추어 입혔다. 10여 년이 지나자 노파는 글자 그대로 노파심이 생기게 된다.

'지금 저 스님이 정말 깨우침에 이른 것일까? 혹시 깨우침은커녕 불교를 빌미로 생계를 유지하는 사기꾼이 아닐까?'

한번 의구심이 들자 노파의 의혹은 걷잡을 수 없이 커져만 갔다. 노파심이 제대로 작동한 것이다. 마침내 노파는 자신이 모시던 스님을 시험해 보기로 작정한다.

음, 그런데 어떻게 시험할 수 있을까? 고민하다가 노파는 기묘한 방법이 떠올라 자신도 모르게 무릎을 탁 치게 된다. 노파는 인근에서 가장 섹시한 기녀 한 명을 수소문해 그녀에게 그 스님을 유혹하라는 밀명을 내린 것이다. 고요한 밤, 인적이 끊긴 승방에 젊은 스님 혼자 경전을 읽고 있다. 조용히 승방으로 야릇한 분내를 풍기며 들어선 기녀는 스님 뒤로 돌아가 그를 껴안고 몸을 비빈다. 만일 스님이 욕망과 집착을 끊어서 열반에 이르려는 진짜 스님이라면, 그는 정말 난관에 부딪힌 셈이다. 이 난관을 통과하지 못한다면, 10여 년 경전 공부와 참선 공부가 정말 도로아미타불이 될 수도 있으니까 말이다. 혹 만일 그가 노파의 우려대로 스님 노릇을 하면서 생계를 유지하고 있었다면, 그는 이런 위기 순간에 자신의 경지를 노파가 만족할 수 있는 수준으로 보여 주어야만 한다. 실패한다면, 그는 노파에게 쫓겨나 저잣거리에 나앉을 수밖에 없으니까. 진짜 구도자인지 아니면 가짜 구도자인지의 여부는 차치하고, 그 스님은 몸으로 자신을 유혹하는 아리따운 여인네에게 돌부처처럼 미동도 하지 않은 채 한마디의 말만 던졌다고 한다.

"저는 승려입니다. 저는 여색 따위에는 흔들리지 않습니다."

이것이 노파가 원하던 정답이었을까? 아니다. 노파는 문밖에서 스님의 이야기를 듣자마자 승방에 들어와 그를 쫓아 버린다.

"내가 이런 놈을 돌보아 주었다니!"

분노한 노파는 법당마저 깨끗이 태워 버렸다고 한다. 왜 노파는 분노했던 것일까? 그건 그 스님이 승려로 지금껏 쌓아 온 자신의 기득권을 지키기 위해 발버둥치고 있기 때문이었다. 왜 그러는지 그녀의 마음을 헤아릴 생각조차 할 여유가 없을 만큼 좁쌀처럼 작은 마음으로 어떻게 중생들의 마음을 품을 수 있다는 말인가.

그렇다. 그 스님은 포르노 앞에서 서울대를 가려면 그걸 보아서는 안 된다고 눈을 질끈 감아 버리는 모범생 정도의 정신 수준에 있었던 것이다. 한마디로 부모와 선생의 말에 맹목적으로 복종하는 어린애처럼 경전의 말에 맹목적으로 복종하는 착한 학승(學僧)이었던 것이다. 그러니 승려의 수준을 가늠하려면, 섹시한 여자를 그의 승방에 투입해 볼 일이다. 금방 그 내면의 상태가 드러날 테니 말이다.

『지월록』의 여자는 노파에 사주를 받아 승려를 시험했다. 그러니 시험에 통과하려면, 그 젊은 승려는 자신의 원리원칙을 지키려고 자기 마음의 문을 닫지 않아야 한다. 오직 그럴 때에만 그는 자신의 방에 난입한 여성의 속내를 들여다볼 수 있게 될 테니까. 아마 젊은 승려는 금방 그 기녀가 자신을 시험하려고 들어왔다는 걸 알아챘을 것이다. 여색에 빠질 것인가? 아니면 여색을 멀리할 것인가? 이런 이분법에서 벗어나야 그는 기녀의 속내를 읽을 수 있게 될 것이다. 부처가 말한 중도(中道)가 별거 있는가? 이분법이란 관념에 빠지지 않아야 중생을 품어 주는 중도의 길이 가능한 법이다.

하지만 이보다 더 난감한 경우도 있을 수 있다. 어떤 여자가 있다. 그 여자는 어떤 아름다운 남자를 사랑한다. 문제는 그 아름다운 남자가 승려라는 데 있다. 그러니 그녀는 자신의 욕망을 숨기고 또 숨기려고 했다. 불행히도 그럴수록 그녀의 욕망은 커져만 갔다. 용수철을 누르는 것과 같다. 오늘도 누르고 내일도 누르면 튕겨 나려는 용수철의 힘은 커져만 갈 것이다. 마침내 어느 날 밤 그녀는 승려가 자는 방에 들어와 울면서 하룻밤 함께하자고 부탁한다. 자! 이 욕망의 화신, 이 측은한 여자를 어떻게 할 것인가. 당신이 평범한 남자이고 평소 그녀를 인애했다면, '땡큐!'라고 외칠 기회일 것이다. 그냥 거리낌 없이 여인을 품으면 된다. 그렇지만 당신이 진정한 승려를 꿈꾼다면, 당신이 자비를 서원했던 구도자라면, 어떻게 할 것인가?

바로 여기다. 승려인 당신이 진짜 승려라는 걸 보여 주어야 하는 위기의 순간이 찾아온 것이다. 여인의 소원을 들어주면 당신은 파계를 감당해야만 한다. 반대로 갈증에 눈이 먼 여인을 박절하게 쫓아내면 여인은 수치심에 자결을 감행할지도 모른다. 자 어떻게 할 것인가? 이 정도 시험에도 통과하지 못한다면, 승려가 과연 중생을 구제한다는 서원을 지킬 수 있을까. 아마 불가능할 것이다. 하긴 자신은 승려라는 집착을 벗어던지지 못한 사람이 이 딜레마를 통과할 수도 없으리라! 이보다 더 심각하고 풀기 어려운 난제들, 도무지 경전에서조차도 해답의 실마리를 찾을 수 없는 난제들이 넘쳐 나는 곳이 바로 우리가 사는 세상이니까 말이다. 불교에서 원리 원칙이 아니라 방편(方便)을 강조하는 것도 다 이유가 있었던 셈이다. 구체적인 상황에서 직면할 수밖에 없는 딜레마를 풀어서 스스로나 타인을 모두 열반과 자유로 이끄는 것, 이것이 바로 대승의 정신이니 말이다. 원효와 의상의 경지를 알려면 승려의 수준을 간파했던 노파의 테크닉을 이용하는 것이 좋지 않을까.

이미 죽은 승려에게 어떻게 섹시한 여인네를 투입할 수 있느냐고 투덜거릴 필요는 없다. 놀랍게도 원효나 의상 모두 여인네의 갈망이란 시험에 던져지니 말이다. 의상을 갈등으로 몰고 갔던 여자가 중국 여자 선묘(善妙)였다면, 원효를 갈등에 던져 버린 여자는 태종 무열왕 김춘추(金春秋, 604~661)의 둘째 딸 요석(瑤石)이었다. 통념에 따르면 스님은 여색을 밝혀서는 안 되고, 여자는 스님을 남자로 탐해서는 안 된다. 그러니 스님과 여자가 연정을 품고 만난 순간, 비극의 씨앗은 이미 깊이 심겨진 셈이다. 이제 궁금해지지 않는가? 선묘의 마음을 받은 의상은 그녀의 마음을 어떻게 했을까? 또 요석과 밤을 지새운 원효는 그 인연을 어떻게 했을까?

그냥 결과만 간단히 이야기해 보자. 의상은 선묘를 뿌리치고 신라로 돌아와 국가 불교의 반석이 되는 승려로 남게 된다. 반면 원효는 요석과 밤을 함께한 뒤 승복을 벗고 서라벌 저잣거리에 들어가 불법을 가르치게 된다. 통념에 따르면 원효는 파렴치한 파계승이고, 의상은 계율을 지킨 훌륭한 스님이라고 할 수 있다. 그런데 이상하지 않은가? 의상과 헤어진 선묘는 바다에 몸을 던져 스스로 목숨을 끊었고, 요석은 자살은커녕 아들을 낳아 훌륭하게 키우니까 말이다. 의상은 정말 훌륭한 승려이고, 원효는 정말 파렴치한 파계승이었을까? 의구심이 드는 일이다. 의상은 선묘를 구원하지 못했지만, 원효는 요석을 구원했으니 말이다.

3

의상은 신라 왕실의 비호로 새로운 불교를 배우기 위해 당나라로 유학을 떠난다. 당시 당나라는 삼장법사로 유명한 현장(玄奘, 602?~664)이 인도에서 직수입한 유식 불교로 떠들썩했다. 아울러 유식 불교의 중국 버전이라고 할 수 있는 화엄 불교도 성행하고 있었다. 의상의 유학길은 외롭지 않았다. 원효가 그의 매력적인 동반자였으니까.

그렇지만 무덤에서 '일체유심조(一切唯心造)'를 깨달은 뒤, 원효는 당나라로 유학하여 새로운 불교를 배우려는 열망이 차갑게 식어 버렸다. 모든 것이 이 마음의 문제라면, 마음 바깥 저 멀리 있는 당나라에 가서 무엇하겠는가. 밤에 목이 마를 때 달게 마시던 물이 낮에 해골바가지에 담긴 시체 썩은 물이라는 것이 확인되었다. 물은 똑같은 물인데, 밤에는 너무나 달아 행복했고, 낮에는 너무나 불쾌해 구역질이 나왔다. 그러니 희로애락의 감정은 바깥에서 오는 것이 아니라 모두 이 마음이 지어 낸 허깨비에 불과한 것 아닌가. 같은 무덤에 있었으면서 의상이 원효의 깨달음을 이해하지 못할 리 없다. 맞는 말이다. 서라벌로 돌아가 마음을 닦으면 될 일이다. 이미 허물어진 무덤 속에서 의상이나 원효는 모두 유식 불교와 화엄 불교의 핵심을 알고 있었던 지성이었다. 그렇지만 의상은 당나라로 가야만 했다. 왜냐고? 그는 진골의 귀족이었기 때문이다.

생각해 보라. 원효와 함께 서라벌에 돌아가서 의상이 공부라는 건 굳이 당나라에 갈 필요가 없이 마음만 닦으면 된다고 하면, 그의 혈족들이 의상을 무엇으로 보겠는가.

"누가 모르니. 불교가 마음의 공부라는 걸. 네게 필요한 건 당나라에서 공부를 해서 인정을 받는 거야. 그래야 너를 존경할 것 아니니. 그리고 우리 가문도 빛이 나고. 국내파 승려를 누가 알아준다고. 쯧쯧."

더 노골적으로는 의상의 가족들은 그가 공부하기 싫어 변명이나 일삼는 나약한 놈이라고 실망할지도 모를 일이다. 그렇다. 지금도 미국으로 유학하는 것은 진리를 배우려는 목적 때문은 아니다. 정말 진리가 목적이라면 아마존에서 잘 정리된 책을 수입해서 보면 되고, 강연을 듣고 싶다면 인터넷으로 해외 유명 학자의 동영상 강연을 들으면 될 일이다. 그렇지만 기득권자들에게 중요한 것은 하버드 대학에 입학해서 반드시 박사 학위를 손에 넣고 돌아와야 한다는 점이다. 이것이 지금도 그렇지만 당시 귀족층 자제들의 숙명 아닌가. 진리를 탐구하러 가는 것이 아니라 누구나 객관적으로 인정할 수 있는 일종의 자격증이 필요한 법이다. 그러니까 의상은 원효와 헤어져 당나라로 가야만 했다. 원효의 당당함을 부러워하면서, 아니면 육두품이 아닌 진골 출신이 감당해야만 하는 운명이라고 생각하면서 말이다.

당나라에 들어간 의상은 조기 교육을 잘 받은 귀족 출신답게 중국 불교계에서 촉망받는 학자가 된다. 정말 그는 지적으로 탁월한 영재였다. 주변 사람들은 그가 중국인이 아니라 신라인이라는 사실을 안타까워했을 터다. 화엄종의 세 번째 큰 스님의 지위는 신라 출신이 아니었다면 중국 출신 법장(法藏, 643~712)이 아니라 의상(義相, 625~702)에게 돌아갔을 것이다. 두 번째 큰 스님이었던 지엄(智儼, 602~668)은 법장을 문지(文持)로 그리고 의상을 의지(義持)라고 불렀을 정도였다. 그러니까 법장이 '글(文)을 장악하고 있다(持)'면, 의상은 '뜻(義)을 장악하고 있다(持)'는 것이다. 동서고금을 막론하고 뜻을 아는 놈은 글만 아는 놈보다 엄청 탁월한 법이다. 그러니 신라로 돌려보내야 하는, 아니면 인정을 받았으니 돌아가야만 하는 의상이 스승 지엄이나 사제 법장 입장에서 얼마나 안타까웠겠는가.

하지만 당나라의 수도 장안 출신의 법장이 저 멀리 한반도 신라 서라벌 출신의 의상보다는 여러모로 화엄종 3조가 되기에 그럴듯했던 것이다. 더군다나 신라와 당나라 사이에 전쟁의 암운이 짙게 드리우고 있던 때였다. 잠재적인 적국의 진골 출신 승려를 화엄종 3조로 세우는 것은 정말 화엄종으로서는 사달이 날 일 아닌가. 사실 적국에 있는 건 의상으로서도 너무나 위험한 일이기도 했다. 마침내 의상은 당나라 유학을 무사히 마치고 서라벌로 돌아가게 된다.

비록 화엄종 3조라는 명분은 법장에게 양보할 수밖에 없었지만 지엄의 실질적인 후계자라는 지위를 가지고 의상은 그야말로 금의환향한 것이다. 이제 의상은 화엄종을 국가 불교의 이념으로 삼아 통일 신라를 꿈꾸는 국가 불교의 중심자로 권세를 누리게 된다. 그의 가족과 신라 왕실이 그를 유학 보냈던 소기의 목적은 깔끔하게 달성된 셈이다. 바로 여기까지가 일연(一然, 1206~1289)의 『삼국유사(三國遺事)』에 등장하는 의상의 일대기의 전반적인 윤곽이다.

일연의 이야기에는 한 가지 이상한 점이 있다. 지금도 영주 부석사 무량수전 왼쪽에 위치해 있는 선묘각(善妙閣), 그 전각의 주인공 선묘에 대한 이야기가 전혀 등장하지 않기 때문이다. 국가 불교의 실력자에게 여성 문제가 있다는 사실 자체가 불쾌했던 일연의 정치적 의도였던 것일까? 어쨌든 의상을 사랑했던 당나라 처자 선묘에 대한 이야기는 우리나라 자료가 아니라 중국 자료『송고승전(宋高僧傳)』에 등장한다. 중국 송나라의 승려 찬녕(贊寧, 919~1002)이 편찬한 『송고승전』은 아직도 중요한 승려들에 대한 가장 공신력 있는 전기로 알려져 있다. 시기적으로 보아도 일연이 그 유명한 『송고승전』을 읽지 않았을 리 없다. 그런데도 일연은 『송고승전』에 등장하는 의상의 전기 부분 중 태반을 차지하는 선묘 낭자의 이야기를 정말 감쪽같이 제거해 버린 것이다.

『송고승전』은 우리에게 선묘와 관련된 의상의 스캔들을

자세히 알려 주고 있다. 원효와 헤어진 다음, 의상은 홀로 배를 타고 당나라 등주(登州) 해안가에 도착한다. 이곳 어느 사대부의 집에 머물게 되면서 의상으로서 예상하지 못한 사단이 벌어지게 된다. 이 딸 선묘가 의상에게 홀딱 빠졌기 때문이다. 당연히 의상은 냉정하게 그녀의 절절한 연심을 거부한다. 기록에 따르면 선묘는 여색을 멀리하는 의상에 감동해서 그가 깨달음을 얻을 때까지 시주로 남아 물심양면으로 돕겠다고 서원했다 한다.

그렇지만 『송고승전』의 이 기록은 의심스럽기만 하다. 그건 의상이 당나라를 떠나 신라로 돌아갈 때 선묘를 거의 피하는 듯이 도망치듯 배에 몸을 싣기 때문이다. 정말 남녀 사이의 관계를 완전히 정리하고 시주와 승려 사이의 관계로만 남았다면, 의상이 선묘를 피할 이유가 어디에 있다는 말인가. 당시 의상을 태운 배가 당나라를 떠났다는 사실을 모른 채, 선묘는 의상을 오매불망 기다리고 있었다. 신라로 떠나려는 님에게 주려고 자신의 온 마음을 담아 한 땀 한 땀 만든 법복을 쓰다듬으면서 말이다. 선묘의 마음을 아는지 모르는지 의상은 그녀를 피해 무정하게도 신라로 가는 배에 오른 것이다. 이걸 알았을 때 선묘의 마음은 어떠했겠는가. 마침내 선묘는 절망에 사로잡혀 바다에 몸을 던지고 만다.

돌아보면 의상의 성취를 기원하는 시주로 남겠다고 그녀가 선언한 속내도 사실 뻔한 것 아니었던가. 의상을 남성으로 품을 수 없다면 시주로라도 남아서 그녀는 사랑하는 님의 곁에 있고 싶었던 것이다. 그러니 의상이 신라로 떠나던 그날, 바닷가의 풍경은 얼마나 서러운가. 서로에게 연심이 없었다면, 그래서 시주와 승려의 관계로만 있었다면, 시주를 피해 배에 몸을 실을 리도 없고, 승려가 아무 말도 없이 떠났다고 시주가 자살할 리도 없는 법이다. 당나라에 도착한 뒤 화엄종 2조 지엄을 만날 때까지, 의상이 등주에 머문 동안, 그와 선묘 사이에는 무언가 격렬한 감정 교류가 있었다는 느낌은 오직 나만의 착각일까.

여기서 우리는 다시 한 번 진골 귀족 출신의 한계를 조금도 넘지 못한 어느 나약한 지식인을 만나게 된다. 비록 지적인 능력으로는 당시의 거의 모든 중국 불교 이론가를 압도할 수 있었지만, 의상은 나약하기 이를 데 없는 진골 출신의 자제였던 셈이다. 승려가 되었으니 그따위 세속적인 신분 의식일랑 던져 버려야 했지만, 그는 그렇게 하지 못했던 것이다. 하긴 학위를 따러 외국에 갔다가 그곳에서 만난 여자를 데리고 귀국했다면, 아마 그는 모든 걸 잃게 되었을 것이다. 승려의 지위뿐만 아니라 당연히 국가 대표 승려가 되려는 꿈도 물거품이 될 것이다. 그렇지만 의상은 선묘 한 사람만 희생하는 것으로 그 모든 걸 안전하게 보전한 것이다. 정말 보잘것없는 남자 아닌가.

4

『송고승전』은 선묘의 자살 스캔들을 무마하려고 애쓴다. 그만큼 중국에서도 의상의 위치는 대단했던 것으로 보인다. 그렇지만 그 무마의 방식이 치졸하기까지 하다. 선묘의 죽음은 자살이 아니라고 이야기하니까.『송고승전』에 따르면 선묘는 의상을 평생 돕기 위해 바닷물에 몸을 던져 용이 되려고 했다는 것이다. 푸하! 웃자! 이 정도에서 웃지 못하는 사람이라면 정말 영락없는 바보일 것이다. 그렇지만 정말 너무하지 않은가. 존경하는 승려 하나 구하려고 비련의 여인네의 절절한 속내를 이렇게 희롱해도 정말 괜찮은가.

그렇지만『송고승전』을 너무 나무라지는 말자.『삼국유사』보다는 선묘에 대해 덜 잔인하니까 말이다.『삼국유사』는 아예 선묘의 존재 자체를 부정하고 있기 때문이다. 고려 시대 국사였던 일연은 용이 되려고 물에 뛰어들었다는 이야기가 전혀 설득력이 없다는 걸 알았던 것이다. 마침내 그는 아예 『삼국유사』에 선묘 이야기를 완전히 삭제해 버린다. 아무리 기록의 왜곡이 잘못되었다고 해도, 그것이 기록의 말소보다 더 심한 것은 아닐 것이다.

다행스럽게도 일연의 의도와 달리 선묘 이야기는 아직도 우리에게 거의 그대로 전해지고 있다. 물론 『송고승전』의 팩션(faction) 형식으로 말이다. 결국 의상과 관련해서는 『삼국유사』가 패했고, 『송고승전』이 승리한 셈이다. 지금당장 영주 부석사로 올라가 무량수전을 정면으로 바라보라. 오른쪽에는 선묘각이 있고, 왼쪽에는 부석(浮石)의 흔적이 있다. 국가 불교라는 이념으로 의상이 부석사를 창건했을 때, 당시 많은 승려들은 그에 격렬히 반대했던 것으로 보인다. 어쩌면 당연한 일 아닌가. 중생 한 사람 한 사람을 부처로 경배하는 승려들이 부처는 오직 신라 국왕이라는 생각에 어떻게 저항하지 않을 수 있었겠는가. 그들은 공권력을 앞세워 진입한 의상에 맞서 시위를 했던 것 같다. 바로 이때 『송고승전』에서 말한 선묘가 등장한 것이다. 물론 용의 모습으로 말이다. 당시 용 한 마리가 나타나 거대한 돌을 시위대 머리 위로 띄웠다고 한다. 시위하던 승려들에 대한 일종의 무력 진압이었던 셈이다. 이때 용이 공중에 띄웠던 돌, 즉 부석이 무량수전 왼쪽에 있는 바위잔해라는 이야기가 전해진다. 비록 선묘의 애절한 속내는 초점에서 사라져 있지만, 그녀가 존재했다는 흔적이나마 있으니 그나마 다행한 일 아닌가.

일연은 몽고의 외침으로 쑥대밭이 되었던 무신 정권 시기에 살았던 승려였다. 그런 그에게 불교는 근본적으로 국가 불교여야만 했다. 그는 몽고와 맞설 수 있도록 불교로 고려인들의 내면을 하나로 묶으려고 했던 것이다. 놀랍게도 이것이 바로 삼국 시대 의상이 했던 일 아닌가. 삼국을 피로 물들였던 반복되는 전쟁, 그리고 거대한 제국 당나라와 전운이 감도는 시기에 의상도 불교로 신라인을 하나로 묶으려고 했으니까. 전쟁으로 인한 생존의 위기, 바로 이것이 일연과 의상을 확고하게 묶어 주는 가교였던 셈이다. 그러니 국가 불교의 중심이라고 할 수 있는 국사(國師)의 위상은 흔들림이 없어야 했던 것이다. 의상의 전기에서 일체의 흠이 될 만한 요소를 냉혹하게 제거했던 것도 이런 이유에서였을 것이다.

그렇다면 이제 궁금해진다. 『삼국유사』에서 일연은 원효를 어떻게 기록하고 있을까? 의상에 대한 전기에 일연은 '의상전교(義湘傳教)'라는 제목을 붙였다면, 원효의 전기에 대해 그는 '원효불기(元曉不羈)'라는 제목을 붙이고 있다. 그러니까 의상이 화엄종이란 가르침을 전해 주었다면, 원효는 재갈을 물릴 수 없을 정도로 자유분방했다는 것이다.

일연이 어떻게 원효를 이해했는지 알려면, '불기(不羈)', 즉 재갈을 물릴 수 없다는 표현에 주목해야만 한다. 한마디로 원효는 국가 불교와 다른 길을 걸어갔다는 지적이다. 여기서 묘한 느낌이 든다. 국가 불교를 지향했던 일연에게는 해탈과 자유의 길을 걸었고, 모든 사람들을 그 길로 이끌고자 했던 원효에 대한 부러움과 아울러 국가 불교의 기초를 해칠 수 있는 자유분방함에 대한 불안감이 동시에 느껴지기 때문이다. 어쨌든 일연이 기록한 원효 전기에 바로 요석이란 여자가 등장한다는 것이 중요하다. 그 내용은 너무나 유명하지만, 간단히 정리해 보자. 원효는 서라벌 저잣거리에서 난해한 노래를 불렀다고 한다.

"누가 내게 자루 없는 도끼를 주겠는가? 나는 하늘을 떠받치는 기둥을 찍어 내리라!"

무열왕 김춘추는 이 이야기를 듣고 원효가 나라에 도움이 되는 위대한 인물을 낳고 싶다고 판단하고, 관리를 시켜 원효를 불러들이라고 한다. 당시 우연히도 원효는 교량을 건너다 물에 빠졌다고 한다. 이렇게 옷이 젖은 원효를 김춘추는 최근에 과부가 된 자신의 둘째 딸 요석이 살고 있는 궁으로 인도한다. 이후 요석은 임신을 하게 되고, 파계한 원효는 승려의 복장을 벗어 버리고 저잣거리 민초들

속으로 늘어가 불법을 가르친다.

누구나 다 아는 이야기이지만, 요석과 원효 이야기는 사실『삼국유사』에만 등장한다는 사실에 주목하는 사람은 별로 없는 것 같다. 중국 자료『송고승전』에는 요석 이야기는 애초에 등장하지도 않는다. 그래서일까, 일연은『송고승전』에 등장하는 원효 전기를 간략히 기술하고 소문으로 들리는 이야기라며 요석과 원효의 이야기를 넌지시 집어넣고 있다. 왜일까? 의상 전기 부분에서는 의도적으로 선묘라는 여자 이야기를 삭제했던 일연이 무슨 이유로『송고승전』이란 전기에도 등장하지 않는 요석 이야기를 소문이라는 형식으로 기재했던 것일까?

물론 그렇다고 해서 요석 이야기를 일연이 날조했을 리는 없다. 분명 입에서 입으로 전해 내려오는 원효에 대한 일반 민초들의 이야기를 실었을 것이다. 그렇지만 원효 전기 부분에 이런 민초들의 이야기를 끼워 넣을 때, 일연이 편집의 효과를 염두에 두고 있었던 건 분명한 일이다. 어쨌든 일연은 우리에게 두 가지 사실을 말하고 있다. 원효는 파계한 승려, 그러니까 아무리 위대하다 하더라도 평범한 사람으로 살다가 죽었다는 사실, 그리고 그 파계의 목적은 국가의 동량이 될 수 있는 아이, 즉 설총이란 유학자를 낳으려는 것이었다는 사실.

요석과 원효 사이의 스캔들 장면으로 일연은 나머지 원효 전기 부분을 희석시키는 놀라운 효과를 거둔다. 승려와 여자라니! 그리고 아들이라니! 노골적으로 여자가 필요하다는 노래를 부르고, 심지어 스스로 승복을 적셔 요석이 살고 있는 궁으로 들어가 옷을 벗었다니! 정말 경천동지할 일 아닌가.

사실『송고승전』에 등장하는 원효 전기의 백미는 원효가『금강삼매경론』을 저술하여 당시 국왕 김춘추와 국가 불교 추종 승려들 앞에서 당당히 불교의 가르침을 웅변했던 장면이라고 할 수 있다. 물론 이 대목도 일연이『삼국유사』에 기록하고 있기는 하다. 그렇지만 국왕과 국가 불교, 그러니까 국가 앞에서 당당했던 원효의 모습은 교묘히 누락되어 있다. 더군다나 그나마 축소된 원효의 위대함은 요석과 원효의 스캔들로 바로 묻혀 버리게 된 것이다. 일연은 악마적인 편집 능력을 구사했던 것이다. 잊지 말아야 할 것은 요석과 원효의 스캔들 자체를 일연이 날조하지 않았으리라는 점이다. 원효에 대한 승려와 민초들의 반발을 감당하면서까지 그의 기록을 날조하지는 않았을 테니까. 어쨌든 정말 흥미롭지 않은가? 중국에서는 요석과 원효 스캔들이 기록되어 있지 않지만, 한국에서는 그것이 중심에 놓이게 되었다는 사실이.

5

대학원 시절 내게는 한 가지 꿈이 있었다. 원효와 요석에 관련된 근사한 소설을 하나 쓰는 것이었다. 의상과 원효가 동시에 물에 빠지면, 주저하지 않고 원효를 구하려고 했을 나로서는 어쩌면 당연한 일 아니었을까. 그런데 왜 굳이 소설이냐고? 그건 내가 그만큼 원효를 아끼기 때문이다. 물론 의상의 『화엄일승법계도』나 원효의 『금강삼매경론』이란 불교 이론서를 철학적으로 논증하면서, 원효의 위대함을 보여 주는 방법도 있었다. 그렇지만 이런 철학적 글로는 일반인들이 원효에 대한 나의 짝사랑에 공감하도록 만들기는 무척이나 힘든 법이다.

그래서 생각한 것이 바로 문학, 특히 소설이란 장르의 힘을 빌리는 것이었다. 선묘의 자살에도 불구하고 자신의 기득권을 그대로 유지하며 승승장구했던 의상보다는 요석과의 스캔들에도 불구하고 그녀를 궁지에 몰기보다는 스스로 승복을 벗어던진 원효가 더 큰 사람이란 걸 많은 사람들이 공감하도록 하는 방법으로 소설보다 더 좋은 장르가 어디에 있겠는가. 물론 그러려면 나는 무엇보다도 먼저 일연과 싸울 수밖에 없었다. 일연이 넌지시 원효의 약점이라고 보여 준 요석과의 스캔들이 사실 원효가 가장 빛을 발하는 지점이라는 걸 보여 주는 것이다.

먼저 나는 원효가 저잣거리에서 불렀다고 하는 노래에 주목했다.

"누가 내게 자루 없는 도끼를 주겠는가? 나는 하늘을 떠받치는 기둥을 찍어 내리라!(誰許沒柯斧, 我斫支天柱)"

보통 원효의 이 노래를 국가의 동량이 될 아들을 낳겠다는 노래로, 그러니까 노골적으로 짝짓기를 갈구하는 남자의 노래로 해석하는 경향이 있다. 그러니까 자루가 빠진 도끼의 구멍이 여성의 성기를, 그리고 하늘을 떠받치는 기둥은 남성의 성기를 비유한다는 생각인 셈이다. 그렇지만 원문을 자세히 보면 이건 지나친 해석이라는 것이 분명해진다. 원효는 누군가 자루 없는 도끼를 주면 그걸로 하늘을 지탱하는 기둥을 자르겠다고 노래하고 있다. 그러니까 원효가 자루 없는 도끼를 구해 거기에 자루를 끼우겠다고 노래한 것은 아니라는 것이다.

여기서 잊지 말아야 할 것은 동양 전통에서 자루는 항상 권력을 상징한다는 점이다. 자루를 휘두른다는 건 권력을 휘두르는 것과 같다는 발상! 그래서일까, 중국 전국 시대 정치 철학자 한비자(韓非子)도 상과 벌이 이병(二柄), 즉 '두 개의 자루'라고 이야기했던 적이 있다. 상과 벌이라는 두 가지 자루를 잡은 사람이 바로 권력을 잡은 사람이라는 것이다. 그렇다면 자루가 없는 도끼, 즉 '몰가부(沒柯斧)'는 권력자 없는 권력, 혹은 권력 아닌 권력, 아니면 아주 작은 최소한의 권력을 상징한다고 할 수 있다.

자루 없는 도끼는 자루가 있는 도끼에 비해 무력한 법이다. 그래서 자루 없는 도끼를 훔쳐도 나무 하나 자르기도 힘들 것이다. 그런데 지금 원효는 말한다. 이 자루 없는 도끼를 누군가 준다면, 자신은 그걸로 하늘을 떠받치는 기둥을 찍어 내리라고. 원문의 '작(斫)'은 나무 등을 베거나 자르는 것을 뜻하는 글자다. 간혹 '나는 하늘을 떠받치는 기둥을 찍어 내리라!'라는 문장을 어떤 나무를 다듬어 하늘을 떠받치는 기둥을 만드는 것으로 해석하는 경우도 있다. 그러면 원효가 요석이란 과부를 얻어 국가의 대들보와 같은 아들을 만들겠다고 선언한 꼴이 된다.

그렇지만 이건 너무나 지나친 해석, 아니 완전히 잘못된 해석에 가깝다. '작'이란 글자에는 다듬는다는 뉘앙스가 전혀 없이 그냥 베어서 잘라 버린다는 뜻이니까 말이다. 한마디로 세련됨과는 무관하게 무자비한 뉘앙스만 있는 글자가 바로 '작'이라는 것이다. 그러니까 지금 원효는 하늘을 떠받치는 기둥을 글자 그대로 자르겠다고 선언한 셈이다. 이것은 바로 혁명 아닌가. 하늘을 떠받치는 기둥을 잘라 내면, 하늘은 땅에 떨어지는 것 아닌가. 왕이 평범한 필부가 되는 형국이니, 혁명이 아니면 이것이 무엇이겠는가. 그렇다고 해서 혁명이 일어난 뒤, 새로운 왕이 등극하는 것은 아니다. 최소한의 권력을 상징하는 '몰가부'라는 글자의 중요성이 빛을 발하는 지점은 바로 이것이다. 원효는 지금 모든 사람이 부처로 사는 세계, 그러니까 우리 식으로 말하자면 민주주의를 생각하고 있었던 것이다.

하나의 공동체에서 서로가 서로를 부처로 여기고 귀하게 여긴다면, 여기서 어떻게 왕과 신하의 구분이 작동할 수 있다는 말인가. 누구 하나 귀하지 않은 사람이 없는데, 어떻게 특정한 소수의 사람만이 고귀함을 독점하는 왕조 체계가 가능하다는 말인가? 이미 민중들의 절대적인 지지를 받고 있던 원효의 노래는 통일 왕국의 절대 권력을 꿈꾸던 김춘추에게는 소름 끼치는 일일 것이다. 지금 원효는 무관의 제왕, 혹은 민주주의의 투사가 되어 자신과 맞짱을 뜰 수 있다는 것 아닌가? 무력으로 통일을 꿈꿀 정도로 잔혹하고 냉정했던 김춘추는 여기서 가공할 만한 정치력을 발휘한다. '자루 없는 도끼'를 과부가 되어서 돌아온 둘째 딸 요석으로 상정하고, '하늘을 떠받치는 기둥'을 국가의 동량이 될 사내아이로 해석해 버린 것이다. 일연은 김춘추의 말을 다음과 같이 기록하고 있다.

"대사께서 아마 귀한 부인을 얻어 현명한 아들을 낳으

려는 게다. 나라에 커다란 현인이 있다면, 이보다 이로운
것도 없을 것이다."

이렇게 자의적으로 해석한 다음 김춘추는 관리에게 명
해서 물에 젖은 원효를 데려와 요석이 머물고 있는 궁에
집어넣어 버린 것이다. 아마 원효가 물에 젖은 것도 관리
들이 강제로 그를 잡으려는 과정에서 생긴 일이리라. 혼자
의 힘으로 공권력에 맞설 수는 없는 법. 원효는 그렇게 김
춘추에 포획되어 궁으로 끌려 들어온 것이다.

『금강삼매경론』을 강연하면서 왕과 국가 불교의 추종자
들을 훈계했던 원효, 민중들의 사랑을 듬뿍 받은 원효. 나
아가 모든 꽃들이 공존하는 화엄 세계, 그러니까 모든 사
람이 부처로 존중받는 불국토를 꿈꾸었던 원효. 권력의 원
효 죽이기는 노골화될 수밖에 없는 때였다. 삼국을 통일하
기에 앞서 국왕의 권위를 세워야 했던 김춘추로서는 원효
는 그야말로 입 안의 가시 같은 존재였던 셈이다. 순진했
던가 아니면 국가 불교 추종자여서 그랬던가, 일연은 김춘
추가 물에 젖은 옷을 벗어 말리고 가라고 원효를 요석의
거처로 안내했다는 식으로 이야기한다.

그렇지만 『삼국유사』에는 김춘추가 원효를 환대했다는
기록 따위는 등장하지도 않는다. 그냥 묻지도 따지지도 않
고 요석의 거처에 원효를 던져 넣어 버린 것이다. 그러니

원효를 덫으로 유도하는 행위를 마치 원효를 위하는 일이 었던 양 이야기하는 일연에게 화가 치미는 대목이다. 김춘 추는 무서우리만치 집요한 사람이다. 그런 그에게 딸들을 아끼는 부성애를 기대하는 건 우스운 일이리라. 왕이 되기 전 이미 김유신에게 누이동생을 정략 결혼시켰던 사람이 니 말해 무엇하겠는가. 과부가 되어 돌아온 둘째 딸 요석 도 기꺼이 이용하려고 했을 것이다. 아니 이미 첫 번째 결 혼도 진골 유력 가문과 유대 관계를 맺으려는 아버지 김춘 추의 의지 때문이었을 것이다. 어쨌든 불행히도 궁궐로 다 시 들어온 요석은 자신이 임신 중이라는 사실을 때늦게 발 견했으리라. 잔혹한 아버지 김춘추의 머리는 기민하게 움 직인다. 여기서 원효를 파괴할 잔혹한 계획이 마련된 것이 다. 임신과 승려! 그건 승려로서의 원효를 죽일 수 있지 않 겠는가.

일단 원효가 요석의 거처에 들어서는 순간, 김춘추의 계 획은 이미 99퍼센트 성공한 것이리라. 이미 요석이 임신 중 이었으니까 말이다. 요석의 처소로 끌려 들어간 순간 원효 가 바로 나온다고 하더라도 요석과 원효가 통정을 했으리 라는 소문은 충분히 가능할 수밖에 없는 일이다. 김춘추의 무서운 계획을 눈치채고 서둘러 궁궐을 빠져나온다고 해 도, 원효는 계속 임신 사실이 왕의 조작이라는 구구한 변명만 내놓을 수밖에 없다. 이런 수세적이고 구차한 모습만으로도 원효를 향했던 민초들의 기대, 그리고 화엄 세계나 불국토에 대한 꿈은 심각하게 흔들릴 것이다. 그것만으로 김춘추는 성공한 것 아닌가.

여기서 김춘추가 전혀 예상하지 못했던 반전이 일어난다. 아니 기대 이상의 효과라고 할 수 있지만 뭔가 찝찝한 결말로 일이 진행되었기 때문이다. 원효는 김춘추가 원하는 덫에 기꺼이 아무런 저항도 없이 들어간 것이다. 원효가 자신의 흉계를 눈치채고 바로 궁궐을 벗어나리라고 생각했던 김춘추로서는 당혹감을 느끼기에 충분했던 것이다. 아예 원효는 얼마간 요석의 거처에서 그녀와 함께 머무른다. 물론 승복을 입은 채로 말이다. 요석의 배가 부르기 시작하자, 그제서야 궁궐을 떠나 원효는 기꺼이 승복을 벗는다. 이건 요석이 낳을 아이가 자신의 아이라는 사실과 그리고 파계했기에 더 이상 승려가 아니라는 걸 만천하에 선언한 꼴이다. 도대체 왜 그랬을까?

6

일연의 이야기를 다시 들어 보자.

"원효는 계율을 어기고 설총을 낳은 후부터 속인의 옷으로 바꿔 입고 자신을 소성거사(小姓居士)로 불렀다."

이 대목이 무척 중요하다. 요석의 배가 충분히 부른 뒤, 혹은 일연의 말대로 설총을 낳은 뒤에 원효는 승복을 벗은 셈이 된다. 그렇다면 원효는 승복을 입은 채 통정을 한 셈이 된다. 이것이 가당키나 한 일인가. 사실 상식적으로 생각해도 무소유와 공의 지혜를 체화한 원효가 요석에게 성욕, 혹은 소유욕을 느꼈을 리 없다. 그렇다면 도대체 왜 원효는 궁궐을 나서며 공개적으로 파계했음을 알렸던 것일까. 이 대목에서 나는 원효가 요석과 그의 태중 아이를 보호하려고 했다는 걸 직감했다. 물론 그러기 위해서 원효는 승려가 아니라 세속 사람이 되어야 한다. 그래서 원효는 승복을 벗었던 것이다.

"나는 요석과 섹스를 했고, 그래서 아이를 갖게 되었다."

김춘추의 잔인한 수에 대한 원효의 대응 수였던 것이다. 이제 요석은 그의 여자이고, 태중 아이는 그의 아이가 되었으니, 누가 이 불쌍한 두 사람을 해칠 수 있겠는가. 만일 김춘추의 의도대로 원효가 바로 궁궐을 빠져나갔다고 하자. 김춘추는 원효가 자신의 둘째 딸을 임신시켰다고 선전할 것이고, 어쩌면 스캔들에 연루된 딸과 태중 아이를 왕족의 품위를 해쳤다는 명목으로 죽이려고 했을 것이다. 아니면 자살을 위장하여 원효를 원망하는 유서를 날조할 수도 있었을 것이다.

원효는 이 모든 사실을 꿰뚫어 보고 있었던 것 아닌가. 김춘추의 카드를 받지 않으면 두 목숨이 사라질 수 있다는 사실을. 동시에 김춘추의 덫에 몸을 던지는 순간, 자신은 승려로서의 지위, 혹은 불국토를 꿈꾸던 민초들의 기대를 저버리게 된다는 사실을. 고민이 심했을 것이다. 그러나 원효는 자신을 버리는 자비의 길을 결단한다. 바로 이 결단으로 원효는 김춘추와는 전혀 다른 길, 아니 정확히 말해 김춘추와 같은 거대한 속물이 감히 예상하지도 못한 비범한 길을 가게 된 것이다. 그렇다. 김춘추가 자신이 가장 원했던 절대 권력을 얻으려고 딸 따위야 기꺼이 희생하는 반인문주의적 길을 걸었다면, 이와는 달리 원효는 자신의 가장 소중한 걸 기꺼이 버리고 생면부지의 모자에게 자비를 실천하는 인문주의적 길을 걸으려고 했던 것이다.

어쩌면 민초들이 요석과 원효의 이야기를 기억하는 것도 이 때문인지 모를 일이다. 그들 입장에서 얼마나 통쾌한 일인가? 마치 씨름에서의 뒤집기 기술처럼 원효는 권력자의 잔인한 계획을 이용해 진정한 자비를 보여 주었으니 말이다. 그러니까 원효가 요석과 정을 통해 국가의 동량을 낳으려고 했다는 김춘추의 의도적인 곡해, 그리고 그에 휘둘린 우리는 얼마나 한심한 사람들인가? 원효의 자비와는 가장 멀리 있는 세속적 욕망과 혼동했으니 말이다.

이와 관련하여 우리에게 많은 시사점을 주는 곳이 바로 경기도 북부 소요산(逍遙山)이라고 할 수 있다. 이곳에는 원효와 요석과 관련된 흥미로운 전설이 하나 전해진다. 자재암(自在庵)에서 수행하는 원효의 공부를 도우면서 자신의 아들을 기른 여인네 이야기다. 바로 그가 요석이었다. 언제 세워졌는지는 모르지만, '요석공주별궁지(瑤石公主別宮址)'라는 글귀가 새겨진 비석이 있을 정도다. 그러니까 사실이든 전설이든 그곳에는 요석 공주의 별궁이 있었던 것이다.

그렇다. 원효의 파계 선언으로 요석은 아버지 김춘추의 서늘한 품에서 벗어날 수 있었던 것이다. 남편을 따르는 걸, 어떻게 김춘추가 막을 수 있다는 말인가. 김춘추가 예상하지 못했던 상황은 바로 이것이다. 자신은 기꺼이 딸과 태중의 손자를 희생하려고 했지만, 원효는 자신의 지위를 모두 희생해서 그 두 생명을 품어 버렸던 것이다. 그러니 그 고마움을 두 모자가 어떻게 잊을 수 있다는 말인가? 이 대목에서 쉽게 간과되는 한 가지 사실을 지목해야 할 것 같다. 그건 자신들을 떠나 저잣거리에 나가 불교를 가르치거나 혹은 깊은 산중에 들어가 수행을 했다고 해서, 요석과 그의 아들 설총이 한 번도 분노를 표하지 않았다는 사실이다.

만일 원효와 통정해서 아이를 갖게 되었다면, 가족을 버린 남자를 이렇게 은인으로 대접한다는 건 있을 수도 없는 일 아닐까. 심지어 그의 아들이라고 하는 설총마저도 원효가 세상을 떠날 때 매정한 아버지로 대접하기보다는 정말 생명의 은인으로 추모했다는 건 일연마저도 인정한 사실 아닌가. 『삼국유사』 원문을 하나 읽어 볼까.

"원효가 입적하자 설총이 그의 유해를 잘게 부수어 원효의 모습을 본뜬 진흙 인형을 만들어 분향사에 안치하고, 공경과 사모의 마음으로 그의 죽음을 애도하였다."

놀랍지 않은가. 외적으로는 파계하여 더 이상 승려가 아님에도 설총은 원효를 자비의 화신, 즉 부처로 모시고 있으니 말이다. 그렇다. 설총에게도, 그리고 이때 아마 이 세상을 먼저 떠난 요석에게도 원효는 정말 대자대비의 화신, 즉 부처에 다름 아니었던 것이다. 김춘추나 국가 불교 승려들이 이제 평범한 속인으로 전락했다고 치부했지만, 스캔들의 당사자라고 할 수 있는 요석과 설총의 마음에 원효는 감히 범접할 수 없는 위대한 스님으로 깊게 각인되어 있었던 것이다. 그래서 사실 이 글을 쓰고 있는 나는 원효에게, 그리고 요석과 설총에게 미안하기만 하다. 원효, 요석 그리고 설총만이 알아야 하는 비밀을, 원효도 죽을 때까지 침묵했던 그 비밀을 폭로하는 것이 고인들에 대한 예의가 아닌 것 같다는 느낌 때문이다.

또 한 가지 궁금증이 꼬리를 물고 생긴다. 요석은 자기의 여자고 그의 태중 아이는 자기 아이라고 선언하며 승복을 벗었을 때 원효의 마음이 어떠했을까? 너무나 홀가분했을 것이다. 자비를 행하느라 자신의 모든 것을 벗어던지면서, 원효는 글자 그대로 '공(空)'과 '무소유(無所有)'를 실천하는 데 성공했으니까. 이제 원효는 불교에 대한 가장 탁월한 이론가일 뿐만 아니라, 정말로 불교를 삶에서 살아내고 증명하는 부처가 된 것이다. 아이러니한 일 아닌가. 승복을 입었을 때 그가 반쪽짜리 승려였다면, 승복을 벗어던졌을 때 그는 진짜 완전한 승려가 되었던 것이다. 그러니 그는 아무런 거침없이 서라벌 저잣거리로 내려갈 수 있었다. 이제 정말 민초들과 함께 지내며 그들에게 부처가 이야기한 자유의 지혜를 말뿐만 아니라 행동으로 전할 수 있으니 말이다. 파계로 더럽혀짐으로써 원효는 신라에서 가장 더러운 곳, 저잣거리 사람들 속에 쉽게 녹아들어 갈 수 있었던 것이다. 그리고 그 가장 더럽고 냄새나는 곳에서 연꽃을 곱게 피어 올리려고 했던 것이다.

이제 누구도 그가 한때 자신이 존경했던 원효라는 걸 모른다. 친구인 듯, 아니면 동네 아저씨인 듯, 원효는, 아니 이제 소성거사는 민초들에게 말하였을 것이다.

"당신들이 바로 부처입니다. 그리고 당신들이 모두 부처가 되었을 때, 이곳 신라, 나아가 한반도는 바로 불국토가 되는 겁니다. 모든 사람들이 귀하디귀한 부처가 되는 비밀은 바로 당신들의 마음, 바로 그곳에 고스란히 담겨 있는 겁니다."

권위를 부리는 왕이나 귀족들, 그리고 깨달은 척하는 속물적인 승려들이 겉으로는 깨끗해 보이지만 속으로는 더럽다는 걸, 반대로 저잣거리에서 권력자들에게 개밥에 도토리 취급을 받는 민초들은 겉으로는 냄새나고 더러워 보이지만 속으로는 가장 깨끗하다는 걸, 원효는 온몸으로 보여 주고 싶었고, 또한 그렇게 했던 것이다. 호리병을 들고 춤추며 술 마시며! 신명나고 유쾌하게! 그러니 원효는 얼마나 멋진 인물인가, 그리고 얼마나 어여쁜 남자인가. 그래서 나는 철학 논문보다 누구나 쉽게 읽을 수 있는 소설이란 형식으로 원효의 어여쁨을 더 많은 이웃들에게 전하고 싶었던 것이다. 더군다나 이미 국문학자나 역사학자에게는 무비판적인 권위를 누리고 있는 일연을 짓뭉개면서도 안전할 수 있는 방법으로 허구라는 형식을 가진 소설만큼 좋은 것이 또 어디에 있겠는가.

7

음. 이제 원하지 않던 시간이 드디어 찾아온 것 같다. 나로서는 정말로 하기 싫은 슬픈 선언을 해야 하는 때가 되었으니까.

20년 전 대학원 시절부터 소망했던 나의 꿈, 언젠가 원효에 대한 근사한 소설을 쓰리라는 꿈을 이제 나는 접을 것이다. 이건 모두 김선우 작가의 소설 『발원―요석 그리고 원효』 때문이다.

원효와 요석과 관련된 소설을 탈고했다는 소식을 들은 건 작년 여름, 아니 가을이었던 것 같다. 이 소식을 들었을 때만 하더라도, 원효 소설에 대한 나의 꿈은 여전히 맹렬했고 자신감에 충만했다. 원효의 주저를 읽으며 공부했던 철학자의 자신감도 단단히 한몫했다. 속으로는 '멋진 시인이지만, 어떻게 원효의 가르침과 그의 깊은 삶을 알겠어.'라고 콧방귀를 뀌었던 것이다.

그러나 작은 불안감이 내 마음 한 켠에 자라고 있었던 것도 숨길 수 없는 사실이었다. 그건 김선우 작가가 보살의 마음, 그러니까 동체대비(同體大悲)의 마음을 갖춘 작가였기 때문이다. 2011년 우리 사회에 잔잔하지만 확실한 파문을 던진 희망버스를 기억하는가. 크레인에 올라 자본에 의해 인간이 죽어 가고 있다는 걸 온몸으로 보여 준 김진숙을 기억하는가. 바로 이곳에 김선우 작가도 있었던 것으로 보인다.

『나의 무한한 혁명에게』(창작과비평, 2012)라는 시집에 실려 있는 동명의 시 한 구절을 읽어 볼까.

사랑을 잃지 않겠습니다 그 길밖에
인생이란 것의 품위를 지켜 갈 다른 방도가 없음을 압니다.
가냘프지만 함께 우는 손들
자신의 이익과 상관없는 일을 위해 눈물 흘리는
그 손들이 서로의 체온을 엮어 짠 그물을 검은 하늘로 던져 올릴 때
하나씩의 그물코

(중략)

태어난 모든 것은 실은 죽어 가는 것이지만
우리는 말한다
살아가고 있다!
이 눈부신 착란의 찬란,

이토록 혁명적인 낙관에 대하여

사랑합니다 그 길밖에

　돈 때문에 서로 경쟁하고, 아니면 서로 무관심한 사회, 그런 자본주의 사회에서 사랑과 연대를 노래하는 근사한 시다. 불교에는 인드라망의 비유가 있다. 그것은 세상의 모든 존재가 씨줄과 날줄이 마주쳐 응결된 그물코와 같다는 것이다. 그러니 저쪽 그물코 하나가 들리면 전체 그물이 요동을 치는 법이다. 당연히 그 때문에 이쪽 그물코 하나도 요동을 치게 될 것이다. 이것이 바로 동체대비(同體大悲), 즉 모든 존재를 자기 몸처럼 여기는 위대한 자비심 아닌가.

　결국 보살의 마음이란 이렇게 세상이 아프면 함께 아프고, 세상이 기쁘면 함께 기뻐하는 마음에 다름 아닐 것이다. 김선우 작가는 이 마음을 그냥 사랑이라고 이야기한다. 그러기 위해 자신의 이익만 생각하던 마음이 "자신의 이익과 상관없는 일을 위해 눈물 흘리는" 마음으로 변해야 한다. 이것이 바로 김선우 작가가 낙관한다는 혁명 아닌가. 이 혁명의 낙관성을, 희망버스를 타고 김진숙의 외로운 시위 현장, 그 크레인 주변에 모여든 사람들을 통해, 김선우 작가는 느꼈고 감격했던 것이다.

이런 김선우 작가가 원효를 쓴다? 이건 위험할 수도 있겠다. 뭐 이런 불안감이 잠시 내게 찾아온 것이다. 그래서일까, 평소 친하게 지내던 관계라 넌지시 김선우 작가에게 악마의 제안을 하게 되었다. 원효에 대해 관심이 있고 글도 썼으니, 내가 한번 읽어 주면 도움이 되지 않겠냐는 그런 제안이었다. 착한 작가라 내 음흉한 속내를 눈치채지 못하고 원고를 기꺼이 보내왔다.

내가 꿈꾸던 원효 소설의 백미는 임신한 요석이 생면부지의 여자였지만 그녀를 살리려고 기꺼이 승려의 신분을 버린 원효의 자비심을 묘사하는 데 있었다. 그러니 두툼한 원고를 받자마자, 나는 후반부 요석과 원효가 함께 있는 장면부터 찾아 읽었다. 읽고 나서 나는 안도했다.『발원』에는 원효와 요석이 정사를 나누기 때문이다. 휴! 다행이다. 그때까지만 하더라도 김선우 작가가 원효를 제대로 소설로 담을 수도 있다는 일말의 불안감은 내게는 단순한 기우로 보였으니 말이다.

한편으로 고개를 갸우뚱거리기도 했다. 불교에 정통한 김선우 작가가 왜 원효와 요석이 잠자리를 함께했다는 일연의 주장을 그대로 답습했던 것일까. 어쨌든 이제 여유를 찾은 나는 내 속의 경쟁심이 부끄러웠던지 김선우 작가에게 도움이 될 생각으로『발원』을 꼼꼼히 읽기 시작했다.

왜 불길한 예감은 항상 적중하는 것일까. 몇 장 넘기지도 않았는데, 이런 젠장! 나는 그냥 『발원』에 빠져들고 만 것이다. 롤러코스터를 탄 것처럼 나는 나 자신을 통제할 수 없었다.

더군다나 내가 읽고 있던 것은 책 형식의 원고가 아니라 A4 용지로 출력된 원고였다. 출판과 관련된 사람이라면 누구나 안다. 똑같은 내용이라도 A4 용지 원고와 책 형식 원고는 느낌부터 다르다는 걸. 일단 책 형식의 원고는 완벽하다는 착시 효과를 주지만, A4 용지 원고는 무언가 수정할 것이 많은 불안한 원고라는 느낌을 주니까 말이다. 그런데 그야말로 나는 정신을 차리지 못하고 A4 용지 형태로 되어 있는 『발원』 원고를 읽어 내려갔던 것이다.

다 읽고 나서 나는 당혹스러웠다. "이건 뭐지?" 최근 『감정수업』을 쓰면서 대략 50여 권의 소설을 가까이 했던 적이 있다. 그중 태반이 많은 독자들에게서 열광적 환호를 받았던 소설들이었다. 그러나 불행히도 어떤 소설도 나를 이렇게까지 몰입시키지는 못했다. 물론 책을 쓰는 과정이라 몰입을 못했을 수도 있다. 그렇지만 『감정수업』을 탈고한 뒤, 다시 꼭 읽어 봐야겠다는 느낌이 드는 책은 사실 없었다.

내가 얼마나 『발원』에 몰입했는지 보여 주는 결정적인

증서가 하나 있다. 원고를 다 넘긴 뒤 깊게 탄식할 때, 당시 내게는 원효와 요석이 잠을 잤는지의 여부는 전혀 중요하지 않을 정도였으니까. 아니 중요하지 않은 정도가 아니라 심지어 두 사람의 정사 장면에서 감동을 하기까지 했다. 정말 자기 집 불타는 줄 모르고 남의 집 불구경하는 격이다.

김선우 작가에게 바로 전화를 했다. 그리고 정직하게 말했다.

"원효와 요석과 관련된 소설을 언젠가 쓰려고 했는데, 이제 접어야 할 것 같네. 그런데 괜찮아. 더 근사한 원효와 요석 이야기가 탄생했으니. 너무 근사하다. 아니 훌륭하다. 그리고 너무 재미있고. 독자들이 로또에 당첨된 셈이네."

어느 사이엔가 나는 김선우 작가와 그녀의 『발원』을 열광적으로 찬양하는 팬이 되어 버린 것이다. 그리고 내가 할 수 있는 범위에서 조언을 서슴지 않았다. 작가에게 조언이라니, 지금 생각해도 나는 김선우 작가에게 커다란 무례를 범한 것 같아 얼굴이 붉어진다. 그렇지만 나의 조언은 어느 정도 도움이 될 수도 있을 것이다. 불교와 관련된 책을 썼을 정도로 나는 불교 사상의 가능성을 사랑했고 고민했던 사람이니까.

아니다. 어쩌면 잘 차린 밥상에 숟가락 하나라도 얹으려는 생각이었을지도 모른다. 그렇지만 정말 김선우 작가의 잘 차린 밥상을 더 근사하게 만드는 데 도움이 되고 싶었다. 돌아보면 나는 조언을 통해, 내가 소설을 쓰려고 생각해 두었던 것들을 김선우 작가에게 모두 넘기려고 했던 것 같다. 이제 원효 소설을 쓸 일이 없을 테니, 내 생각 중 어느 부분이 김선우 작가에게는 도움이 되리라는 희망을 품으면서. 그건 그래서 조금은 서러운 행복이었다.

8

시에 대한 책을 세 권이나 썼다. 그러자 많은 사람들은 내게 직접 시를 써 보라고 권하곤 했다. 그렇지만 나는 그렇게 주제넘은 사람은 아니다. 그래서 그들의 요구에 나는 말하곤 했다.

"나는 너무 지적인 사람입니다. 최고의 평론가를 꿈꿀 수는 있겠지만, 시인은 내게 언감생심입니다. 시인은 자신이 무슨 씨앗을 뿌리는지 모르고 씨앗을 뿌리는 사람이라면, 나와 같은 철학자는 그 씨앗이 발아해서 꽃이 폈을 때 그 꽃이 무엇인지, 어떤 색깔인지, 그리고 어떤 향내가 나는지 알려 주는 사람입니다. 그러니 철학자가 아무리 영민해 보여도 그건 모두 시인의 꽁무니나 따라다니는 사람에 불과합니다."

그래서일까, 내가 제일 싫어하는 건 철학자들이 시집을 내는 것이다. 격언처럼 짧다고, 무언가 추상적이어서 심오하다고 해서, 시가 되는 것은 아니니까. 시는 온몸으로, 아니 정확히 말해 온몸의 떨림으로 쓰는 것이지, 머리로 쓰는 것이 아니다. 시에 대한 책을 쓰면서 내가 배운 건 이것이다. 나는 머리가 먼저 움직이는 철학자다. 그러니 나는 심장이 그리고 온몸이 먼저 움직이는 시인이 될 수 없는 법이다. 시를 쓰라고 권했던 사람이 안타까워할 때, 나는 말하곤 했다.

"소설이라면 쓸 수도 있을 것 같아요."

젠장! 이제 소설도 포기할 생각이다. 『발원』처럼 독자들을 매료할 소설을 쓸 수 있는 재능은 내게 없으니까. 『발원』은 20년 동안 내가 소설로 보여 주려고 했던 원효의 위대함과 어여쁨이 경탄을 자아낼 만큼 근사하게 드러나 있다. 왕이나 귀족이 주인이 되는 세상이 아니라 모든 인간이 주인이 되는 불국토를 꿈꾸었던 원효, 사랑과 자비는 자신이 가진 가장 소중한 걸 내어 주어야 한다는 걸 알았던 원효. 김선우 작가는 너무나 근사하게 매력적인 드라마를 만든 것이다. 어느 육두품 출신 영민했던 소년이 어떻게 우리가 알던 바로 그 어여쁜 원효가 되어 가는지, 요석이 원효에게 어떤 인연의 여인네였는지, 진정한 자비는 국가와는 무관하게 중생들 마음 하나하나를 보듬어 주어야 하는 것 아닌지, 때로는 손에 땀을 쥐게, 때로는 안타까움에 탄식하게, 때로는 섹시한 떨림을 주며, 때로는 우리의 삶을 되돌아보게, 정말로 근사하게 『발원』은 우리 마음에 수많은 색깔의 파문을 만들어 낸다. 그래서일까, 『발원』 원고를 읽은 뒤 나는 그만 김선우 작가에게 설복당하고 말았다.

"그래, 그래. 원효와 요석은 그런 절절한 그리움으로, 영원한 현재인 듯, 아니면 현재의 영원성인 듯, 그렇게 서로를 품었을 수도 있어. 처음이자 마지막인 섹스! 그래서 벚꽃의 찬란한 윤무와 같은 섹스를!"

어느 정도 시간이 지난 지금, 나의 철학자 병이 도진 것 같다. 다시 나는 지적인 성찰을 시작했으니까. 그 성찰의 자초지종은 이렇다. 카프카와 베케트와 같은 철학적 소설들을 제외하고는 소설을 별로 읽지 않던 내가 『발원』에 몰입했던 이유는 무얼까. 그건 『발원』이 아주 탁월한 영화적 상상력으로 구성되어 있어서 아닐까.

그렇다. 영화를 보는 듯했다. 나는 그렇게 『발원』이란 영화에 빠져들었던 것이다. 화랑, 혹은 전쟁을 포기하고 승려, 혹은 자비를 선택하는 대목. 서라벌 남산에서 요석과 원효가 처음 만나는 설레는 대목. 민초의 한과 소원이 잠시나마 횃불처럼 타올랐던 첨성대 대목. 보현랑이 벗과 자신이 흠모하는 여인네 사이의 사랑으로 고뇌하는 대목. 적군마저 품다가 그 적의 칼날에 기꺼이 목숨을 버리는 스승 혜공 앞에서 원효가 절규하는 애달픈 대목. 김춘추와 국가불교 승려들을 세 치 혀로 농락하는 원효의 『금강삼매경』 강연 대목. 요석을 둘러싸고 김춘추와 원효가 팽팽히 맞서는 살 떨리는 대목. 그리고 영원히 함께 있었지만 또 너무나 오래 떨어져 있던 원효와 요석이 서로를 품어 주는 애절한 대목. 어느 대목 하나 근사한 한 편의 영상이 아니었던 것이 없다. 지금도 『발원』의 많은 대목이 어떤 글귀가 아니라 내게는 영화의 근사한 장면으로 기억나니 참으로 신기한 일이다. 우리 시대 가장 탁월한 시인 중 한 사람인 김선우 작가의 몸에 관객을 쥐락펴락하는 영화감독이 숨겨져 있었다니. 나나 독자들의 행운이자 축복인 일이다.

원효의 어여쁨과 위대함이 김선우 작가를 만나 더 빛을 발했다고 확신하기에, 나는 원효 소설을 쓰겠다는 나의 오래된 소망을 접을 수밖에 없었다. 그만큼 원효에 대한 내 사랑은 위대하다고 자위하면서 말이다. 그렇지만 아직도 서운하고 아쉽기만 하다. 다행히 『발원』 원고를 읽은 지 거의 10여 개월이 지난 지금, 나는 그나마 조금 철학자로서의 균형 감각을 되찾았다. 비록 원효 소설을 쓰고 싶었던 오랜 나의 숙원을 깨끗이 포기했다고 해도, 나는 이제 예전 『삼국유사』를 비판적으로 읽었던 감각을 되찾았으니 말이다.

비록 남루하고 치졸해 보인다고 해도, 아니 분명 그렇게 보일 것이다. 이제 원효 소설을 쓰지 못하겠지만, 그래도 독자들에게 쓰이지 않은 내 소설, 아마 영원히 쓰이지 않을 내 소설 이야기를 하고 싶었다. 20여 년 품은 나의 꿈이 어떻게 좌절되었는지. 만일 김선우 작가의 『발원』이 나오지 않았다면, 내가 썼을 원효 소설의 핵심을 기록하고 싶었던 것이다. 그냥 묻히기에는 너무나 아까운 시간들이었고, 또 내가 원효를 왜 그렇게도 사랑하고 존경했는지를 피력할 자리도 없을 거라는 생각에서였다. 그래서 이렇게 김선우 작가의 『발원』 뒤에 숨어, 해제 아닌 해제를 장황하게 쓰고 있는 것이다. 정말 치사하고 치졸한 일이지만.

글을 마치면서 마지막 저항을 깨알처럼 하고 싶다. 그건 원효와 요석의 섹스 문제다. 『발원』 원고를 읽을 때만해도 원효와 요석이 잠자리를 함께했을 수도 있겠다고 설득되었지만, 지금 해제를 쓰며 중국의 『송고승전』, 우리의 『삼국유사』, 그리고 일본의 『화엄연기(華嚴緣起)』 등의 자료를 넘길수록, 나는 임신한 요석이 원효로서는 생면부지의 여자, 절대 권력자였던 아버지에 의해 정치적 희생물이 될 위기에 빠진 불행한 여자라는 확신이 든다. 그러니까 원효는 요석과 잠자리를 함께했다는 제스처로 그녀와 태중의 아이를 구했다는 확신! 초고를 읽었을 때나 최근까지도 그래서 나는 김선우 작가에게 원효와 요석이 잠자리를 함께하지 않았다고 투정과 억지를 부리곤 했다. 그럴 때마다 김선우 작가는 말한다.

"선생님, 저는 소설을 쓴 거예요. 아마 선생님의 이야기가 맞을 수도 있지요. 그렇지만 그걸 누가 알겠어요. 요석과 원효! 어여쁜 두 사람은 분명 서로 사랑을 나누었을 거예요."

나는 남자고 김선우 작가는 여자다. 그러다 보니 내가 원효에 감정이입을 많이 하고 있다면, 김선우 작가는 요석이 되어 원효를 바라보고 있는 것은 아닐까. 어쩌면 이 건널 수 없는 간극 때문에 원효와 요석의 섹스 문제를 두고 나와 김선우 작가의 해석이 다른 것 아닐까.

두 사람이 의견이 갈리면, 이제 그 해결 방법은 한 가지밖에 없을 것이다. 그건 제3자가 개입하는 것이다. 바로 이 소설 『발원』을 읽고 있는 독자들이 판단할 일이다. 원효와 요석은 잠자리를 함께했을까? 불행히도(?) 『발원』을 읽은 독자들은 두 사람이 잤다고 확신할 것이다. 그렇다면 이건 너무나 불공정한 게임 아닌가. 그래서 이렇게 해제 아닌 해제가 길어진 것이다. 『지월록』, 『송고승전』, 『삼국유사』 등의 자료를 총동원해서 나는 요석이 원효에게 생면부지의 여자였다는 걸 보여 주려고 한 것이다. 내 의견도 나름대로 검토할 수 있는 지면이 필요했던 셈이다. 마지막 단말마의 저항, 어차피 패할 수밖에 없는 저항인 셈이다. 물론 그렇다고 해서 내 의견에 동참하는 사람이 많으리라 기대하지는 않는다. 아마 대부분의 독자들은 분명히 원효와 요석이 잠자리를 했다고 확신할 것이다. 하긴 나마저도 초고를 읽고서 설득되었을 정도니 말해 무엇하겠는가. 그만큼 『발원』은 내가 감당하기에 힘든 강력한 호소력과 매력을 지니고 있다.

그러나 상관없다. 앞으로 나만이라도 원효와 요석 사이에는 섹스가 없었다고 당당하게(?) 외치고 다닐 테니까. 소설가는 포기했지만 철학자는 포기할 수 없는 법이니까. 음, 그런데 이 느낌은 뭐지. 말이 길어지고 글이 길어질수록 나만 치사하고 치졸한 철학자가 되고 만 것 같은 이 서늘한 느낌은. 푸핫.

　첫 시집을 낸 서른 살에 경주에 갔었다. 해인사, 운문사
를 거쳐 동쪽을 향하다가 경주에 들어가 사흘을 머물렀다.
세상에 처음 나온 내 시집을 옆구리에 끼고 그냥 걸었다.
왕들의 무덤과 첨성대와 분황사와 수많은 불상이 있는 남
산을 오가며 술과 차를 마셨고, 여러 겹의 지층으로부터 재
잘거리며 불어오는 바람 소리를 들었다. 아주 많은 목소리
들이 땅 밑에 있어, 라고 몇 줄의 시에 끄적거렸다. 밤새 걷
다가 새벽 시장에서 해장국을 먹었다. 저잣거리라는 말을
그때 좋아하게 되었다. 그리고 이 말, 입전수수(入廛垂手). 경
주 소요유의 며칠이 내게 각인한 말이다.

　무엇이었을까. 서른 살의 나는 소를 찾는 자에 가까웠을

텐데 덜컥 십우도의 마지막 장을 가슴에 품고 만 것이다. 밤 경주의 기운이 오래전 그 땅에 살았던 사람들을 깨워 놓은 탓일까. 문학을 운명 삼은 초발심자의 미열 가득한 낮꿈 탓일까. 나와 세계의 시방(十方)을 묻고 또 물으며 걷는 사이, '저잣거리로 들어가 손을 드리운' 누군가를 본 듯했다. 그 누군가들이 언젠가 나를 찾아올 것이라고도 생각했다. 그냥 그렇게 믿어졌다.

그로부터 12년 후, 2012년 봄이었다. 시와 산문을 써 온 지는 오래되었으나 장편소설을 쓴 것은 두 권에 불과한 신참 소설가에게 과분한 신문 지면이 주어졌다. 조계종 화쟁 위원회와 불교신문이 공동 기획해 소설 연재를 부탁해 온 것이다. 청탁 내용은 단순했다. 어떤 소재든 상관없으니 세상에 두루 힘이 되는 이야기를 써 주십시오.

12년 전 경주에서 쓴 한 줄의 문장이 떠올라 왔다. 스스로를 일깨워 고통을 파하며 저잣거리로 들어가 손을 드리운 사람들. 원효! 그리고 요석! 다른 여지가 없었다. 그 지면에 쓰고 싶은 이야기는 오직 이들뿐이었다. 드디어 만나야 할 때가 온 것이다, 생각하며 천둥치듯 가슴이 뛰었다.

2012년 봄부터 2013년 봄까지 꼬박 1년을 연재한 후 거듭해 퇴고했다. 2014년 봄의 참혹이 이 소설을 더욱 끈질기게 매만지도록 했다. 원효, 요석, 보현, 혜공……. 이들로부터 들어야 한 이야기가 너무나 많았기 때문이다. 오랫동안 함께 지낸 이들이 이제 세상 속으로 간다. 우리들 속에서 나와 우리들 속으로 걸어가는 벗들이여. 아프고 아픈 지금 여기, 고단한 우리에게 힘을 주시라. 목숨의 환한 빛을 나누어 주시라. 대자대비, 사랑이여.

2015년 5월
김선우 회향

김선우

1970년 강원도 강릉에서 태어났다. 1996년 《창작과비평》에 「대관령 옛길」 등 10편의 시를 발표하며 등단했다. 장편소설 『나는 춤이다』, 『캔들 플라워』, 『물의 연인들』과 시집 『내 혀가 입 속에 갇혀 있길 거부한다면』, 『도화 아래 잠들다』, 『내 몸속에 잠든 이 누구신가』, 『나의 무한한 혁명에게』가 있다. 청소년소설 『희망을 부르는 소녀 바리』, 산문집 『물 밑에 달이 열릴 때』, 『김선우의 사물들』, 『내 입에 들어온 설탕 같은 키스들』, 『우리 말고 또 누가 이 밥그릇에 누웠을까』, 『어디 아픈 데 없냐고 당신이 물었다』, 그 외 다수의 시 해설서가 있다. 현대문학상과 천상병시상을 수상했다.

발원 2

1판 1쇄 펴냄 2015년 5월 25일
1판 4쇄 펴냄 2015년 12월 7일

지은이   김선우
발행인   박근섭·박상준
펴낸곳   (주)민음사

출판등록   1966. 5. 19. 제16-490호
주소   서울특별시 강남구 도산대로1길 62(신사동)
          강남출판문화센터 5층 (우편번호 06027)
대표전화   515-2000 | 팩시밀리   515-2007
홈페이지   www.minumsa.com

© 김선우, 2015. Printed in Seoul, Korea

ISBN 978-89-374-3180-7 04810
ISBN 978-89-374-3178-4 (세트)